LA CUEVA DEL REY ALFREDO

Jake Conley Libro I

JOHN BROUGHTON

Traducido por
JORGE ALBERTO IGLESIAS JIMÉNEZ

AGRADECIMIENTOS

Esta historia está dedicada a Dawn Burgoyne, mi amiga Calígrafo, quien, como a mi encanta le encanta el periodo anglosajón.

Gracias también en especial a mi querido amigo John Bentley por su férreo e infatigable apoyo, cuyas constantes revisiones y sugerencias han hecho una contribución incalculable a La Cueva Del Rey Alfredo.

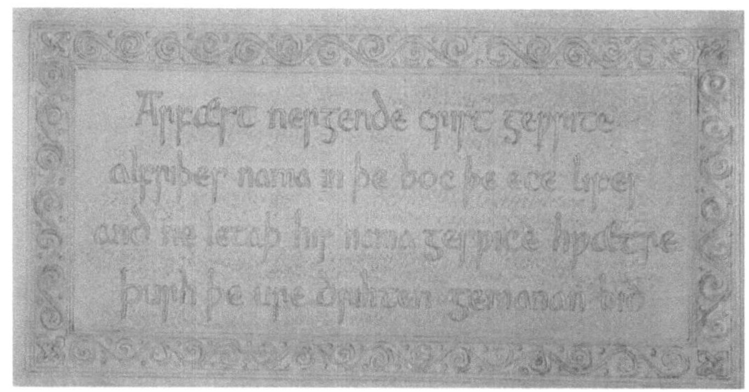

Pseudo-inscripción en la tumba del Rey Alfredo como en La Cueva Del Rey Alfredo

Traducción:

"El misericordioso salvador de Cristo, escribe el nombre de Alfredo en el libro de la vida eterna y nunca dejará que sea obliterado, si no que será recordado a través de ti, nuestro Señor"

Ilustración por Dawn Burgoyne

Especialista presentadora/ recreadora especialista en textos antiguos. Visítala en Facebook en dawnburgoynepresents. Traducción del Inglés antiguo cortesía de Joseph St John.

*La mente intuitiva es un regalo sagrado y
la mente racional es un fiel sirviente*

— ALBERT EINSTEIN

YORK, REINO UNIDO, ABRIL 2019

Jake Conley estaba irritado. Por mucho que lo intentaba el no podía dejar darle vueltas en su cabeza, como un carrusel, a los hirientes comentarios de su novia. Por lo que respecta a su auto cumplidas observaciones, Livie- Olivia para sus padres era una experta. Ella le había etiquetado de excéntrico, siempre con la cabeza puesta en algún siglo lejano, y le acusaba de no escuchar ni una palabra de lo que ella decía. Si no hubiera salido hecho una furia de su piso y estado a tantas calles de distancia, ella le hubiera leído la cartilla. El caminaba hacia ninguna parte sin ser consciente de lo que le rodeaba, solo andaba a grandes zancadas para aliviar su mal humor... y para pensar en la edad media. El estaba descuidando la relación que había entre ellos dos. Lo único que quería era dar cuerpo a una novela que tenía en mente. Su mayor deseo era conseguir reconocimiento internacional como autor. Eso era lo que Livie no podía comprender, su necesidad de poder ordenar sus pensamientos para crear su obra maestra. Ella también era creativa, pero su pasión por el teatro era menos reflexiva, más espontanea.

¿Obra maestra? Eso es, su ambición era escribir un best seller de novela histórica. Quizás ella le comprendiera mejor si gracias a sus habilidades y con un poco de suerte, la novela era llevada al cine y la película tenía mucho éxito, dándole mucho dinero por los derechos de autor. El no estaba pensando en nada de eso cuando ocurrió el accidente. Más bien como el siempre solía hacer, Jake estaba dándole vueltas a si el protagonista principal de su novela debía de ser un campesino sajón libre o un noble y estaba sopesando los pros y los contras de cada uno. Si la cabeza de Jack Conley no estaba en el siglo veintiuno, ¿que podría decirse del conductor del Jeep? El estaba perdido en sus pensamientos, no vio ni la señal de STOP en la intersección ni a Jake, que estaba cruzando la carretera sin mirar en ninguna dirección.

Cuando el se recobró del coma siete semanas después, el ya no era un excéntrico si no directamente un bicho raro. La primera cara que pudo ver que estaba borrosa, era la de Livie, que tenía la tez como el chocolate con leche y los ojos negros y cuyas vigilias al lado de su cama se habían ganado la admiración de todo el personal de enfermería.

"Oh, Jake, gracias a Dios, ¡estas despierto! Será mejor que llame al medico"

"¿Livie? ¿eres tu? ¿donde estoy?"

"Estas en el hospital amor mío. Has tenido un fuerte accidente"

"¿Me has dado una paliza, Livie?"

A ella le dio la risa nerviosa. ¿Le había oído bien? ¿estaba el simplemente provocándola?, ¿gastándole una broma?

"No seas tonto, te atropelló un camión en la esquina de Percy Lane con Walmgate. El conductor dice que no te vio, pero ¿Cómo puede ser eso posible? La policía quiere hablar contigo; han estado aquí cuatro o cinco veces, pero llevas inconsciente casi dos meses.

"¡Dos meses! ¿Y como estoy?

Mientras hablaba el se quejó de un dolor en las costillas.

Preocupada, Livie abandonó su asiento y fue a buscar una enfermera. Ella volvió unos pasos detrás de una enfermera que llevaba puesto un uniforme azul oscuro con los bordes blancos.

"¿Cómo se encuentra, señor Conley? Le dijo sonriéndole.

Me encuentro fatal, y puede llamarme Jack.

"Bueno, Jake los doctores has descartado que haya sufrido daños cerebrales. Le hicimos un Tac y salió bien dado lo aparatoso del accidente. Usted estaba muy confuso, pero teniéndolo todo en cuenta, ha tenido usted mucha suerte.

¿Suerte, yo? Tienen usted una extraña definición para ese termino."

Livie, mostró su desaprobación, "Jake no seas desagradable. La enfermera esta cuidando de ti muy bien.

"Seré todo lo desagradable que me de la puta gana, gracias, señorita. Es por tu puta culpa que estoy aquí."

El gruñó y cerró los ojos. "¡No puedo aguantar mas este dolor en el costado!"

"¿Qué quieres decir con que es mi culpa?" El tono de Livie estaba haciéndose mas virulento.

"Mejor será seguirle la corriente, el caballero esta todavía confuso", susurró la enfermera.

"¡Hacedme un favor, largaros de aquí las dos! Intentó chillar Jack, pero le dolían las costillas rotas por el esfuerzo. "O por lo menos darme algo para aliviar el dolor"

La experimentada enfermera cogió a la triste novia de Jack del brazo y la guio hasta el pasillo.

"Es por el golpe que se ha llevado el pobre hombre en la cabeza", dijo ella a modo de explicación, esperando calmar los nervios de la muchacha. "Vamos, ven conmigo e iremos a buscar el calmante que necesita. Traeré al doctor para que le visite más tarde. Deberías de estar feliz de que haya recuperado la consciencia."

"Oh, lo estoy"

O eso pensaba ella, hasta que volvió a su habitación privada y encontró a Jack mirando la ventana boquiabierto.

"¿Quién es ese? Dijo el, señalando al aire.

"¿Quién? ¿Dónde? No hay nadie aquí dentro excepto nosotros mismos"

"No seas estúpida, Liv. Mira, el te está saludando con la mano."

"¿Quién, Jake? Aquí no hay nadie, ya te lo he dicho."

"El viejales. Mira, le faltan tres dedos de la mano derecha."

Lili empalideció y se puso la mano en el cuello. Su abuelo había muerto hacia cuatro años, a la edad de noventa y cuatro años y Jake no lo sabía. Ella solo llevaba saliendo dos años con el. ¿Cómo podía el entonces conocer a su abuelo el que había perdido tres dedos durante la segunda guerra mundial?

"Esta sonriéndote. ¿Por qué lo ignoras?"

Menos mal que justo ene ese momento entró un doctor y la salvó de los desvaríos de Jake.

"Buenas tardes señor Conley, ¿como se encuentra? "El doctor cogió un grafico del pie de la cama y pasó, ojeando un par de paginas. "Mmmm, parece que todo va bien. Pronto estará de nuevo al pie del cañón"

"Ostia puta, Soy pacifista doctor".

"¿Desde cuando? Ignore sus malos modales doctor, el ha estado actuando de manera muy extraña desde que volvió en sí".

"¡Y una mierda, eso es mentira! ¿Por qué no te vas casa cagando leches? Aquí no me haces falta.

"¿Ve lo que quiero decir, doctor? El nunca me hablaba de esa manera."

El doctor alto y delgado de aspecto distinguido con la piel envejecida de un fumador empedernido, se giró hacia ella.

"Perdóneme señora, tengo que examinar a mi paciente. ¿Sería tan amable de esperar afuera?

Ya a solas el alumbro los ojos de Jake con una pequeña linterna y usó su estetoscopio antes de pedirle a Jake que tosiera.

"¡Como duele, maldita sea!"

"Por supuesto que le duele. Usted tiene dos costillas rotas, pero siendo sinceros, ha tenido usted mucha suerte. Tenía unas heridas considerables, y si, han curado muy bien. Se pondrá usted bien. ¿Qué me dice de su hombro? ¿le duele? ¿no? Bien. Mañana le visitará un neurólogo. Las radiografías sugieren que usted se dio un buen golpe en la cabeza contra el jeep, debemos de proceder con cautela. Los golpes en la cabeza pueden ser peligrosos. Pero si tuviera que apostar, apostaría a que usted se pondrá bien en un periquete, señor Conley."

"Llámeme Jack, por favor. Dígame doctor, y perdone que se lo pregunte, ¿pero ha perdido usted a algún ser querido recientemente?

La cara del medico se puso tan blanca como su bata.

"¿Qu-Que? ¿ha hablado usted con la enfermera?"

Jake miró al doctor con preocupación. "No, en absoluto. Solo- puedo sentir su dolor.

"¡Dios mío! ¡Perdí a mi hija hace un mes, tenía seis años!".

El parecía como si quisiera decir algo más, pero se contuvo- este tipo no le tocaba nada. El no quería compartir su dolor con un extraño. El medico cortó su visita de raíz y con cara de circunstancias, dejó a Jake Conley para que le hiciera efecto el calmante

Mientras salía de la habitación, con un nudo en el estomago, repasó la conversación que acababa de tener. Si el paciente no había hablado con la enfermera Ashdown, ¿como era posible que conociera a Alicia? El doctor Wormald no tuvo tiempo seguir hablando en voz alta consigo mismo porque la novia del paciente le interceptó y le bombardeó a preguntas.

Todo lo que puedo decirle era en que condición física se encontraba Jack. Pero lo que a ambos les preocupaba, por diferentes motivos y sin ninguna duda, era el estado mental del paciente.

2

YORK, REINO UNIDO, MAYO 2019

En la opinión profesional de la doctora Gillian Emerson, la agresividad de su paciente, Jake Conley, era simplemente debida aun escudo defensivo para protegerse a si mismo debido a su condición tan vulnerable. El estaba recobrándose de un accidente muy serio, y la separación de su novia, si ella había entendido bien, era por lo que había derivado en un cambio de personalidad. Como respetada sicóloga que era, ella no tenía problemas en tener que lidiar con la agresión, pero el cambio de personalidad la intrigaba, para ser honesta, la excitaba. Ella tenía los informes médicos ante si mientras esperaba la hora de su cuarta sesión. La doctora Emerson los había leído y releído. Todos los informes coincidían en que no había habido ninguna complicación física, pero eran unánimes en cuanto el aumento de la agresividad y los cambios de humor. Su sufrida novia le había dejado, aunque la psicóloga comprendía la presión a la que había estado sometida.

Aquí estaba un hombre indiscutiblemente guapo, inteligente, sensible- si, ahí estaba el problema: el era ahora hipersensible, una persona hipersensible de veintinueve años, que había abandonado un puesto en el prestigioso departamento de historia de la universidad de York en favor de perseguir una quimera. Todo el que se lo proponga, puede escribir, dijo la doctora Emerson para si misma, pero escribir algo bueno, un best seller, eso era otra cosa. Si vivir su sueño era lo mejor para el estado de Jake, eso era ya harina de otro costal, y algo que ella pensaba discutir con el en cuanto entrara por la puerta de su consulta.

Entonces el entró en la consulta y sentó de manera inesperada y dándole una encantadora sonrisa confesó, "Cuando mi medico me hablo de usted, debo admitir que yo era reticente. Solo el pensar que una psicóloga me considerara un caso me daba mucha rabia. Supongo que el que Liv me dejara me dio el empujón que necesitaba. Pero después de todo lo que ha pasado, me alegro de estar aquí.

El había captado su atención, se dio cuenta por su lenguaje corporal. Ella se inclinó hacia delante en su sillón, levantó una ceja y le preguntó, "¿Qué ha pasado últimamente Jake?"

Habían pasado tantas cosas que el describiría

como extrañas, ¿porque no empezar por las mas recientes, las que tenía mas frescas en su mente? Su semblante moreno y bronceado, que resaltaban sus ojos verdes tomó una expresión de perplejidad, lo que hizo que a la doctora Emerson le picara la curiosidad.

"Bueno, pues muchas cosas, para ser sincero, como lo que me ha pasado esta mañana, caminando hacia aquí... un completo extraño, no un vagabundo ni nada de eso, quizás era un hombre de negocios, llevaba un traje... camina hacia mi y empieza a soltarme todos sus problemas, como si yo fuera un sacerdote o, con todos los respetos, un loquero... o su mejor amigo. Nunca le había visto antes en toda mi vida. Quiero decir, no ha sido algo normal, era un completo desconocido. ¿Por qué a mi? ¡Vamos doctora!, míreme, no tengo una columna de consejos en el periódico, solo soy una persona normal."

Gillian Emerson sonrió a su guapo paciente. Ella no le describiría como normal, pero entonces, ella no sería insensible a los encantos masculinos.

"¿Es así como usted se describe?, ¿Cómo un tipo normal?"

El frunció el entrecejo, pero poco después... estoy confundido, no se si soy yo el que ha cambiado o es el mundo el que me ve de una manera diferente...o ambas cosas.

Se le apagaba la voz, y se quedó observando a la

piscología con una mirada que ella interpretaba como una desesperada petición de ayuda.

"Probablemente tienes razón. ¿De que manera has cambiado?"

"Para empezar, capto las emociones de otras personas muy rápidamente. Algunas veces, me siento sin fuerzas cuando estoy rodeado de la negatividad de algunas personas, y estoy a punto de darles un tortazo en la cara a los mas dramáticos; no puedo soportar estar cerca de ellos."

La doctora Emerson anotó algo en su cuaderno, y le sonrió para animarle a continuar.

"También estoy teniendo algunos sueños bastantes perturbadores. La otra noche... el miércoles... bueno, yo no lo llamaría un sueño, era más como una...una...visión. Me vi a mismo saltar de la cama, descorrer las cortinas, y ¿adivina? Ahí estaba ese coche, el deportivo rojo estrellado contra un muro al otro lado de la carretera, la gente se amontonaba para ver que había ocurrido, entonces vino un coche de policía con las sirenas azules puestas y una ambulancia. Despúes el jueves por la noche exactamente a la misma hora, hubo un golpe, como si hubiera explotado una bomba. Salí de la cama, descorrí las cortinas, y oiga doctor, incluso ahora mismo que se lo estoy contando, se ponen los pelos de punta, yo ya sabía que era lo que iba a ver...todo estaba allí, exactamente la misma escena, como una película que se repite. ¿Sabe? Dos chavales jóvenes habían tomado la curva demasiado rápido, perdieron el control, y cruzaron la carretera hasta estamparse contra el muro ambos murieron: ¡muertos con veinte años! ¡ostia puta! Y yo sabía que eso iba a suceder veinticuatro horas antes. ¿Pero que podía haber hecho yo por evitarlo? ¿Qué soy, un friki?".

"Por supuesto que no", sonrió ella, aunque ella pensaba que lo que le acababa de contar era algo perturbador. "Las premoniciones son un fenómeno común, sobretodo las que predicen tragedias y les suele suceder a sujetos muy sensibles".

¿Por eso me pasa esto? ¿por ser sensible? Podría vivir sin ello, se lo aseguro. El saber cuando va a pasar antes de que pase. Me tiene asustado, doctora"

Ella se rió. "Bueno puede ser útil en algunas ocasiones"

"También esta esa extraña sensación que sigo teniendo entre las cejas".

El se tocó la frente con el dedo índice en alto de la cabeza. "Es como un dolor sordo, y me pasa cuando tengo pensamientos espirituales. Empezó cuando estudiaba las distintas religiones, ya sabe, el budismo, cristianismo, hinduismo- como de las que no se nada, al menos, no sabía nada. Pero este extraño sentimiento, es lo que llaman "el tercer ojo", ¡parece que son, mis chacras que se están abriendo!

El se mordió los labios, parecía pensativo, y se quedo mirándola con cara de desconcierto. Ella miró a su reloj de pulsera, anotó algo, y esperó, pero cuando el la continuaba observando sin decir nada, ella dijo "¿sabes que hay una explicación física para todo eso, Jake?".

"Lo ideal, hubiera sido que el hubiera hecho un esfuerzo por explicarse, pero en lugar de eso, el siguió observándola, de manera silenciosa. Ella rompió el silencio.

"No es nada nuevo que haya un despertar psíquico después de un trauma. Has recibido un tremendo impacto en la cabeza, y afortunadamente has salido físicamente ileso, pero ya sabes, el cerebro es un órgano muy complejo- los científicos aun no saben como funciona en su totalidad. ¿Quién puede decir que ese golpe no haya despertado algo?

"Entonces ¿soy un friki?"

La psicóloga sonrió. "No eres un friki si no alguien que tiene acceso a partes de su cerebro que a la mayor parte de la humanidad le son negados. Ya sabe, es probable que el llamado hombre primitivo pudiera usar una parte de su cerebro que nosotros no podemos. Piensa por ejemplo en la técnica de encontrar agua golpeando el suelo con un palo, o como pudieron ser capaces de ver el aura, etc."

"¿Estas diciendo que soy primitivo?"

Ahora el se estaba burlando de ella, ella pensó: es una pena que mi código ético-profesional me impida flirtear- el le gustaba. "No, pero digo que no estas loco, Jake. De hecho, hay un eminente neurólogo cognitivo, Abraham Spark, de la universidad de Londres, que ha escrito varios ensayos al respecto. El lo llama sinestesia, lo que significa básicamente que al cerebro se le cruzan los cables y mezcla los sentidos. La sinestesia afecta únicamente alrededor de al cuatro por ciento de la población. Jake ¡eres sinestesico! Algunos pueden ver ciertos colores cuando escuchan música o oler algo que en realidad no esta allí cuando sienten ciertas emociones. Esta condición es causada por conexiones entre partes del cerebro que otra gente no tiene, y puede haber sido causada por el golpe en la cabeza. Me parece que es lo que te ha ocurrido al tener el accidente. Ya ves Jake, hay una explicación racional para tu estado mental actual. Voy a llamarle Síndrome Psíquico Adquirido, una nueva categoría de sinestesia. Siendo prácticos, debemos de buscar soluciones para que puedas sobrellevarlo mejor".

"¿Se refiere a medicinas, doctora? Me mata el tener que tomar píldoras".

"Bien, porque me mata el tener que recetarlas. No, quiero decir que debemos encontrar una solución, sin ayuda de medicamentos que pueda ayudarte"

"¿Cómo cual?"

"Veamos, me dijiste que te gustaría escribir una novela. Cuéntame más sobre ello".

"Me especialicé en historia medieval en la universidad; mi profesor quería incluso que yo me quedara para investigar la era anglosajona. Es una época que me encanta. Quiero hacer una novela que transcurra durante ese periodo."

"¿Tienes un plan para el libro?"

"Mas o menos".

"¿Tienes que seguir investigando?"

"Si, pero me ha interrumpido todo lo del accidente. Incluso he cambiado mis hábitos alimenticios."

"¿De verdad?"

"Si, es como si hubiera aborrecido la comida basura. Solo me apetecen ensaladas y cosas saludables. Hamburguesas con patatas fritas- ¡que asco! Y el kétchup menos aún.

"Interesante. Antes del accidente, ¿tenías más hobbies además de la historia?"

"Me encanta el senderismo, dar vueltas por ahí buscando viejas iglesias campestres".

"Muy bien. Creo que a mi también me gustaría hacer eso, si tuviera mas tiempo. Escucha Jake. ¿Por qué no combinas tus aficiones? Creo que te haría mucho bien.

¿Qué quieres decir?"

"Piérdete en la naturaleza. Haz trabajo de campo para investigar para tu novela. El aire fresco te ayudara a que fluya tu creatividad."

Sus ojos verdes claros se encendieron como una bombilla. "¡Gran idea doctor!" no se me había ocurrido hacerlo.

A pesar de sus intuiciones, Jake no predeciría las

transcendentales consecuencias de esa decisión, y la doctora Emerson tendría que reevaluar su valoración de "hacerle mucho bien". Ella se preguntaba si debía de llevárselo a Helsinki, donde la prestigiosa unidad de investigación cerebral le hubiera cedido un escáner para estudiar que parte del cerebro se le iluminaba y bajo que estimulo. Sería darle un capricho a su curiosidad científica más que intentar ayudar a Jake, y simplemente confirmaría su diagnostico, del cual ella estaba completamente segura.

3

YORKSHIRE, REINO UNIDO, MAYO 2019

Jake recuperó un viejo mapa topográfico del ejercito, del este de Yorkshire, de su lugar en una estantería polvorienta. El pasó el dedo por el polvo, maldiciendo a su pobre ama de llaves, y prometió limpiarla la estantería tan pronto como hubiera acabado. Cuidadosamente, el lo extendió a lo ancho de su escritorio. El temía empeorar los pliegues desgastados de tanto doblar y desdoblar.

¿A dónde ir para investigar para su novela? Quizás el le había hecho creer a la doctora Emerson que el tenía una idea clara sobre la novela que quería escribir, pero nada estaba mas lejos de la verdad. Lo único que el tenía claro era que a el le gustaría escribir una casi sobre cualquier rey de Northumbria. Eso le daba mucho donde elegir en términos de reyes y eventos, pero, como de costumbre el había desechado la idea. Ya había novelas publicadas casi sobre cualquier rey de Northumbria. Así que el no sabía cual escoger para poder hacer una buena historia, y en eso estaba pensando cuando ocurrió el accidente.

Frente a la gran variedad de opciones, su lucha por decidirse continuó. Si el escogía un plebeyo como protagonista, la historia podría tener la originalidad que el tanto deseaba. Pero la vulgaridad de un campesino no era suficiente para poder crear una historia apasionante. ¿Cómo el patearse el condado de Yorkshire le ayudaría para escribir su novela? ¿Hacia donde debería el dirigirse para encontrar la inspiración? El tenía un conocimiento bastante aceptable de los yacimientos anglosajones en ese condado. Cuando sus ojos se posaban sobre el nombre moderno de los diferentes lugares en el mapa, el los convertía en inglés antiguo- York-Eorforwic, Leeds-Loidis, y así sucesivamente. Mientras se dedicaba a este fútil ejercicio, uno de los nombres escrito en negrita saltó del papel, como si la palabra quisiera llamar su atención: Driffield- Driffelda.

Jake pestañeó y sacudió la cabeza. ¿Había sucedido realmente lo que acababa de ver? ¿Era esta otra de esas cosas extrañas que últimamente le perseguían? Esta vez no había ninguna duda, Driffield había llamado su atención. La ciudad se encontraba a más de cincuenta kilómetros de York y tenía ninguna relación con el periodo anglosajón hasta donde el sabía. Pero lo consultaría en internet para estar seguro.

El se pasó buscando información en la red durante horas y descubrió la iglesia de santa maría, (St Mary Church) en Little Driffield que fue construida durante el periodo anglosajón. También hay una leyenda sobre un rey de Northumbria, Alfredo que tenía allí su palacio real. Este monarca sufrió graves heridas en una batalla que se libró cerca de allí, las cuales resultaron ser fatales. Se supone que el fue enterrado en dicha iglesia, en St Mary Church. Esto convenció a Jake que el tenía que investigar a este monarca visitando Driffield. También por el hecho que el área que rodeaba los cerros de York era un buen terreno para dar un agradable paseo.

El preparó todo lo que necesitaba para el viaje. Consideró ir a pie todo el trayecto hasta Driffield, pero lo descartó para reservar energías para caminar por el campo. A le no le gustaba caminar por la carretera, pensaba que no era saludable y que era malo para las articulaciones de las rodillas. El no se había molestado en comprarse un coche. No tenía mucho sentido al vivir el en York y ser más conveniente moverse por la ciudad a pie o en bici. Así que no le quedaba más opción que el transporte público, pero el tendría que superar el problema de siempre, la dificultad de viajar de oeste a este.

Solo había cincuenta kilómetros desde York,

pero el veía difícil como llegar a Driffield, tendría que coger un autobús desde Stonebow, el cual tardaría una hora y media en llegar a Scarborough. Desde la parte oeste de complejo costero vacacional otro viaje corto en autobús que terminaría en Bridlington. Jake suspiró y sacudió la cabeza. "¡Me juego lo que quieras a que los sajones podían hacer este viaje mas rápido en el siglo octavo! Pero el sabía que eso no era verdad. El se dio cuenta con alivio que en Bridlington tendría un paseo de diez minutos desde la parada del autobús hasta la estación del tren. Por lo menos podría estirar las piernas. Desde allí un viaje en tren de catorce minutos le llevaría a Driffield.

El apagó su ordenador y empezó a limpiar el polvo, sabiendo demasiado bien que cuando el volviera de su paseo por el campo, tendría que limpiarlo otra vez. Así era la desagradecida y de nunca acabar tarea del trabajo domestico.

Jake tuvo suerte con el tiempo: Hacía un sol propio de la época del año cuando el salió de la estación de Driffield. El echo la vista atrás para ver la arquitectura de estilo victoriano con los ajustes de semi-automatización del siglo veintiuno. El servicio de la línea norte había cumplido con su propósito; y ahora el era libre de caminar por la ciudad que le separaba de Little Driffield. Una mirada a su mapa le indicó la mejor ruta tomando York Road y Church Lane.

Después de una buena media hora de caminar a paso ligero, el se aproximó al objetivo de su viaje. La tumba yacía entre el y la iglesia. Una línea de narcisos marchitos se extendía entre dos arboles como si marcara los limites del cementerio. El árbol de la derecha era solo ya un esqueleto, su tronco estaba abarrotado de hojas de hiedra verdes y brillantes que llegaban hasta la primera de las despobladas ramas. En contraste, el árbol de la izquierda presentaba el espeso follaje que correspondía a finales de la primavera en la que nos encontrábamos. Sus ojos barrieron los pobres narcisos en contraste con el césped bien cuidado que albergaba unas cuantas tumbas recubiertas de losa entre las aisladas lapidas. Mas allá se erguía el edificio calificado de edificio de especial interés, su baja y ancha torre con almenas le parecía totalmente desproporcionada en relación a la largaría del reforzado cuerpo de la iglesia. Pero el debía de admitir que no era un experto en arquitectura. A el le encantaba visitar este tipo de edificios, pero debía de reforzar sus conocimientos. Si le hubieran preguntado que le parecía sinceramente, el hubiera contestado que estaba decepcionado por el exterior del edificio que no le parecía nada inspirador. Interiormente, su actitud cambió, el había leído en casa que esta era una iglesia restaurada por el gran Sir Tatton Skykes al final del siglo diecinueve.

El admiró el lujoso estilo decorativo del interior decorado con un precioso suelo de baldosas, bancos tallados, el altar, retablos ornamentados y el altillo. Pero lo que más le gustaba era el folleto que el recibió a cambio de una pequeña donación. El folleto informaba de el supuesto enterramiento en la iglesia del rey Alfredo en el año 705 DC. Decía que sobre la tumba esta escrito *Statutum est ómnibus semel mori* (Esta escrito que todos nosotros debemos morir algún día), pero en el año 1807 la nave y el presbiterio fueron escavados y desgraciadamente, no se encontraron evidencias de los restos reales. Sin embargo, Jake podía sentir el peso de la historia dentro del edificio, y el tuvo casi una revelación de que debía de escribir una novela sobre el Rey Alfredo. Si el hubiera conocido todo lo que implicaba esta decisión, no la habría tomado.

Jake dobló el folleto, se lo metió en el bolsillo, y entonces dejó la casa de adoración tras de si. El había podido podido reservar una habitación de alta calidad que incluía el desayuno, en el campo, cerca del pueblo vecino del pueblo vecino de Bainton. Con esto en mente, encontró un sendero publico que le llevó en un recorrido alrededor de Southburn hasta Bainton. Después de otros cinco minutos a pie apareció en Wolds Village, que albergaba mucho más que su alojamiento. Después de registrarse, el fue al salón de te, donde le vendría bien un trozo de pastel y una taza de te después de su caminata.

Mientras el descansaba, cogió el folleto para leer sobre el rey Alfredo, cuyas heridas fueron infligidas en la batalla de Ebberston. El folleto decía que el rey fue trasladado a una cueva donde tomó refugio cerca del campo de batalla, antes de ser trasladado a Little Driffield, donde su palacio se alzaba en la colina norte. Mientras leía, Jack experimentaba la sensación como su tuviera "un tercer ojo". En vez de irritarlo o desmoralizarlo, esto le reafirmó en que debía de continuar por esa línea de investigación. Con este pensamiento en la cabeza, el alcanzo al bolsillo de su mochila y sacó el mapa para localizar Ebberston. Tenía que ver esa cueva y comprobar el campo de batalla.

El maldijo por lo bajini. Su dedo descansaba sobre Ebberston. Había avanzado en dirección sur, mientras que la batalla tuvo lugar en el norte de Driffield. Eran unos buenos treinta y dos kilómetros desde donde se encontraba así que descartó volver a su habitación, ya desayunaría al día siguiente. Una pena, le gustaba la pinta que tenía su habitación. El estiró el brazo para coger un folleto que anunciaba las instalaciones. *"Por las mañanas Wolds Village sirve un desayuno completo en el salón original de la granja georgiana. La posada dispone de aire acondicionado y sirve un menú tradicional inglés, y el salón de té ofrece pasteles caseros. Todos los productos están preparados con productos frescos locales"*

Le apetecía un desayuno completo. Le vendría bien para el viaje al día siguiente. A pesar de su substancioso desayuno, cuando el llegó a Ebberston, el aire fresco y el ejercicio le habían hecho volver a tener apetito. El encontró un pub donde servían comidas, y sintiéndose con la moral muy alta al haber disfrutado del campo en todo su esplendor, entró en el pub, vio que estaba limpio y le pidió a un camarero muy amable el menú. En una esquina una pareja estaba comiendo lo que parecía ser lomo de cerdo con puré de patatas, y parecía gustarles.

Jake reparó en el cartel de CAMRA (Organización de consumidores que acredita la calidad de la cerveza) y buscó con agradecimiento en los surtidores para seleccionar una cerveza artesana. Después de pedir lo que había elegido del menú, le sonrió al viejo camarero y le dijo, "he oído que hay una cueva cerca del pueblo y que un rey sajón se refugió allí. ¿usted conoce la cueva?"

La respuesta le llegó con un marcado acento local.

"¡Oh, claro muchacho, todo el mundo sabe donde está la cueva del Rey Alfredo!". Está a un kilometro y medio por esa carretera. Jake se quedó mirando al camarero. "¿Entonces no se trata solo de una leyenda?"

"No, claro que no. Es real. Puedes visitarla si quieres. La desenterraron cuando yo era un mozalbete, yo no se mucho más sobre ella, Supongo que tendrás mas información en la biblioteca de Eastfield si estas interesado".

Jake recordó ver mientras trabajaba con el mapa

que Eastfield estaba a algunos kilómetros hacia el este, así que, de momento, dejó aparcada la idea de buscar información en la biblioteca y añadió, "¿entonces las tierras donde se encuentra la cueva no son propiedad privada, puedo visitarla?

"Claro que puede, aunque ojo, igual se la encuentra bloqueada y no puede pasar."

Jake tomó un largo trago de cerveza y chasqueó los labios con satisfacción. El esperaba que la comida estuviera tan buena como la cerveza.

"¿Lleva alguna carretera a la cueva?". "

"Que va muchacho", el camarero se rió, será mejor que subas por la colina, pasando la casa grande y atraviesa las tierras de la granja que se adentran en el bosque y encontraras el sendero, encontrarás un letrero con los horarios de apertura. ¿En que mesa va a sentarse?

Después de una comida de lo mas satisfactoria, Jake giró hacia la izquierda por la carretera, dejando el pub tras de si y siguió por un carril que esperaba le llevara a la mansión que el camarero le había nombrado. Después de unos pocos cientos de metros asaltado por las dudas el cogió su mapa militar, agradecido por la ausencia de viento mientras lo abría. Rápidamente el localizó el pub en la carretera principal en el mapa, y no muy lejos en dirección norte en la misma carretera, había una pequeña mansión de campo. El aceleró la marcha y aproximándose al elegante edificio, bordeándolo, se dirigió hacia el bosque tras de este, el camino era cuesta arriba. Hacia el noreste de la casa, se encontró con un afloramiento, donde el pudo discernir los vestigios de una cueva de piedra artificial. ¿Sería esta? El se aproximó y encontró un letrero de madera desgastado delante de la entrada de la cueva que estaba tapada por una enorme roca. El no tenía ni idea de cuanto pesaría la roca- muchísimo Había unas letras grabadas en el letrero, muy desgastadas, pero aun legibles:

"el Rey Alfredo de Northumberland, resultó herido en una sangrienta batalla casi en este mismo lugar, y fue escondido en una cueva, desde donde el fue trasladado a Little Driffield, donde murió."

Jake cogió su Smartphone y le sacó una foto al letrero. Una vez hecho esto, el se dio la vuelta para marcharse, y mientras lo hacía los pelos de su brazo se le pusieron de punta. Tenía una extraña sensación de que le estaban observando y un sentimiento opresivo de que era un intruso que no era bienvenido le hizo querer salir pitando de allí.

Enfadado consigo mismo por ser un tonto impresionable, el partió de regreso hacia Ebberston con la intención de encontrar alojamiento para pasar la noche. El también tenía que trazar un plan de acción para conseguir información sobre el rey Alfredo. Hasta el momento, ni siquiera había entrado en el pueblo propiamente dicho.

Entre los arboles cerca de la mansión campestre,

Jake divisó la torre de una iglesia, la cual cuando el cambió de dirección resultó ser la iglesia de Santa María La virgen de Ebberston (Church of St Mary the Virgin of Ebberston). A medio kilometro del pueblo, se encontraba en un entorno frondoso, y Jake no pudo resistirse añadirla a su colección de iglesias campestres, tomo varias fotos del exterior antes de intentar entrar en el antiguo edificio. Estaba cerrado. Sin embargo, estaba el numero del teléfono móvil del coadjutor de la iglesia, el señor Hibbit, y una nota anunciando el horario de oficio a las 6,30 pm. Resistiéndose de molestar al guarda de la iglesia, decidió buscar alojamiento en el pueblo y volver mas tarde para asistir al oficio. El necesitaba algunas respuestas, y la iglesia parecía el lugar ideal para satisfacer su necesidad. Sin embargo, el no sabía que había preguntas cuya respuestas era mejor no saber.

$\maltese$ 4 $\maltese$

THORNTON-LE- DALE. NORTE DE YORKSHIRE, MAYO 2019

Jake se alejó de sus dependencias, situadas en el pintoresco pueblo de Ebberston, caminando de regreso hacia la carretera principal, desde donde el se dirigía hacia la aldea de Thorton-le-Dale- La idea era satisfacer su afición y explorar la iglesia de St Mary the Virgin antes del oficio de la tarde. El giró por Hagg Side Lane y observó la bonita forma de la iglesia normanda del siglo doce. Elevándose sobre el edificio había una gran conífera, y cuando el se aproximó, se quedó asombrado al encontrar una tumba medio consumida por el tronco del árbol. ¿Cuántas décadas tendrían que pasar hasta que fuera totalmente consumida por el árbol?

El caminó por el exterior, observando grotescas cabezas grabadas con sus rasgos inquietantes, apreciando el bien cuidado cementerio hasta que el llegó a la parte trasera del edificio. Allí, en el muro norte, el encontró algo que le recordó la razón principal de su presencia en la zona. En la cantera, había una piedra que representaba lo que a el le parecía una espada vikinga. Le picaba la piel mientras el dejaba volar su imaginación. Se veía claramente que era una piedra reutilizada, lo más probable de la lapida de una tumba. ¿Pero a quien pertenecía la espada a la que representaba? ¿donde estaba enterrado su dueño? ¿cual era la historia de ese hombre? Jake intentó calmar su ferviente imaginación. El rey Alfredo murió en el año 705 dc, así que esta espada era de una época posterior a el sobrepasándola por mas de un siglo, ya que las incursiones de los vikingos no empezaron a tener lugar hasta mediados del siglo noveno. Sin embargo, la larga y estrecha losa estaba poniéndole los nervios de punta, y el empezó a preguntarse sobre la sensatez del consejo de su psicóloga de que visitara la zona, dado su actual estado mental.

La puerta sur del edifico principal tenía un maravilloso efecto tranquilizador en el. El pestillo de metal de la puerta databa del periodo anglosajón tardío y tenía la forma de una paloma que llevaba una ramita de olivo en el pico. Jake fotografió el trabajo de ornamentación y lo memorizó. El había visto piezas de hierro sajonas similares a esa en otra puerta sajona en Yorkshire. ¡Eso es! Nearer York, mas cerca de casa, en St Helen Church en Stilling-fleet. El sacó un bloc de notas y tomó nota de sus pensamientos sobre el exterior de la iglesia.

Ya había llegado la hora de entrar en el edificio ahora que ya estaba empezando a venir gente para el servicio. Una mujer mayor con el pelo tintado de azul le dedicó una amistosa sonrisa, y envalentonado el le preguntó. Perdone, estoy buscando al coadjutor espiritual, ¿sabe donde esta?

Ella le miró de arriba abajo, sonrió de nuevo, y señaló hacia un hombre rechoncho de gafas que parecía bastante sociable. Ahora, era un mal momento para molestarle, ya que la gente se estaba reuniendo para escuchar la música del órgano de la iglesia. La música paro de repente, y el vicario empezó con sus habituales oraciones. Jake no solía ir a misa de manera regular, pero si que iba en algunas ocasiones, le gustaba cantar los salmos que el conocía, y hoy libero su desentrenada y potente voz al ritmo de "inmortal, invisible, único Dios" uno de sus favoritos.

Después de que el oficio concluyera el grupo de gente allí reunida se dispersó, Jake permaneció sentando en su asiento, con la cabeza inclinada, como si estuviera rezando, mientras miraba al coadjutor con disimulo. El vicario esta fuera del edifico, ante la puerta, charlando con los feligreses, pero el señor Hibbit esta recogiendo los libros de oraciones y colocándolos en una fila ordenada en uno de los bancos delanteros.

¿Se encuentra usted bien amigo mío?

La amable sonrisa iluminaba el contorno de la cara del coadjutor de mediana edad.

"Perfectamente. Jake reprimió la risa. "Para ser sincero, quería hablar un momento con usted- si usted tiene un momento", añadió el apresuradamente.

"Desde luego" el hombre se deslizó en el banco frente a Jake y se giró para darle un gesto alentador. ¿Qué puedo hacer para ayudarle?

Jake se presentó a sí mismo, bastante fraudulentamente, diciendo que era un novelista y recalcando su idea de una historia basada en el rey Alfredo.

Por primera vez, la expresión amistosa del coadjutor se ensombreció.

"Cuidado joven, eso no es cosa de broma. Supongo que ha estado en la cueva.

Jake le dijo que si.

"Ha habido todo tipo de rumores de que han sucedido cosas extrañas allí desde hace siglos, perdone si no le hago mucho caso a los rumores y los cotilleos."

"¿Cuál es la historia de la cueva?"

"¿Conoce la batalla de Ebberston?"

Jake asintió ligeramente y añadió. "Hay muchas dudas acerca de ella. Como quien luchó en ella o incluso si en realidad la batalla tuvo lugar."

La voz del coadjutor adquirió un tono autoritario.

"Oh, esa batalla tuvo lugar, seguro. Solo tiene que mirar un mapa decente y lo deducirá por los nombres de los lugares; el sangriento arroyo fluye pasando el campo sangriento y esos nombres se remontan a antes del libro del juicio final. Dicen que fue tal la carnicería que el arroyo se volvió rojo debido a la sangre. En lo referente a quien luchó en la batalla, están aquellos que dicen que fue el rey Alfredo contra su padre, Oswy, pero eso es imposible debido a la fecha en la que tuvo lugar la batalla. Para aquel entonces, su padre ya llevaba muerto mucho tiempo. Yo creo que fue una batalla entre los sajones y la incursión da algún ejercito exterior; eso es perfectamente posible".

"Me alegro de haber hablado con usted.", le dijo Jack. "Ya sabe, es que me gustaría contar la historia bien. Seguro que habrá historiadores locales que me que quemarían en la hoguera si cometo errores históricos"

El coadjutor esbozó una sonrisa. "Diría que muchos estarían encantados de hacernos famosos, por así decirlo. ¿dice que ha estado en la gruta?

"Si, parece una de esas excentricidades que los ricachones solían construir"

"Muy preceptivo". El coadjutor miró nervioso a su alrededor como si tuviera prisa. "Eso es exactamente lo que es. Fue levantada en el siglo dieciocho por Sir Charles Hotham- Thompson, el octavo vizconde, que gobernaba en Ebberston por aquel entonces." Jake sentía otra vez esa extraña sensación en su frente y frunció el entrecejo antes de anotar el nombre en su cuaderno.

"Mi consejo es que investigue sobre el. Menudo timo el de la gruta esa. Puede leer su correspondencia en los archivos de la universidad de Hull. Dicen que el dejó más de mil cartas. Ahora de verdad que tengo cerrar las puertas. ¿Se va a quedar por la zona?".

Jake le confirmó que si y le dijo el nombre del lugar donde se hospedaba.

"Vaya a Hull a ver que puede averiguar. Entonces tendremos otra charla y le contaré todo lo que se".

Ambos chocaron las manos y Jake sonrió ante su amable cara, pero se marchó sintiéndose más inquieto que nunca sobre esta historia del rey Alfredo. Había algo extraño que rodeaba todo aquel episodio, pero ¿el que? El coadjutor estaba a la defensiva. Jake también albergaba la curiosa convicción, que era su destino descubrir lo que pasó en aquel sangriento campo y llegar a la verdad del asunto.

Mientras caminaba por la carretera, por Hagg Side Lane, el se dio la vuelta para mirar la preciosa iglesia y vio al coadjutor de pie, al lado del vicario, y son ninguna duda le estaban señalando. El brazo bajó inmediatamente, en cuanto el se dio la vuelta. Jake se encogió de hombros. ¿Era acaso cosa de su desbocada imaginación otra vez? Era algo normal que el hacer preguntar en una aldea dejada de la mano de dios creara tema de conversación. Aun así, el decidió que le preguntaría a la dueña del lugar donde el se hospedaba acerca de la gruta cuando el volviera allí.

Ella era el arquetipo de propietaria de posada con desayuno, maternal y encantadora. Tan pronto como entró en la casa, ahí estaba ella, ofreciéndole una taza de te y un trozo de pastel. Mientras se relajaba en un sillón tapizado en algodón multicolor, tomándose su taza de te, el le dijo lo mucho que le gusto la iglesia del pueblo y cuanto le había gustado la misa.

"¿Te interesan las iglesias, cariño?"

Jake admitió incluso eso, pero le dijo que estaba allí por otra razón.

"¿Ah, si y cual es?"

"Estoy haciendo una investigación para escribir una novela sobre el rey Alfredo, el rey que se refugió en una cueva cerca de aquí. Estuve allí esta mañana".

Su cara era poema por la preocupación.

"Carió, tu ¡no subas ahí arriba!, yo no lo haría si fuera tu!"

"¿Por qué? ¿por que no?"

"Dicen que ese lugar está embrujado. Ha habido rumores de cosas que sucedieron allí. No te acerques allí- ese es mi consejo."

Jake frunció el entrecejo y pensó en lo que el coadjutor le había dicho. ¿No había usado el la misma expresión? *"Ha habido rumores de que han sucedido cosas extrañas allí durante siglos"*

El dirigió una sonrisa una sonrisa de complicidad a la señora McCracken, su casera. "¿no creerá usted en fantasmas, ¿verdad?" ha dicho que el lugar estaba encantado.

"Ha habido muchos testigos a lo largo de los años. Le aseguro que la gente de por aquí no se acerca a ese lugar. Yo se que nunca lo hare. No querrás estar solo allí arriba, sobretodo de noche, ha habido dos muertes allí, por lo menos que yo sepa."

"Dios mío, ¿hasta ahí ha llegado la cosa? ¿Quién murió y cuando?"

"El ultimo fue justo cuando me acababa de mudar aquí. Uno de ellos era un mochilero. Un maestro de cincuenta y nueve años de Wigan, creo. Le encontraron con una raja en la cabeza, mas muerto que una piedra. El medico forense dijo que fue un desafortunado accidente, pero yo no me lo trago. El pobre hombre llevaba el equipamiento adecuado, incluidas unas robustas botas de montaña- no me creí ni por un minuto que el resbalara y se golpeara la cabeza."

"¿Cree que hay gato encerrado?"

"Bueno, solo soy una vieja tonta, no se guie por lo que yo piense. ¿Gato encerrado? Algo peor, diría yo. El reportero del York Press informó que le encontraron muerto con una expresión de horror en la cara."

"Conozco ese periódico, y por lo general suele ser bastante serio. Entonces, ¿Cuándo ocurrió eso exactamente? Y, por cierto, señora McCracken, ¡usted no es ni vieja ni tonta! Jake sacó su bloc de nota mantuvo la mano en el aire con el boli agarrado, preparado para escribir en el.

Ella le dedicó una complacida sonrisa por su cumplido, pero pronto fue sustituida por una expresión de seriedad.

"Veamos, vine en septiembre del 2004, y sucedió un mes después. Así, que debía de ser octubre. Recuerdo que pensé, '¡empezamos bien! Pero afortunadamente, el no se hospedaba en mi hostal. Eso hubiera sido horroroso, ¡con la policía y todo eso! ¡pobre hombre! Quiero que te mantengas alejado de la cueva- ¡esta maldita!".

Jake no se creyó lo que la vieja le había dicho, ni por un momento, pero para calmarla, le dijo. "No se preocupe, señora McCracken- "

"Llámame Gwen".

"No se preocupe Gwen, no entra en mis planes ir allí. Tengo que ir a Hull mañana. ¿Puedo reservar la habitación durante tres noches mas?"

"Es una época tranquila ahora, así que no hay problema."

"Genial. ¿Cómo esta el transporte publico hasta Hull?"

"Lo mejor es coger el autobús, el 128 para en la carretera principal en Brook House Farm, y te llevará hasta Hull. Ese es recorrido mas directo. Creo que debo de tener un horario de autobuses por aquí en alguna parte. Ah, ¡aquí esta! Veamos. Hay uno que sale a las 11.15. te llevara a Hull en unas tres horas, ¿así te viene bien? Puedes dirigirte hasta la universidad desde la parada del bus."

"Podría llegar tarde mañana entonces"

"Tienes una llave, puedes entrar cuando quieras cariño".

Jake estaba cansado y se marchó a su habitación, donde encontró algunos folletos. Uno en particular llamó su atención, sobre el ayuntamiento de Ebberston. Resultó ser un edifico declaro de interés turístico, un pequeño ayuntamiento señorial con unos esplendidos jardines.

El lo sostuvo para leerlo mientras se tumbaba en la cama, el descubrió que Sir Charles, que hizo construir la gruta, estaba incluido entre los anteriores dueños. Parecía que a el vizconde le gustaba figurar durante el reinado de George III. El dejó el panfleto a un lado y decidió darse una ducha y averiguar mas sobre aquel hombre al día siguiente en la universidad.

5

UNIVERSIDAD DE HULL, MAYO 2019

Una hábil destreza con las dosis adecuadas de engaño y manipulación le permitieron a Jack penetrar en las férreas defensas de la biblioteca y conseguir acceso a los archivos de Hotham- Thompson. El octavo vizconde resultó ser un estudio fascinante mientras Jake pasaba por alto las cartas que cubrían la carrera académica del joven Charles en varios colegios públicos, sobretodo el de Westminster, y subsecuentemente el estudio de las leyes en el colegio de abogados.

Arrastrado a sumergirse en la vida propia de un noble del siglo dieciocho, a pesar de su deseo de descubrir todo lo que podría echar luz sobre la cueva del rey Alfredo, Jake cada vez descartaba menos material irrelevante mientras su interés por el personaje le atrapaba cada vez mas. Una distinguida carrera militar que comenzó en el primer regimiento de infantería hasta alcanzar el rango de general en el año 1762 durante la guerra de los siete años.

Desde el año 1761 al 1768 fue también miembro del parlamento por el estado de St Ives in el año 1763 fue nombrado miembro de la corte del rey.

"¡Caray, este Sir Charles era un pez gordo- alguien que había que tomar en cuenta!"

Reconstruir la carrera de Sir Charles a través de sus cartas era una tediosa pero gratificante tarea, y Jack llenaba paginas enteras de su bloc de notas, empezando desde el principio cuando el fue nombrado coronel del decimoquinto regimiento de infantería hasta que se retiró en Yorkshire, donde el sucedió a su padre en el año 1771 como barón de su provincia cerca de Beverly. El adoptó también el nombre de Thompson al heredar los estados Thompson en Yorkshire de la familia de su esposa en el año 1772. El fue nombrado caballero también en el año 1772.

Este material le dio a Jake el contexto que necesitaba para su búsqueda, y empezó a repasar las cartas posteriores al año 1771 con mas entusiasmo, pero frustrantemente el no pudo encontrar mas que asuntos mundanos de familia, aventuras amorosas, las juergas de algunos amigos ebrios, la gestión de asuntos de estado- tales como el alquiler de algunas granjas, cartas de condolencias; en resumen, todos los mayores y menores eventos que constituían la vida de un noble eminente de la época.

No fue hasta que el encontró una carta datada de 1773 y dirigida a Sir Robert Wanley de la Sociedad de Anticuarios Real (The Royal Antiquarian Society) que, temblándole la mano, el dejó atrás la sensación de haber desaprovechado un día.

La carta decía así:

Señor,

Dado su generosa naturaleza, seguramente me perdonara la impertinencia de dirigirme a su eminencia por medio de esta epístola por la cual le pido perdón, si no pensara que a usted le parecía bien no lo haría.

Yendo directamente a la cuestión, Señor, mi solicitud esta basada en la merecida reputación que le precede como experto en todo lo concerniente al periodo anglo-sajón dentro de nuestra Real Sociedad y fuera de ella. Como merecedor heredero de un noble, erudito antepasado como el grandioso Sir Hunfrey, ruego no causarle molestia alguna, consciente naturalmente de que es usted un hombre muy ocupado, por hablarle de un útil y esencial estudio, sobre un asunto de mutuo interés, del cual creo que estará usted deseoso de ocuparse. Me gustaría llamar la atención, Señor, sobre los misteriosos y sorprendentes sucesos que están teniendo lugar en mi propiedad en el bosque de Chafer, un lugar conocido localmente como La Cueva del Rey Alfredo, una caverna sobre la que sin duda sus incomparables conocimientos podrán arrojar algo de luz. Es por tanto con considerable inquietud que yo espero su respuesta a mi invitación a peregrinar a mi humilde residencia en Ebberston Hall para dirigir una investigación. Si así lo desea, quizás quiera usted venir a Yorshire para ver todos los asentamientos y lugares de este condado y estoy seguro de que no quedará decepcionado.

Su mas humilde y obediente serviáor,
Chas. Hotham-Thompson, KG

Jake releyó la carta, con creciente entusiasmo, y la copió palabra por palabra en su cuaderno de notas. En vano, el busco una carta de contestación que siguiera a esta. Cuando estaba llegando al final del contenido de los archivos, el volvió a colocar las cartas cuidadosamente y llevó la caja de archivos de nuevo a la severa y con cara de pocos amigos bibliotecaria que hizo un espectáculo de comprobar le estado del contenido de la cana mientras Jake le daba efusivamente las gracias recalcando lo útil que había sido la experiencia, el le preguntó acerca de Sir Robert Wanley. Ella le decepcionó al insistirle que en sus archivos no había nada sobre dicho caballero. En vez de eso, ella le dijo que la mejor manera de encontrar algo escrito por dicho anticuario sería dirigirse a la sociedad de anticuarios de Londres. Ella busco un fichero y le enseñó una dirección- Burlington House, Picadilly. Jake se lo agradeció y anotó la dirección, pensando tristemente que hacia falta trabajar mucho mas de lo que el había imaginado para escribir una novela.

A la mañana siguiente después del desayuno, abrió su cuaderno de notas, encontró el teléfono móvil del coadjutor y le llamo. Después de una breve conversación ellos acordaron encontrarse dentro de media hora en la iglesia. El hombre parecía estar relajado con respecto a la cita, calmando las dudas que Jack tenía sobre su sinceridad.

Cuando se aproximaba a la iglesia por el sendero, una ola de felicidad le invadió al divisar la robusta figura del coadjutor y le animó a caminar mas deprisa.

"Ayer fui a Hull y leí las cartas de Hotham-Thompson" le soltó Jake sin rodeos.

"¿De verdad? ¿y que averiguó?"

"Una carta a un anticuario donde le informaba de "misteriosos y sorprendentes sucesos en la cueva".

"Eso sería justo antes que Sir Charles mandara construir la gruta y bloqueara la entrada a la caverna"

"Desafortunadamente, no había mas cartas dirigidas al tal Sir Robert, así que no se más que esa vaga referencia a "sucesos". ¿puede usted contarme algo más?"

"Puedo, pero queda advertido que no debe meterse en asuntos que no le competen". El tono amenazador del coadjutor parecía impropio de su apariencia benigna hasta que Jack le miró a sus ojos azul claro, que habían adquirido un agresivo cariz tras las gafas. "Escribir una novela es una cosa muchacho. Desde la distancia puedes usar la imaginación a tu antojo, pero el remover ciertas fuerzas, es otra cosa. Te contaré todo lo que se para que juzgues por ti mismo."

El viento soplaba en el cementerio los arboles crujían y gruñían al zarandearse, haciendo temblar a Jack subiéndose este el cuello de su chaqueta. De manera que el rápidamente accedió a la sugerencia de buscar refugio en la sacristía donde ellos se sentaron a una mesa en lados opuestos. Los sobrepellices y otros pertrechos eclesiásticos que colgaban de sus perchas hacían que la habitación tuviera una atmosfera opresiva. Jack luchaba contra la sensación de claustrofobia y escuchaba atentamente lo que su anfitrión tenía que decirle.

"Lo que quiera que ocurriera en el siglo dieciocho ha llegado a nosotros como cuentos de la abuela. Dicen que los pequeños propietarios por aquel entonces empezaron a perder animales, y por supuesto el robo de ganado era un delito capital en aquella época. Así que sospecharon de algunos tarambanas que había por la zona, pero no fue hasta que informaron que habían visto fuego en la cueva en varias ocasiones que un grupo de hombres fue a investigar. Encontraron varios animales masacrados, así como pieles y huesos, y también restos de un incendio. Se propusieron vigilar la zona y volver a la cueva para apresar a los culpables cuando se declarara un incendio.

"Desgraciadamente un hombre del pueblo, se pasó de impetuoso y por mucho, vio el resplandor de unas llamas una tarde y en lugar de buscar ayudar, fue a investigar, habiéndole dicho a su esposa primero lo que sucedía. El nunca regresó. Y nadie supo jamás lo que le pasó. Entonces fue cuando Sir Charles decidió investigar el tema. Había rumores de que el había realizado varios disparos en el bosque aquella tarde. Por supuesto el podría haber estado cazando algún faisán o lago, ya sabe como exagera a veces la gente. Pero claro, a eso le sumamos que Sir Charles volvió al ayuntamiento y les dijo a todos los vecinos que no se acercaran a La Cueva Del Rey Alfredo. Después de estos sucesos, como usted ya sabe, Sir Robert Wanley, un famoso anticuario, vino a investigar la cueva. Y ahí esta lo más curioso de todo: El Vicario de la iglesia de Santa María en aquel entonces, guardaba un diario donde el afirmaba que Sir Robert llegó siendo una persona sociable, de personalidad jocunda y se marchó siendo un individuo, irritable, con ojeras y que parecía como si le hubieran embrujado. Fue el quien animó a Sir Charles a llenar la cueva de rocas y a bloquear la entrada. Entonces, por supuesto, según la moda de la época, Sir Charles construyó una gruta alrededor de la entrada. Y ahí sigue, como usted ya ha podido ver hoy en día.

Jake puedo ver en el semblante del coadjutor que su semblante terror por dicha leyenda era sincero.

"Aún hay mas, ¿verdad?"

"Efectivamente, lo hay. La gente ha perdido la cuenta de las tragedias asociadas con ese lugar. Han pasado más de doscientos años, pero la maldición de La Cueva Del Rey Alfredo continua. Hablamos de viajeros que desparecen sin dejar rastro, cuerpos si cabeza e incluso de locos con delirios. ¡No me mire así, no me lo estoy inventando! Puede comprobarlo muy fácilmente, señor Conley".

"No es que no le crea. Solo es que... Si la cosa esta mal como usted dice, ¿Cómo es que no se ha corrido el rumor por todo el condado?"

La gente de aquí quiere una vida tranquila. Podemos pasar sin ese tipo de notoriedad. Ya ve, en 1951 la cueva fue despejada y escavada. ¿Sabe lo que encontraron los arqueólogos, ¿no? Nada relacionado con los anglo-sajones. Si no mucho más antiguo. Encontraron los restos de siete cuerpos humanos, cinco adultos y dos niños, junto con sus piedras de sílex, utensilios de cocina de cerámica, astas y huesos de animales. Los hallazgos fueron datados al principio del Neolítico, pero no hubo, pero no se hizo ninguna datación de los hallazgos y extrañamente los restos han desaparecido. Eso ha traído rumores y especulación. La cueva fue sellada después de la excavación con una gran roca. Como le digo, no queremos ninguna notoriedad. El ultimo desgraciado suceso fue un maestro de escuela que visitaba la zona.

"En 2004, McCracken me dijo. El pobre tipo resbaló y se rompió el cráneo"

"Eso es lo que la gente quiere pensar. Pero debe de haber alguna explicación mas siniestra."

"¿Qué quiere decir?"

"No importa. Usted manténgase alejado de la cueva del rey Alfredo. No queremos que tenga un accidente", creo que es nuestro deber mantener a los visitantes alejados de esa cueva, eso ha reducido la frecuencia de los accidentes. Dejémoslo así, ¿de acuerdo señor Conley? El hizo un esfuerzo por que su voz no sonara agresiva.

"¿Me esta amenazando? Jake le miró de manera firma al regordete coadjutor de apariencia inofensiva y una voz que contrastaba con esta apariencia.

El le regalo a Jake una cálida sonrisa e hizo un generoso gesto de disculpa. "Todo lo contrario. Estoy tratando de protegerle de su propia curiosidad. Odiaría que le pasara algo, joven. Mire. ¿Por qué no busca otro rey sobre el que escribir?"

Jake le dio las gracias, ambos hombres estrecharon sus manos y el se marchó de la iglesia maravillado ante su propia terquedad. Las advertencias del coadjutor habían causado el efecto contrario en el. El estaba más determinado que nunca a volver a la gruta. No era que no le asustaran las historias de los terribles sucesos que habían sucedido cerca de la cueva- que, si lo habían hecho tanto como que a el no le apetecía subir la colina en este momento, no había prisa; en lugar de eso el daría una vuelta por Ebberston Hall. Así el viento le tranquilizaría. El ver lo edificios le daría un conocimiento del hombre que había construido la gruta. Si el quería tener éxito en esta empresa, el tenía que sumergirse por completo en carácter y el ambiente de Ebberston.

6

EBBERSTON, NORTE DEL CONDADO DE YORKSHIRE, MAYO 2019

Mientras se alejaba caminando de la iglesia, Jake reflexionaba sobre el ambiente de Ebberston. En la superficie, hablaba el en voz baja para si mismo, era solo un pueblo del condado de Yorkshire. Pero mirándolo mas de detenidamente, todo se salía de lo ordinario, y el ayuntamiento de Ebberston no era menos. El caminó pasando de largo la concurrida entrada de la carretera A170 por unos cuatrocientos metros, donde una antigua carretera era ahora un sendero de hierba flanqueada por castaños y tilos. El prefirió ir por este camino porque estaba mas apartado de la vista de la gente ya que el había descubierto, que donde una vez el edificio del ayuntamiento estuvo abierto al publico, ahora era una propiedad privada. Y el solo quería tener una vista del edifico, no había necesidad de tener que presentarse a nadie y dar explicaciones. El había leído un folleto para turistas sobre Ebberston Hall entre los otros folletos que había en la posada de Gwen.

El abrió su bloc de notas, encontró la anotación que buscaba y le refrescó la memoria. Construido en el año 1718 por William Thompson, supuestamente para su amante- al parecer, ella no lo encontró a su altura y se negó a vivir allí. Quizás era porque fue construido como casa de veraneo o cabaña de caza, sin grandes pretensiones. De hecho, el había descubierto, que la llamaban la casa señorial mas pequeña del país. Uno de sus antiguos dueños, George Osbaldeston, se había arruinado debido al juego y las apuestas y el, que era conocido como "El señor de la caza de Inglaterra" se vio obligado a vender la propiedad y a mudarse. Este edificio, se sumaba a la inquietud que le producía a Jake la atmosfera del pueblo. Había algo en ese lugar que le ponía nervioso, y estaba determinado a llegar al fondo del asunto.

Entre la alameda, el estudió el atractivo edifico. Enseguida notó lo pequeño que era el edifico para ser una casa señorial. Sin embargo, estaba elegantemente construido en un estilo paladino de tres alturas y columnas toscanas en la primera planta. No cabía duda de que el arquitecto lo había diseñado de ese modo, con un ojo en el estrecho valle Kirk Dale. El se preguntó porque Charles se habría mudado para irse a su recién construida Dalton Hall. Probablemente el también querría algo más grande para impresionar a sus iguales de la aristocracia. Jack sonrió. Personalmente el sería feliz viviendo en una casa como esa. El se dio la vuelta. Esta breve observación le fue suficiente para conocer un poco al hombre que había construido la casa, y le sirvió para calmar los nervios después de las tonterías que el coadjutor le había soltado como una gárgola en pleno ataque. El sonrió al imaginarse la imagen y murmuró para sí mismo, "¡pobre señor Hibbit, su cara rubicunda se parece mucho a la de ese monstruo esculpido! Pero el pensó en su mirada dura y su voz amenazante, y su sonrisa se disipó. ¿Por qué iba a tener el que cambiar el tema de su novela? Ya lo había decidido; Sería sobre Alfredo.

Después de llegar de nuevo a la carretera principal el pasó de larga la entrada a la casa y siguió por el carril vallado unos cuantos cientos de metros, la valla dio paso a un muro de piedra, y el descubrió un pajarillo picoteando una piedrecilla, pero la diminuta criatura, alarmada por su presencia, se escurrió por un agujero, que sin ninguna duda era su nido. Al final del muro, el giró hacia la izquierda por una carretera áspera que a su vez se bifurcaba hacia la izquierda llevándole a un sendero de piedra que discurría entre altos helechos y arboles de endrino y serbal que le cobijaban del viento.

Con el transcurrir de los años de haber hecho

senderismo, Jack había descubierto que dicha actividad le daba la oportunidad de observar la fauna y la flora salvaje. Hoy no era una excepción, el se quedó paralizado, arriba entre los arboles el vio la blanca panza de un gamo. Una hembra a juzgar por su tamaño. Dado como la moteada parte superior de su cuerpo camuflaba a el animal, el se congratuló de su ojo avizor por haberlo podido ver. Habiéndole subido la moral al ver los movimientos del pájaro, Jake siguió el sendero mientras este giraba a la derecha, ascendiendo hasta que el pudo ver la piedra circular monumental que era la gruta de Sir Charles.

Su buen humor se disipó casi inmediatamente. Algo no iba bien. Con nerviosismo el se aproximó a la estructura. Delante de la entrada, el olor amargo de madera quemada se metió en sus orificios nasales. Alguien había encendido un fuego delante de la caverna. Los pelos de la coronilla se le pusieron de punta. Cuando la entrada de la cueva debía de haber estado bloqueada por una gran roca y llena de tierra ¡ahora el miraba con incredulidad a la negrura de la entrada de la cueva!, alguien había quitado todos los obstáculos, pero el miró a su alrededor, no había ni rastro de la gran roca ni de ninguna de las otras rocas, no tampoco del cartel informativo, el se aproximó a la cueva, el corazón le latía muy deprisa. A quinientos metros de entrar el escuchó sonido de algo arrastrándose y gritó, entonces cayó el silencio, y el llamó "¿Hay alguien ahí?"

No hubo respuesta, pero le recorrió un escalofrío, y el sintió la malicia emanar de las profundidades de la cueva. Tan fuerte fue la sensación que, sin pensarlo un momento, el se dio la vuelta y se marchó corriendo por donde había venido. Dos veces, el miro por encima del hombro, pero nadie le estaba prosiguiendo. A medio camino del sendero el paró para recuperar la respiración, ya que estaba respirando mal porque su pulso era demasiado frenético. El se apoyó contra el banco y miró con miedo hacia atrás- ¡nada, nadie! El respiró profundamente, tomando aire con avaricia. ¿Se lo habría imaginado todo? ¡por supuesto que no! ¿pero como era posible quitar la roca y las demás piedras sin dejar ni rastro? Para hacer eso haría falta maquinaria pesada, pero no había huellas en la tierra que rodeaba la gruta. ¡Otro misterio para Ebberston! ¿Qué iba el a hacer? Cuando bajaron los latidos de su corazón, empezó a pensar más fríamente, ¿Debería telefonear al señor Hibbit y confesarle que había ignorado su consejo? Si no lo hacía, ¿quien podía ser testigo de tan extraordinarias circunstancias? Nadie, así que sería mejor no decírselo a nadie por el momento.

¡Que mañana! El repasó los eventos el día hasta el momento, primero, la extraña conversación con el coadjutor. El mismo había hablado de cuentos de viejas, pero para ser justos, había sido el señor Hibbit quien le había contado de la existencia de la correspondencia de Charles. Eso en sí mismo ya era extraño. ¿Por qué no había querido contarle todos esos sucesos que habían ocurrido en la cueva hasta que el hubiera leído "los misteriosos y sorprendentes sucesos" por si mismo? ¿Por qué no haberle contado simplemente un resumen y advertirle? Ahora, el tenía su propio sorprendente y misterioso suceso con el que competir. El debe volver y encontrar una explicación. El se estiró dio dos pasos regresando por el sendero, pero se paró. No se atrevió a ir mas lejos. ¿Había mencionado el señor Hibbit algo sobre cadáveres y unos lunáticos? Por primera vez, el no pensó que fuera una tontería. Sin embargo, el no podía explicar lo sucedido de ninguna manera racional- y fue esto mas que cobardía lo que impidió que volviera a la caverna. Incluso cuando había decidido no ir, el sabía que tendría que volver a ese lugar maldito- solo que no iría ahora mismo. El sentimiento de malicia que provenía de La Cueva del Rey Alfredo había sido muy fuerte, demasiado diabólico. El retrocedió dos pasos hasta el lugar donde había descansado considerando los hechos una vez más. ¿no había ninguna explicación? El llegó a la terrible conclusión de que no la había. Para calmarse a sí mismo, porque el sentía como si la cabeza le explotara, pensó en cosas positivas como el pajarito que había visto o el gamo. Básicamente por cosas así era por lo que le gustaba el senderismo. Si ese era el caso. ¿Por qué no encontró el otro lugar para matar el tiempo antes de la hora de comer?

El tuvo una idea. Podía visitar el campo de batalla y el arroyo que fluía cerca de allí. Con esto en mente, sacó el mapa y localizó su posición actual. Allí estaba el, al oeste de Ebberston, contiguo a la carretera principal, escrito con bastante claridad, "el estrecho sangriento", y las letras góticas que se usan para lugares históricos indicaba "el dique de Ofwy. Jake rebuscó en su mochila y sacó un folleto que el había cogido de la habitación donde se hospedaba, ahora doblado lo que todavía haría mas difícil entender su mala letra, sobre la historia de la zona. El examinó las notas sin leerlas hasta que llegó a: La tradición dice que Alfredo fue herido en una batalla (o en Seis diques o en el dique de Ofwy) cerca de donde se encontraba. *Las trincheras en Scamridge cerca de Ebberston han sido llamadas desde tiempo inmemorial por le nombre de "el dique de Oswy", probablemente porque el ejercito de Oswy acampó allí, antes de enfrentarse a las fuerzas rebeldes de su hijo.* El leyó un poco más: *Hay muchas antiguas construcciones de tierra en la zona al norte de Ebberston y Snainton. El dique de Scamridge ocupa aproximadamente cinco kilómetros cuadrados de llanura anegadiza. Posiblemente datan de la edad de piedra. Aquí hace aproximadamente un siglo, se encontró una vivienda comunal entre los diques y las zanjas, y catorce cuerpos de mil años datados del años 1000 dc.*

Eso sería suficiente para captar el interés de un arqueólogo o historiador de la zona, dijo el hablando en voz alta consigo mismo. Su dedo trazó al ruta que el seguiría. Primero el llegaría a The Grapes, comería allí otra vez y entonces se dirigiría por el sendero cerca del pub, hacia la izquierda. Eso le llevaría a el estrecho sangriento, también llamado campo sangriento.

Después de una comida muy satisfactoria regada con una excelente cerveza artesana, su buen humor se restauró, Jack salió del pub. El encontró el sendero publico y lo siguió hasta el campo sangriento. El había temido sentirse atormentado por algún peculiar sentimiento en el lugar de la matanza dado su recién incrementada sensibilidad, pero afortunadamente el no sintió nada excepto su propia conciencia histórica. El miró los alrededores del campo, sin ver nada en especial, excepto el pensar que una feroz batalla se había librado allí donde el se encontraba ahora. El calculó rápidamente- 1304 años antes, algunos hombres habían muerto aquí. El se preguntaba si un detector de metales podría encontrar algunas armas antiguas en la tierra. Con ese pensamiento final, el partió en busca del arroyo. Pasando a través de tres puertas y volviendo a cerrarlas cuidadosamente, el giró a la derecha, pasó por la puerta de la esquina del campo, y caminó por un puente que cruzaba el arroyo.

Allí el paró y se agarró la frente con los dedos de ambas manos porque tuvo un repentino mareo. El se balanceó momentáneamente, y se apoyó contra uno de los lados del puente, agarrándolo para sostenerse.

Mientras el se inclinaba sobre la estructura, miró hacia abajo para ver el agua fluir y para horror suyo- el pestañeó y sacudió la cabeza- ¡el agua se estaba volviendo roja! Esto era justamente lo que el se temía. ¿Qué era lo que le pasaba? ¿le había vuelto loco el accidente? La doctora Emerson no lo creía así, pero entonces, ella no estaba mirando un arroyo conocido como el arroyo sangriento porque el agua se había vuelto roja debido a la matanza ... ¡si...pero hace 1304 años...no ahora!

7

EBBERSTON Y EASTFIELD, CERCA DE SCARBOROUGH, NORTE DE YORKSHIRE.

Cuando Jake volvió a la posada donde se alojaba, Gwen estaba muy preocupada por el.

"Madre mía, ¡parece que hayas visto un fantasma! Pareces tan pálido. Ven y siéntate, te haré una buena taza de te".

A pesar de su amabilidad, Jake no quería compartir sus extrañas experiencias y dejó que ella creyera los milagrosos poderes curativos del te." Algo que ella dijo que tenía como enterrado en su mente y que ella ahora había recordado.

"Señora Mc...eh... Gwen, ¿recuerda cuando me contó lo de esos extraños sucesos en la gruta? Me dijo que habían ocurrido dos sucesos últimamente, uno era el de aquel profesor. ¿Cuál era el otro?"

Ella le miró con una expresión peculiar, difícil de descifrar-¿reprobación, repulsión, o ambas?

"La vedad es que deberías de olvidarte de aquella cueva. Esa lugar trae mala suerte. Pero supongo que lo querrás saber para tu libro, ¿verdad? Dijo ella en un tono más suave.

"Fui antes de venir yo a Ebberston, ya sabes. En los setenta una muchacha, desapareció sin dejar rastro. Entonces se encontró algo que le pertenecía veinte años mas tarde. No puedo recordar los detalles para salvar mi vida."

"Supongo que podré averiguarlo en la biblioteca de Eastfield. De todos modos, necesito mas información sobre el rey Alfredo."

"Te diré una cosa cariño. Tengo que ir al Boyes de Eastfield. Hace un montón de tiempo que quería comprar unas cortinas. Las de la habitación trasera están muy gastadas. Te llevaré en mi coche, y después nos vemos para tomar algo. ¿Qué te parece?

A Jake le entusiasmó la idea.

"Es muy amable de su parte, y lo menos que puedo hacer es invitarla a comer".

¿Te va bien a las nueve y media cariño?

"Eso me da tiempo de sobra para prepárame y desayunar. Bien".

Gwen le dejó en la librería de Eastfield en la calle principal justo bajo el principal centro comercial al fondo de la zona peatonal. Ella señaló hacia el centro comercial. "Podemos comer aquí, ¿a que hora quedamos?

Jake miró su reloj, ya eran las 10:45. El calculo que dos horas serían suficientes para lo que el necesitaba.

"A la una me va bien".

Su inquilina le dedicó una dulce sonrisa, y el pensó, *Hay gente que son buenas personas por naturaleza.*

"Entonces estaré aquí fuera en la entrada a la una cariño".

El la saludó con la mano esforzándose en dedicarle una agradable sonrisa.

La librería estaba regentada por voluntarios, pero eran unas instalaciones bastante bien gestionadas que ofrecía varios servicios como fotocopiadora y fax. El encontró a un hombre mayor muy amable, con un aire de profesional eficiente.

Cuando le expliqué mi interés en la cueva del rey Alfredo, al principio, el hombre era reacio a ayudarme.

"Es un asunto muy misterioso ese del cual quiere información. ¿Es usted periodista?"

¿Había detectado el cierto tono de hostilidad en el viejo?

"No, en absoluto. Soy un historiador que está investigando sobre el rey Alfredo para una novela. Solo quiero ponerme en situación, sentir el lugar."

Al decir esto, el pensionista suavizó el tono y añadió, "Bueno, no estoy seguro si lo que encuentre usted en la cueva le ayudará con una novela sobre un rey de Northumbria, pero hay un archivo entero que se trata sobre los extraños sucesos de la cueva, ya sabe, los de interés general. Por supuesto tenemos varios libros sobre reyes anglosajones y en particular un articulo muy bueno de una revista llamada *celtica* que le podría gustar echarle un vistazo. Le dará una visión diferente de Alfredo. Lo leí hará un para de años. Está muy bien escrito.

"Eso esa muy amable de su parte. Quiero ver todo lo que tenga, en realidad"

Jake no estaba tan interesado en el rey como el debería de estar, no para un novelista que estuviera escribiendo sobre el rey Alfredo. En su estado mental actual, a el le apetecía mas rebuscar en la caja del archivo para averiguar mas sobre los eventos curiosos que sucedieron en la cueva.

En particular, el quería averiguar algo sobre la chica que desapareció en los años setenta. El archivo contenía muchos artículos que databan de periódicos de principios del siglo dieciocho en adelante hasta el siglo veintiuno. Como todo el material estaba en orden cronológico, fue fácil encontrar el articulo de 1974 de la adolescente desaparecida. Durante unas vacaciones con su familia en Ebberston, la muchacha de catorce años Janice Pemblenton fue al campo con su amiga Claire Weekes, de trece años, pero esta ultima desobedeció ordenes estrictas de llegar a casa a las 8 de la tarde, sus ultimas palabras fueron, "me voy a la gruta", y nunca la volvieron a ver. Se inicio una búsqueda en gran escala de la zona con cientos de preocupados voluntarios examinando cada centímetro del campo, pero sin poder encontrar a Janice. A pesar de seguir todas las pistas disponibles y de entrevistar a docenas de personas la policía no pudo llegar a averiguar lo que le había pasado a la chica.

Jake sea sentó de nuevo en la silla y se dio cuenta de lo tirante que tenía la garganta y de como se le hundían las tripas. Estas sensaciones eran difíciles de explicar. ¿Habría desaparecido el también como Janice si hubiera entrado a la cueva? Aún tenía grabada en su mente la maldad que emanaba de la caverna. ¿Y si Janice al igual que el, hubiera encontrado la entrada a la cueva sin sellar y hubiera entrado?

El continuó leyendo y descubrió que casi veinte años después, en 1992, un senderista que seguía el sendero hacia la gruta se había encontrado un medallón de oro. La madre de Janice lo identificó como un medallón religioso que le había regalado a su hija para su confirmación en 1974. El medallón había aparecido no muy lejos de la entrada de la cueva. Jack pasó la pagina, pero no encontró nada mas acerca de la chica desaparecida.

El siguiente articulo trataba sobre el profesor de escuela que había muerto de un golpe en la cabeza. Al leerlo detenidamente, pudo ver la señora Hibbit no estaba muy convencida del veredicto del forense.

La policía no había podido localizar el lugar donde supuestamente el hombre se había caído y partido el cráneo. Esta prueba perdida pero seguramente crucial dejo muchas preguntas sin contestar. Jack tomó algunas notas pasó las paginas llegando a los sucesos del siglo diecinueve. Dos de principios de siglo tenían que ver con locura. Aunque treinta años separaban ambos informes, compartían una extraña similitud. Los dos reporteros se referían a los incoherentes balbuceos de las victimas, ambas se dedicaban a cuidar los rebaños, y ambas víctimas desvariaban diciendo que unos hombres que llevaban hachas habían venido a robarles sus ovejas. Una cosa en particular sorprendió a Jack, el hombre loco y aterrado insistía en que el ladrón podía caminar por las paredes del corral de las ovejas. Esto, por supuesto, fue achacado a los desvaríos de un loco, y el pastor terminó en el manicomio de North and East Ridings para mendigos en el año 1849. También hubo un asesinato sin resolver en el año 1888. El cuerpo de un visitante, mutilado por numerosas heridas, infligidas según el forense por un arma blanca de grandes proporciones, fue encontrado por una familia que visitaba la zona y que había decidido acercarse a la gruta. El horripilante hallazgo arruinó su agradable día en el campo.

Jake miró su reloj. Era mediodía, y el había reunido suficiente información sobre la caverna para comprender no era solo los cuentos de la abuela los culpables de su reputación. El tenía que empezar a investigar seriamente al rey a quien la cueva le había dado cobijo estando herido.

La hora anterior a su cita con Gwen voló mientras llenaba su libro de notas con detalles sobre la vida de Alfredo. El articulo recomendado por el servicial pensionista le dio una idea real del parentesco y educación irlandesas del rey que iba a iluminar Northumbria con su aprendizaje y con los eruditos que el trajo a su reino. El único espacio en blanco que le quedaba a Jack era el que más necesitaba saber- ¿Cómo había muerto el rey Alfredo? Parecía que los eruditos sajones no se ponían de acuerdo con eso, y los registros contemporáneos eran demasiado vagos. Sería un maravilloso objetivo para el, el descubrir lo que numerosos estudiosos del periodo anglosajón habían fracasado en averiguar. Sería una importante medalla la que se pondría. Una vez mas, parecía que la respuesta yacía en la cueva del rey Alfredo. Todo le llevaba hasta allí, y el sabía que mas pronto o mas tarde debía de superar su miedo y entrar a la caverna.

El centro comercial se enorgullecía de tener un bar que servían el típico pescado con patatas y viendo que el lugar no tenía ni una mota de polvo, Jack sugirió comer allí. Gwen rápidamente aceptó y mientras comían ella le preguntó por su investigación. El pensó en sondear su reacción. Ella no nació en el pueblo, pero había vivido allí durante quince años lo bastante como para pensar como la gente del pueblo.

"Todo se reduce a la cueva del rey Alfredo", dijo el. "Los misteriosos sucesos de Ebberston están todos asociados con ese lugar."

El tenedor de Gwen flotaba entre el plato y la boca y ella parecía ansiosa.

"Y por eso mismo debes mantenerte alejado de ella, Jake, Recuerda mis palabras, algo horrible sucederá si continuas con tu investigación. No vuelvas allí. Algo terrible pasa con esa cueva. La gente del pueblo no quiere ni oírla mencionar, mucho menos ir allí"

"Creo que tienes razón Gwen", el quiso tranquilizarla. "Y estoy seguro de que puedo escribir mi novela sin tener que poner un pie allí otra vez."

En el camino de regreso a Ebberston, Gwen no le mencionó lo de la cueva. Jack pensó que era extraño que ella no hubiera preguntado sobre los detalles del caso de Janice Pemblenton ya que ella dijo no recordar los detalles del caso. Pero no se refirió a ello y explicó su silencio diciendo que no le apetecía hablar sobre la caverna.

Mientras se relajaba en su habitación, Jake se preguntó que haría después. El no tenía prisa por volver a la cueva del rey Alfredo, y en cualquier caso la idea de ir allí al amanecer tampoco le seducía en absoluto. El prefería volver con el fuerte sol de media mañana. El repasó las notas que había cogido y encontró su mano le temblaba mientras sujetaba un libro negro. Se preguntó si Gwen tenía razón sobre que algo horrible iba a pasar si seguía investigando. El nunca había tenido ocasión de combatir al demonio en sus treinta años de vida. ¿Qué se creía el que estaba haciendo? ¿Porque no se olvidaba de este asunto y escribía una novela histórica como todas las otras novelas de el planeta? Pero quizás, ese era el problema- el no quería ser como todos los demás. El estaba tras la pista de algo misterioso y no lo quería dejar escapar. Mientras el sopesaba la situación, se le ocurrió que había dejado una misteriosa línea de investigación inexplorada. Para seguirla el tendría que regresar a Londres.

8

LONDRES, REINO UNIDO, 2019

Inseguro de si el sería admitido en los angostos entresijos de la Sociedad de Anticuarios de Londres, Jake visitó la pagina web y descubrió que los investigadores que no pertenecieran a dicha sociedad eran bienvenidos.

Solo había una condición:

"Las colecciones del museo se encuentran en almacenamientos cerrados, por lo tanto, avisar de antemano es esencial. Algunas de las colecciones de la biblioteca y los archivos de la sociedad son de acceso restringido o llevan tiempo de localizar, por lo tanto, los investigadores deben avisar de su llegada con tanta antelación como les sea posible si desean consultar ese material."

El decidió que llamar al numero de información en vez de contactar por email. En cuestión de minutos el le había trasladado sus requerimientos a un caballero muy servicial que contestó al teléfono y estaba impaciente por estudiar el material del East Riding de Yorkshire de Robert Wanley que estaría a su disposición en las próximas cuarenta y ocho horas. Eso significaba que el tenía que tomar el tren hacia Londres desde York to King´s Cross al día siguiente, hacer noche en la capital, y visitar la casa de Burlington al día siguiente. La biblioteca abría a las diez de la mañana, así que el pidió cita a las diez y media.

Jake reservó su billete u su alojamiento online y entonces bajó para informarle a Gwen de sus planes. El necesitaba asegurarse su habitación porque no había terminado de explorar la cueva del rey Alfredo de ningún modo. Lo que estaba por ver era si los escritos de Sir Robert Wanley podrían arrojar algo de luz sobre los misteriosos sucesos ocurridos.

El la encontró sentada ante su maquina de coser haciéndole un dobladillo a una gran pieza de tela. Le dijo que su excursión a Londres podría ser una perdida de tiempo y de dinero, pero que le tenía que intentarlo ya que no conseguía avanzar con su investigación del rey Alfredo. El prefería que ella pensara que estaba investigando al rey y no a la cueva. Ella estaba encantada de que el regresara a Ebberston, pero más aun de que el no fuera a la cueva.

"¡Que alivio! Estarás mucho más seguro en Londres".

Originalmente una mansión privada que pertenecía al duque de Burlington, la imponente fachada de la casa intimidaba a Jack mientras el se aproximaba a la puerta con forma de arco. Junto bajo la corona del arco, una bandera roja ondeaba en la brisa, con las letras de Burlington House grabadas en letras mayúsculas. El grabado de la cabeza de una diosa que Jack no conocía, presidía sobre el arco bajo unas letras doradas formando el nombre la real sociedad de antigüedades. Si el tenía alguna duda de que la real sociedad era una organización seria todo esto disipó sus dudas. Sintiéndose poco importante y de alguna manera un farsante como investigador, Jake respiró profundamente, pasó bajo el arco, comprobó su reloj- 10:25, iba bien de tiempo- y se dirigió hacia la entrada que llevaba al primer piso que albergaba la biblioteca.

El bibliotecario le preguntó en un tono prudencial si el había leído las normas de la sociedad para los investigadores externos.

"Si, como puede ver, solo he traído mi ordenador portátil, ninguna bolsa, y no voy a reproducir ningún material, así que no me es necesario pedir ningún permiso. Solo estoy aquí para leer y tomar notas."

El bibliotecario le miró con una tímida sonrisa. "Muy bien señor. Si es tan amable de venir por aquí a la habitación de lectura."

El le mostró a Jack una mesa ocupada en uno de sus lados por una mujer, presumiblemente una estudiante, y dejó en el otro lado un antiguo volumen encuadernado en cuero con un numero de serie grabado en el lomo de color oro con el año y el mes.

"Si necesita ayuda, puede encontrarme en el escritorio de la otra habitación".

Jake le dio las gracias y movió el volumen para ver la fecha: diciembre de 1784. El asintió a la estudiante del pelo bonito, quien había levantado la cabeza para sonreírle antes de volver a sumergirse en su trabajo. Jake encendió su ordenador y lo puso a un lado para hacer sitio a su enorme libro. El sus paginas cuidadosamente, amarillentas por la edad, y recorrió su contenido con la mirada hasta llegar al nombre Wanley. Su corazón se agitó cuando leyó el titulo del articulo: *"Sobre los hechos históricos ocurridos y relativos al misterio de la cueva del rey Alfredo, situada en el condado de York y mas en particular en el pueblo de Ebberston. P.127.*

El familiar dolor en el centro de su frente comenzó, confirmándole que el estaba sobre la pista correcta. Con cuidado exagerado, el pasó las consistentes paginas del volumen, negándose el casi irresistible deseo de pasarlas a toda prisa para llegar a la pagina que el estaba buscando.

Pagina 127, después de unas cuantas pomposas líneas en letra cursiva informándole de las cualificaciones del escritor, empezaba con una larga premisa. En otras circunstancias, Jake se lo hubiera saltado la introducción e ido inmediatamente al material esencial, pero unas pocas palabras en ingles antiguo llamaron su atención, y el leyó:

"El famoso poema anglo-sajón "The Ruin empieza así "Waraetli is thaes walthstane", id est, "Esta piedra nativa es como un espectro". De esto podemos deducir que bajo el suelo de Inglaterra yacen espectros, emanando de la propia Inglaterra. Testimonios escritos que nos han llegado hasta este, nuestro siglo dieciocho sugiere que los sajones no vieron fantasmas, a pesar de lo cual ellos sabían que estaban malditos.

Jake se quedó boquiabierto ante estas palabras. Aquí estaba un eminente anticuario del siglo dieciocho que abogaba por la existencia de fantasmas, exponiéndose al desdén y la burla de sus contemporáneos. El continuó leyendo con avaricia.

Científicos, pensadores libres y clérigos han desacreditado la existencia de fuerzas naturales tildándolas de superstición, pero deseo apoyar al gran doctor Johnson, que escribió sobre el tema de la existencia de fantasmas. "Todo argumento esta contra tal creencia, pero toda creencia apoya este argumento". Le pido perdón a mi sufrido lector por pedirle que considere durante un momento el impacto del protestantismo sobre nuestra psique nacional. El Dios de los protestantes es un Dios del orden y la razón, interpretado por hombres sabios en la forma de la teología sistemática. Esto produce una visión coherente del mundo desprovisto de superstición de una forma clara y ordenada, lista para nuestro consumo. Pero querido lector, ¿Y que pasa con nuestro folclore nacional el cual hunde sus raíces en el paganismo? ¿Vamos nosotros también a eliminar una cultura mas antigua, la creencia en lo sobrenatural en el nombre de la ciencia? - ¿O vamos a creer en las pruebas que vemos con nuestros propios ojos?

Este ultimo pasaje hizo que a Jack se le pusieran los ojos de punta. ¿Había visto Sir Robert algo sobrenatural en la cueva del rey Alfredo? El continuó con impaciencia.

Nuestra nación tiene una larga tradición de testimonios, a menudo recogidos en palabra impresa. De entre los cuales citaré el trabajo de 1581 de Stephen Batman.

¿Batman? ¡Será Bateman! Claro Jake reprimió una risa irreverente y la transformó en una pequeña tos, deseando no molestar a la estudiante que tenía enfrente suya.

La condena de todos los hombres al tener que ser juzgados: de donde proceden la mayor parte de los extraños prodigios que han ocurrido en el mundo. O de nuevo, querido lector, el volumen del año 1682 de Nathaniel Crouch. "Los maravillosos prodigios de la condena y la compasión, descubiertos en más de trescientas historias memorables. Estos, yo sostengo que no son simples panfletos suspendidos en estanterías para que el ignorante y el crédulo las contemple, ni tampoco falsos almanaques o compendios astrológicos, si no una seria y académica colección de varios e inexplicables testimonios. En armonía con estos autores, evito toda referencia a cometas, eclipses, nacimientos de monstruos tormentas de sangre, rayos y toque de trompetas. No, pero volveré a "Wraetli is thaes wealthstane" y unir mis esfuerzos a los de Robert Burton, quien escribió hace menos de cien años, "Los siervos de Dios se aparecen muchas veces a los hombres apartándoles de su ingenio algunas veces caminando al mediodía, algunas por la noche, falsificando los fantasmas de los hombres muertos.

Jake se puso recto en la silla y se subió las mangas de la camisa. Su "tercer ojo" le dolía tanto como alguien le estuviera taladrando el cerebro. Eso seguro que era una señal, pensó el de que estaba aprendiendo algo de fundamental importancia sobre la cueva de Ebberston y sus fuerzas sobrenaturales. El había llegado al final de la premisa, y las escrituras del ya hace bastante tiempo fallecido Sir Robert Wanley que le habían hablado sobre demonios disfrazados de hombres en la cueva del rey Alfredo. ¿Qué era exactamente lo que había cambiado el carácter del anticuario transformándolo en un huraño irascible?

Jake tomó algunas notas de la premisa, pero aguantó su entusiasmo para seguir leyendo. Lo que venía después era una descripción exacta de los lugares y hechos de la batalla de Ebberston y la interpretación de Sir Robert de las causas y los antagonistas. El lo guardo aparte para futuras consultas. También descubrió la naturaleza de las heridas del rey Alfredo. Sir Robert había encontrado una fuente contemporánea que afirmaba que el rey había sido alcanzado por una flecha y subsecuentemente recibió una herida en el muslo infligida por una espada. Protegido por sus hombres, el rey fue llevado a una cueva en una colina cerca de donde tuvo lugar la batalla. El y sus hombres se refugiaron allí, bastante lejos y ocultos del fuerzas enemigas victoriosas. Mas tarde aún en el año 705, los hombres del rey le llevaron a su palacio en Driffelda, donde el sucumbió a las heridas y murió. Una gran parte de dicha información le era desconocida a Jake, pero lo que venía después le dejó boquiabierto.

Sir Robert empezó a hablar acerca de la localización de la cueva y de como su viejo conocido, el estimado Sir Charles Hotham- Thompson, había construido un memorial para conmemorar el lugar donde Alfredo tuvo que huir y en el que sufrió debido a sus heridas. Pero el también se refirió a como este respetado noble, no solo compartió sus experiencias que iba ahora a describir, si no que también las corroboraba y refrendaba. Jake se quedó boquiabierto, haciendo que la estudiante al otro lado de la mesa le mirara intrigada. El no pretendía que ella se diera cuenta. Era una ardua tarea seguir el antiguo estilo de impresión en donde la s era impresa en una forma similar a una *f* y que toda la pagina de escritura era densa y se inclinaba hacia la derecha. Pero no era cuestión de que sus ojos descansaran; el había venido para esto y apenas podía creer la suerte que había tenido de la Sociedad de Anticuarios había conservado este único testimonio.

Vine a Ebberston Hall donde vivía el gran Sir Charles, un distinguido veterano de guerra de numerosas campañas.

Un coronel de las fuerzas armadas de su majestad no es el tipo de persona de las que le asustan o se dejan llevar por lo inexplicable. Sin embargo, le encontré bastante alterado por sus experiencias en el lugar llamado por los vecinos del pueblo la cueva de Alfredo. Así que aquí estaban impresas las experiencias sobrenaturales de Sir Charles contadas a un caballero del reino. *Debo de admitir mi sorpresa y mi incredulidad, cuando el me advirtió por primera ve de que había fantasmas en sus tierras y me enumeró los misteriosos sucesos asociados con su cueva. Mi indudable escepticismo le causaba un considerable tumulto a mi anfitrión, el cual no fue sofocado hasta que le dejé convencerme de visitar el lugar de dichos sucesos. El coronel insistió en que lleváramos un arma de fuego cada uno al hombro, lo cual evitó cualquier aparición de otro mundo, el hecho es que no vimos nada sobrenatural. Sin embargo, el sentimiento de maldad no mitigada que emanaba de la cueva me hizo retirarme al instante.* "¡Eso es! Exclamó Jack y tuvo que excusarse con la jovencita que tenía enfrente suya, "Estoy absorto en mi investigación, le pido disculpas".

Ella le sonrió con dulzura, y el se prometió a si mismo no llamar más la atención a su persona. Irritado el trató de encontrar por donde se había quedado en la lectura. *En la siguiente ocasión que visité la cueva, yo estaba, quizás desaconsejablemente, solo y le pido indulgencia al lector si vuelvo a "Divells" de Robert Burton ya que sin duda de que era el mismo diablo el que emanaba de aquellos fantasmas con los que me topé por casualidad aquel día. Ellos debían de estar muertos hacía bastante tiempo, ya que lucharon en la batalla de Ebberston hace mil ciento sesenta y nueve años al escribir yo estas palabras. Solo puedo suponer que esas apariciones custodiaban el espíritu de su rey que yacía dentro de la cueva. No puedo estar seguro, pues no me aventuré mas adentro ya que salí corriendo del lugar cuando las figuras que portaban un casco levantaron sus armas en un inequívoco gesto de hostilidad. Caí en el mas confuso estado mental en los día siguientes y tuve que guardar reposo al torcerme un tobillo cuando salí corriendo de allí. Sin embargo, le agradezco al señor que me fui de la cueva de Alfredo tan rápido como puede o mi pluma no habría vuelto a escribir sobre el papel.*

Jake se puso recto en la silla y respiró profundamente. El se había dado cuenta de que con este ultimo párrafo, había estado aguantando la respiración- y ahora la cabeza le daba vueltas, y su corazón estaba fatigado por servir a su propósito. El comprendió perfectamente lo que significaba para una renombrada figura del siglo dieciocho descubrir sus emociones y relatar eventos tan increíbles.

En el transcurso de mi recuperación, tuve ocasión de comparar mis visiones con las de Sir Charles y diseñar una estrategia para eludir futuras apariciones. Sir Charles, un anglicano pasado de moda, se negaba a llamar a un exorcista, tildándolo de "tontería papista". Sin embargo, el estaba preparado para hacer que llenaran la cueva de rocas, y especialmente una muy grande, que fuera suficiente, colocada al estilo de la de la tumba de José de Arimatea, blo-

queando la entrada. El buen caballero, consciente del flaco favor que le hacían a un yacimiento histórico, se conformó con que la construcción sirviera para conmemorar el refugio del rey Alfredo con la construcción de un memorial de piedra sobre una gruta. Que el desafortunado incidente de dos trabajadores al realizar dicha operación no debe achacarse a presencias no naturales. No le corresponde al lector dicha tarea y esta más allá de las pretensiones de este articulo. Sin embargo, el lector indudablemente se formará su propio juicio basado en este testimonio.

Jake siguió leyendo la pagina, pero el vio poco que añadir de importancia a su investigación, solo una prolongada justificación de la veracidad de los hechos los cuales el ya sabía que eran ciertos. Excitados ante la confirmación de su teoría sobre Ebberston, Jake cerró el volumen y tomó algunas notas. El cerró sus ojos cansados, se froto su dolorida frente y reflexionó. Lo que mas le molestaba era la inexplicable reapertura de la cueva. ¿Como había sido posible, y que había gente inocente en un gran peligro de un peligroso encuentro con unos antiguos espectros? El comprendió que debía de averiguar más antes de que ocurriera otra tragedia.

9

BURTON AGNES Y EBBERSTON, NORTE DE YORSHIRE.

Convenciéndose a si mismo de que no había ninguna tragedia inmediata por la que preocuparse, Jake se pasó el día siguiente deambulando por los valles del sur de Ebberston. En su interior el sabía que estaba posponiendo el entrar a la cueva por miedo a lo que pudiera encontrar en su interior. En lugar de eso decidió visitar una iglesia histórica de la región y escogió la de St Martin en Burton Agnes. Era una ambiciosa ruta a pie desde Ebberston, pero bien merecía la pena.

La iglesia del siglo diecisiete estaba escondida en la colina inmediatamente detrás de Burton Agnes Hall y estaba bien señalizada. La primera cosa que llamó la atención de Jake sobre la iglesia fue la aproximación hacia la entrada bajo un llamativo arco formado las bajas ramas de tejos, de manera que el se sentía como si estuviera caminando bajo un largo túnel, que retrocedía en el tiempo, mientras el se aproximaba a la entrada por la puerta sur. El llenó su bloc de notas con los elementos normandos del edificio, pero sobre todo con los detalles de un monumento de piedra a Sir Henry Griffith- el cofre de la tumba tenia relieves de horripilantes cráneos y huesos; quizás casaba con su humor pesimista. En cualquier caso, la larga caminata de regreso a Ebberston le aclararía la mente, y para cuando el llegó a tiempo para una cena tardía a The Grapes, ya había decidido ir a la gruta a la mañana siguiente.

Después del desayuno, había sufrido vacilaciones en su determinación. Cuando llegó a la carretera principal, había recobrado su convicción, pero al entrar al sendero, el volvió a vacilar al tener un mal presentimiento. Sus pensamientos volvieron a las referencias sobre demonios que tomaban forma de fantasmas que se citaban en el libro de Sir Robert Wanley. ¿Estaba siendo un idiota por preocuparse por algo tan irracional? Fuera lo que fuera el tenía que admitir que le faltaba el coraje para continuar. El no lo sabia, pensó el mientras giraba por el sendero amurallado, que sería peor, encontrarse la cueva sellada cono antes o totalmente abierta como la había visto la ultima vez. Si estaba sellada significaría que existían unas fuerzas que de alguna manera había conseguido mover un peso tan enorme o que el se había imaginado que la cueva estaba abierta. Que estuviera abierta significaría, bueno...el tenía miedo hasta de pensarlo. Con eso en la cabeza y el estado mental en el que se encontraba, se aproximó a la gruta a lo largo del terraplén arbolado hasta ver las piedras de la locura. En este momento el paró, no se movía ni hacia adelante ni hacia detrás. El dudó, deseando que hubiera alguien que el pudiera enviar a ver si la cueva estaba abierta. El se quedo así durante varios minutos hasta, decidiendo no ser un alfeñique, se movió tan silenciosamente como pudo en dirección a la gruta. A el le faltaban unos 3 metros para llegar a la obertura de la cueva; al segundo hubo un ruido que emanó de la oscuridad. La negrura pudiera estar escondiendo cualquier cosa, y el podía oírlo fuera lo que fuera. El estaba tenso escuchando. No había error posible- había un ruido. El sonido del metal en la piedra. Dentro de la cueva, el filo de una espada se rozaba contra la pared de piedra. Jake dio dos pasos hacia delante, pero entonces, pero entonces el sonido fue reemplazado por un largo y gutural gruñido. No el gruñido de un animal, sino el de un hombre. El pudo sentir la malicia barriéndole como una ola rompiente. A Jack le pudieron los nervios y de giró para marcharse a toda prisa entre la maleza que rodeaba el exterior de la gruta. El empujó las ramas y el follaje alrededor suyo con un crujido. Tenía el pecho duro y un nudo en el estomago. El no se atrevía a mirar, sin importar lo cerca que oyera las pisadas amortiguadas por la hierbas, el no miraba. No lo haría. Con cuidado de no delatar su posición con el crujir de alguna rama, el buscó su teléfono móvil. Sin mirar, el iba a hacer una foto del claro, Temblándole la mano, la sacó del bolsillo, cogió el teléfono disparando la foto con el dedo pulgar. El sonido metálico, normalmente tan silencioso que el no conseguía escuchar, ahora parecía peligrosamente ruidoso, el rezó para fuera lo que fuera que hubiera allí no descubriera su presencia. Temblándole la mano, la metió de nuevo en el bolsillo, apretó el puño, tragó saliva e intentó ignorar su corazón que le latía con tanta fuerza que parecía que se le iba a salir del pecho.

El miró por encima del hombro buscando una ruta de escape. Había una especie de sendero que había sido pisoteado, posiblemente por animales, y oteó lo que parecía ser un champiñón en medio de la maleza. El miró mas detenidamente. No, no era un hongo de ninguna clase era una oreja cortada, una oreja humana. Eso le hizo entrar en pánico. Agachando la cabeza, el salió a toda prisa de la maleza hacia el claro sin mirar y bajo corriendo por el sendero. El sonido de sus botas sobre el suelo de piedra evitó que el pudiera oír si había alguien o algo que lo persiguiera. No fue hasta que el llego al muro de piedra que se atrevió a reducir la marcha y mirar hacia atrás. El sendero estaba desierto, así que el se apoyó en el muro para recuperar la respiración y examinar la foto que había capturado.

La foto estaba movida. El no estaba mas cerca de descubrir la verdad sobre la cueva del rey Alfredo. Y todo por su culpa. Era muy fácil quedarse sentado ahí, loa bastante cerca de la civilización para poder pedir ayuda- ahí arriba la cosa era distinta. Y estaba lo de la oreja. ¿Por qué solo una oreja? ¿estaba el resto del cuerpo en alguna parte entre la densa maleza? ¿debería comunicarle a la policía que había encontrado una oreja? Mucha gente odiaba el verse envuelto en un asunto con la policía, y a el le pasaba lo mismo, quería una oportunidad de resolver el misterio por si mismo. Pero le preocupaba lo de la oreja. El quería mantener su cuerpo intacto mientras resolvía el misterio de la cueva de Alfredo.

Con esto como prioridad mas absoluta, Jake apartó de su cabeza la idea de volver a la cueva y se dirigió hacia la carretera principal. De nuevo el vaciló. ¿Seguro que debía regresar? Por supuesto que si. De lo contario el nunca sabría lo que estaba pasando. ¿Ahora? No, el no podía hacerlo en este momento. Quizás mañana. Una pena que el estuviera solo. ¿Pero a quien podría llevar con el? ¿Gwen? Bueno, ella había dejado claro lo que pensaba sobre le tema de la cueva. No. ¿A quien más conocía el? Solo al señor Hibbit, el coadjutor, y le había advertido que no fuera a ese lugar.

Jake metió la mano en su bolsillo para tomar otra foto. ¿Había pasado el algo por alto? Mirando la foto en el móvil a el casi se le cae el teléfono. ¡Algo se le había pasado! En mitad del claro había una forma oscura. Estaba borrosa, debido probablemente a que le temblaba la mano cuando disparó al disparar la foto. Pero a pesar de que la imagen no era muy clara parecía una figura humana que llevaba algo en la cabeza. ¿Un casco? La forma se era demasiado oscura y borrosa como para distinguirla, pero Jake sabía que no la había visto en la foto cuando había mirado antes.

El apagó el teléfono y lo volvió a meter en su bolsillo. La foto confirmaba dos cosas. Algo le había estado persiguiendo, lo que quiera que fuera, y era algo diabólico. ¿Cómo era posible que primero no hubiera salido en la foto y que luego apareciera? ¿estaba esa cosa jugando con su mente para llevarle hasta el borde de la locura?

Había una manera de averiguar cual era su estado mental. El podría dar un paseo por el arroyo sangriento y ver de que color estaba el agua. Si el agua estaba roja otra vez el juró que volvería a York y se olvidaría de Ebberston.

Ahí parado en el puente sobre el lago, Jake no sufrió ninguna sensación extraña y se quedó aliviado al ver como el agua transparente y translucida fluía debajo de el. Jake tomó este hecho como una señal de que el debía de seguir con la investigación a pesar de los extraños sucesos que venían ocurriendo. Desafiante, Jack cogió su teléfono y miró a la foto. ¡Esta había cambiado otra vez! En primer plano, toda borrosa y desenfocada, estaba lo que parecía se la cabeza de una persona. La forma negra se había movido para llenar la mayor parte de la foto. Parecía mas un esqueleto que una cara, pero con bello facial, los rasgos mal definidos parecían rezumar malicia. Jake borró la foto precipitadamente y metió el teléfono en su bolsillo. ¿Por que había tenido que mirarlo, ahora que el se sentía mejor porque no le ocurría nada extraño al arroyo? Algo le pasaba a Ebberston o a si mismo. ¿El que? El empezó a preguntarse si el accidente de coche le había hecho un daño irreparable a su cerebros. Las figuras no pueden moverse solas en una foto. El gorgoteo de la corriente empezó a calmarle, y vio como la corriente arrastraba una pequeña rama por encima de algunas piedras en las poco profundas aguas.

Después de reflexionar mas pausadamente, no podía ser que el estuviera loco. Su investigación en Londres había demostrado que otros también habían descubiertos sucesos anormales en la cueva de Alfredo. Si el estaba loco, entonces Sir Charles y Sir Robert también lo habían estado. De alguna manera, el dudaba de que los dos hombres prominentes de la alta sociedad se cuestionasen a si mismos. Sin embargo, no había ninguna duda de ambos compartían la misma aversión hacia el lugar en el que el rey Alfredo se había refugiado. La repulsión de Sir Charles por la caverna había sido tan fuerte que el había querido cerrarla para siempre.

Jake frunció el entrecejo al pensar sobre todo esto. El no tenía ni idea de lo que le había pasado a la roca que tapaba la cueva y como la habían movido de allí sin maquinaria pesada o sin movilizar a la mitad de la mano de obra de Ebberston. El decidió volver al hostal donde se hospedaba y desayunar. Aun cansado de su actividad del día anterior y también por el miedo que acababa de pasar, el pensó que sería mejor descansar y quizás investigar un poco mas en internet sobre el reinado del rey Alfredo. Quizás el incluso podría esbozar la estructura de la novela. Estos pensamientos le llevaron de nuevo al punto de partida. Quien debería de ser el protagonista principal, ¿el rey o un campesino?

El se apartó de estos pensamientos porque no quería caminar despistado delante de un vehículo. Ya había aprendido la lección.

10

EBBERSTON, NORTE DE YORKSHIRE

Bien descansado, Jack se levantó temprano y fue a dar un paseo. El fresco aire mañanero le inundó de vigor, así que el decidió caminar por un sendero publico en lugar de por la carretera. El único sendero que el conocía sin consultar un mapa era por le que el ya había caminado. El sendero le llevó al campo sangriento, y el lo recorrió gustosamente. Después el repensó su decisión y se preguntaba si pudiera haber otro sendero que escoger, o más probablemente, alguno que estuviera pasando inadvertido.

Fuera cual fuera el caso, Jake caminó por el sendero a grandes zancadas, con la mente libre de preocupaciones, disfrutando de la dulzura del rocío y el canto de los pájaros. Cuando hubo llegado a cierto punto del sendero, el descubrió un hueso pequeño blanco. Paró para recogerlo y verificar si era humano- el intentó recordar sus lecciones de biología en el colegio. Lo que se llamaban falanges, ¿o algo parecido?

Mientras el le daba vueltas en su mano, concluyendo que en efecto era un hueso humano, notó un movimiento por el rabillo del ojo, nada mas que un resplandor en el aire. Al darse la vuelta para identificar la causa, el se quedó bajo los efectos de un mareo que casi le hace desmayarse. El aire resplandeciente empezó a transformarse en unas sombras que se empezaban a discernir. Jake quería sacudir la cabeza para aclarar su visión, pero no podía. Petrificado, como si una mano gigante le estuviera agarrando, el ya no podía ver o pensar en nada que no fueran esas formas espectrales. En un estado normal de consciencia, Jake se hubiera quedado boquiabierto de incredulidad; en vez de eso, el observó indefenso como los espectros se solidificaban en unas forma guerreros horrible salpicados de sangre con un aspecto muy gore. Ante sus ojos, el presenció la batalla de Ebberston en todo su esplendor.

Jake no experimentaba miedo. Era como estar en un cine. El estaba en un lugar donde nada estaba sucediendo y por lo tanto no corría ningún peligro. El no podía ni razonar ni analizar, ni siquiera pensar en nada en absoluto- solo observar. El vio a hombres semidesnudos enfundados en cotas de malla con trazos azules. En otras circunstancias Jake se hubiera quedado asombrado ante tal carnicería y nivel de violencia. El era un pacifista que aborrecía la guerra.

Involuntariamente, su mirada se sintió atraída hasta el otro extremo del campo, donde un estandarte carmesí con rayas amarillas ondeaba bajo la brisa. El sabía que esa era la bandera de Northumbria, pero fue un reconocimiento pasivo. El vio un grupo de guerreros luchando, alrededor de un hombre defendiéndole. ¿Podría ser ese hombre le rey Alfredo? El solo lo dedujo después.

La carnicería alrededor del estandarte era muy intensa. Los guerreros pintados de azul se encontraban del lado de los defensores, despedazando, apuñalando, resbalando y muriendo. Llegó el momento en el cuando los atacantes en cotas de malla y casco ejercían mas presión, una flecha alcanzó al Rey en la parte superior de su pecho. Jake pudo verlo con claridad, asó como la subsecuente confusión que siguió al incidente. Pero entonces como si la proyección hubiera llegado a su fin, las figuras se desvanecieron, y Jack volvió a la realidad del siglo veintiuno.

Aliviado y sin supersticiones el lanzó el pequeño hueso que había encontrado tan lejos como pudo. ¿Había sido los restos de un guerrero del siglo octavo lo que había provocado las apariciones?

Temblando muchísimo, pero como observador privilegiado, Jake se quedó ahí de pie durante un momento pensando en lo que había visto. Era casi como si alguna fuerza extraña hubiera querido que el viera el momento en el que la flecha golpeaba al rey. Pero, ¿Por qué? ¿que era lo que le estaba pasando? Los guerreros pintados de azul habían sido Pictos. Pero los libros de historia no decían que ellos fueran aliados del rey Alfredo. El tendría que investigarlo. Sin poder llegar a una conclusión final y al no sentirse muy bien el volvió a su alojamiento. Una taza de te fuerte era preferible a volver a ver la visión. Si el se retrasaba estaba el riesgo de que el aire brillara de nuevo y le ensañara de nuevo los horrores de la guerra tal y como la hacían en la edad media. ¡El no quería verlo!, su paso a grandes zancadas, con determinación fue sustituido por una carrera y para alivio suyo el llegó al poste señalizador que anunciaba el principio del sendero.

El se sintió afortunado de que no las lanzas ni las flechas hubieran atravesado su carne, pero quizás eso fuera debido a que el era invisible para los combatientes.

Tan pronto como el giró la llave de la puerta principal de la posada, Gwen apareció.

"¡Dios mío muchacho!, ¡no tienes buen aspecto! ¿tienes fiebre, ¿verdad?

"Algo terrible ha sucedido", dijo el, necesitando desahogarse con alguien. "¡no podrías hacer una te verdad Gwen?"

"Al ser su solución para cuando había alguna situación estresante, Gwen puso la tetera en el fuego.

"Siéntate, puedes contármelo todo, Jake. ¡Vuelvo en un santiamén!

Tal y como había dicho, Gwen llegó con un carrito cargado de galletas y bizcochos.

"Estas pálido, ¿ha habido algún accidente en la carretera?

"¡No, pero he visto mas sangre que en mil accidentes!"

"Ella le miró incrédula"

"¿En que andas metido muchacho?"

"Ese es el problema, Gwen. No lo se si lo que vi pertenece a este mundo.".

El la había descolocado, podía ver su confusión. El debía de contarle lo ocurrido lo más lucidamente posible.

"Estaba caminando por el campo sangriento cuando..." El continuó explicando la secuencia de los sucesos, y el horror que el había presenciado se reflejaba tanto en su cara que Gwen nunca dudo que lo que le dijo Jack había ocurrido realmente. Cuando el acabó, emocionalmente agotado, ella dijo. "puedo explicar lo que ha sucedido Jake".

El la miró. ¿Cómo podía una sencilla y cariñosa mujer dueña de una posada explicar un fenómeno de esa índole? Ella no era precisamente Einstein.

"Mi familia proviene de las tierras altas escocesas y nuestro gente lo llama un *da-shealladh*".

Por supuesto, McCracken, ¿eso es gaélico?

"Si es Gaélico", dijo ella confirmando sus sospechas. "significa *las dos visiones o la visión del vidente*. Es un don que tenemos en mi familia. Te da la habilidad de ver las apariciones de los muertos. Yo no puedo decir que algo así me haya pasado, pero le pasó a mi madre. Fue durante la guerra. Ella vio a nuestro tío Jackie. Que vino a saludarle una hora antes de su muerte. Ahí estaba el, pudo verlo tan claramente como yo te estoy viendo a ti ahora mismo. Con su uniforme de la marina. El iba en un dragaminas que voló por los aires por una mina alemana, no hubo supervivientes. Ahí lo tienes, ya ves- un *da-shealladh*."

"Eso puedo entenderlo, "¿pero todo una batalla, con cientos de hombres?"

"Si piensas sobre ello, es incluso mas probable. Todas esas muertes tan juntas. Necesitas a alguien que pueda canalizar sus poderes extrasensoriales! Ella luchó por encontrar las palabras adecuadas.

"Debo admitir que he estado experimentando cosas extrañas desde mi accidente."

"¡ah!, entonces ¿tuviste un accidente?"

Jake le contó lo de que estuvo en coma y los efectos secundarios que tuvo y que había venido en busca de paz y tranquilidad con la intención de pasear y visitar unas cuantas iglesias históricas.

¡Oh, pobrecito! ¿No estas encontrando precisamente la paz y la tranquilidad aquí en Ebberston verdad?

"No es el pueblecito tranquilo que parecía ser" el devoró otro pastelito de jengibre con nueces, su favorito. "Tengo que resolver este misterio, Gwen. No es para lo que vine aquí, pero es como un libro en si misma".

"Yo tendría cuidado si fuera tu. Todo esto no te va traer nada bueno"

"Contra menos gente sepa lo que estoy haciendo, Gwen, mejor. No se lo cuente a nadie, ¿no lo hará verdad?

"Mis labios están sellados, te lo prometo".

El vio en ese momento en ella una férrea determinación y pensó que ella parecía como el se había imaginado que una decidida mujer escocesa de las tierras altas debería de ser.

"Ahora quiero que me prometas algo jovencito" Ella le miró con ojos duros y penetrantes.

"¿El que?"

"No vuelvas a la cueva del Rey Alfredo".

El sacudió la cabeza. "No puedo prometértelo Gwen, Si no vuelvo allí ¿como iba yo a poder llegar al fondo de este misterio?

"¿Por qué no te lo inventas? Estoy segura de que puedes escribir una buena historia sin tener que arriesgar tu vida.

"¿De verdad lo crees?". El masticó otro bizcocho. "Lo siento, me los estoy comiendo todos".

"Para eso están. Y si, pienso que corres un gran riesgo. ¿No serias el primero en desaparecer o morir, sabes?

"No, pero si resuelvo el misterio, quizás ya nadie mas morirá, piensa también en eso Gwen".

Ella lo hizo durante unos instantes. ¿Por qué no vas a la policía? Quizás lo intenten de nuevo."

"No tenemos nada concreto que darles". Jake guardó silencio deliberadamente sobre la oreja y la roca desaparecida. "De todas formas me has prometido no decírselo a nadie".

Ella le miró con cara de pena. "No quiero que te ocurra nada, eso es todo".

"¿Quieres que me busque otro alojamiento, Gwen?

"¿Por qué iba yo a querer eso?"

"Lo he pensado bien, si algo me sucediera, la gente no lo asociaría con tu hostal"

"¡Ahora estas siendo un tonto!"

"Bien, me gusta estar aquí contigo Gwen, eres muy amable."

"Una lo hace lo mejor que puede, cariño. Además, no te va a pasar nada. Tendría un *da-shealladh* advirtiéndomelo.

Jake consideró lo que Gwen acababa de decir, y dijo lo contrario de lo que estaba pensando.

"Estoy seguro de que tienes razón. Nada va a sucederme."

EBBERSTON, NORTE DE YORKSHIRE.

El debía de volver a la cueva del rey Alfredo, sin importad la cantidad de coraje, estupidez y fastidio que hiciera falta para eso. Jake se había convencido a si mismo que esta era un cruzada personal que el debía de llevar a cabo. De alguna manera el conseguiría hacer de este un lugar mejor para siempre. El problema yacía en de que manera. Su único plan era ir allí a meter las narices para ver quien vivía dentro de la cueva. Eso no requería de un equipamiento especial; el ni siquiera consideró el llevar algo que le ayudara a mantenerse a salvo, por lo tanto, el se estaba ganando a pulso el que lo llamaran estúpido.

La necesidad de llevar algún tipo de protección, solo se le ocurrió cuando se estaba aproximando a la entrada de la cueva, la roca que antes bloqueaba la entrada, estaba desaparecida, y el entornó los ojos tratando de ver en la oscuridad. Sintiendo como su corazón latía como un tren expreso cuyas ruedas golpeaban sobre los huecos de los railes de acero, el se acercó mas y mas a la abertura. Esta vez no salía ningún ruido de dentro, lo cual le ayudó a calmar los nervios. A pesar de todo el sintió una presencia maligna, pero absurdamente, el continuó. El inclinó la cabeza para entrar en el espacio húmedo y frío. Maldiciendo por lo bajini el crujir de arena bajo sus botas, el continuó avanzando. Si no hubiera habido ningún ruido, hubiera sido mucho mejor. El alcanzó en su bolsillo a sacar su teléfono móvil, apretando el interruptor de encendido, lo que quizás no había sido su mejor movimiento ya que la pantalla iluminó su cara, pero el quería encender la linterna. Al encontrara el icono, el lo apretó y de repente y el agujero negro fue iluminado por un rayo de luz cegador. El dirigió el haz de luz sobre el muro a su izquierdanada. Entonces barrió con el reyo de luz las profundidades de la cueva- nada. Entonces a su derecha. ¿Seria posible? Otra vez, nada. Pero el podía sentir una presencia maligna. ¿Acaso era esta presencia invisible ante el?

"¡Se que estas aquí dentro, lo que quiera que seas!"

Su propia voz le sonaba demasiado aguda y desesperada. Entonces lo oyó. El inconfundible sonido de una pisada procedente de la cueva. El barrio alrededor suyo con el rayo e ilumino la profundidad de la cueva ante si. ¡Y ahí estaba! La antorcha iluminó los dos ojos. ¡Ojos de pesadilla!, brillaban con un color rojo que no era natural y le estaban observando desde cabeza que mas bien parecía un cráneo cubierta de largos pelos y un casco de acero. Entonces vino la sonrisa. Unos dientes rotos y algunas mellas se añadían a su ya siniestra apariencia.

"Jack estaba nervioso y tenía dos opciones; correr o marcarse un farol. El escogió la ultima.

"Sígueme afuera, te estaré esperando a la luz del día."

"El pretendía decirlo con una voz viril, pero le salió la voz temblorosa. Es difícil hacerse el macho cuando estas desarmado y concentrado en no mearte encima. El enfocó con el haz de luz el resto de la aparición. Llevaba una cota de malla y medias de cuero. Entonces esta equipado para la batalla, y idiota de el, no tenía nada con que protegerse. Pero al menos, el se consoló, el había visto lo que habitaba la cueva del Rey Alfredo- y le dio un susto de muerte.

El dio la vuelta y reemergió en la a luz del sol, completamente consciente de la falta de ninguna otra presencia humana. Mirando de frente a la caverna una vez mas, el se quedó en la entrada hasta que, al fin, el apagado brillo de un casco señalo la aparición de la entidad. Esta se puso la espalda recta, mostrando toda su imponente altura, y Jake tembló.

Aquí totalmente solo, el se enfrentaba a su adversario, un fornido y musculoso guerrero sajón que vestía una cota de malla y llevaba un hacha en su mano derecha. Su malvada sonrisa y ojos brillantes mostraban el desafío que Jake tanto deseaba evitar, el Jake Conley, futuro escritor, lunático- ¡Un gato domestico contra un tigre! ¿Qué deseo suicida le había traído a el de vuelta a la gruta?

Llegado a ese punto, el podría haberse dado la vuelta y salir corriendo, pero lago raro sucedió. La temible figura que tenía ante sí, brilló y se desvaneció. Jake pudo ver la sombra de una figura caminando hasta el como también desaparecía. El pestañeó, pero aún no vio nada. Pero el sentía una presencia cerca de el. ¡Entonces lo sintió!, El sintió la presión de una mano helada en su pecho. Tan fría que penetraba su suéter y su camisa interior. Era como si la entidad quisiera sentir el latido de su corazón. No tendría ningún problema en detectarlo pues la latía tan fuerte que parecía que se le fuera a salir por la boca. Un fétido olor acompañaba la helada presión en su pecho, un hedor a tumba. El no podía soportarlo más, pero antes de irse, el debía de mostrar que le desafiaba.

Esto era mas de lo que el podía soportar. Había visto una oreja cortada, y había visto un hacha bien afilada en la mano de une esqueleto. No había nada que pudiera evitar que la furia sajona le cortara en pedacitos aquí y ahora. No obstante, Jack se apartó de la mano helada y gritó. "¡Deteneos, seas lo que seas!¡ No descansaré hasta que te haya enviado al infierno que es donde debes de estar!

El usó el arcaico "deteneos" para conseguir que tuviera efecto. Pero el único efecto que tuvo fue una risa diabólica proveniente del interior de la cueva. La pura maldad del sonido fue demasiado. Jack se dio la vuelta, y con un autocontrol que rayaba la locura- pensó el mas tarde- camino decididamente para salir del claro y entrar en el sendero. El estaba seguro de que el espectro estaba siguiéndole a pasos agigantados porque, aunque no podía verlo, cada vez que el se daba la vuelta para mirar el sendero tras de si, podía sentir su presencia.

No había ninguna razón para pensar que este ser maligno le siguiera hasta la carretera principal y más allá. Eso fue lo que el supuso, pero estaba equivocado. La invisible presencia continuó siguiendo sus pasos justo hasta la puerta del hostal donde el se hospedaba. Jack metió la llave en la cerradura y de manera bastante teatral y cómica entró a toda prisa, cerrando la puerta con un portazo tras de si. Como si una puerta cerrada pudiera evitar que un espectro pasara.

Temblando, el se apoyó contra el muro de la pared. Entonces apareció Gwen con el ceño fruncido para ver por que había cerrado la puerta de un portazo. Antes de que ella pudiera siquiera decir una palabra, Jack señaló.

"¡Un fantasma, la ira de un guerrero sajón! Me ha seguido desde la caverna".

"¡No seas bobo! Los fantasmas no pueden salir a la luz del día".

"¡Este si que puede, y tiene un hacha de batalla!".

Gwen escrutinio a su invitado. Por la mente le cruzaron varios pensamientos, pero ninguno tan intenso como que Jack finalmente se había roto. Ella solo esperaba que este hombre fuera inofensivo. Entonces decidió seguirle la corriente.

"No te preocupes cariño. Echare un vistazo fuera y veré si se ha ido" Ella iba a abrir el pestillo Jack la agarró de la muñeca suplicándole que no lo hiciera, "¡No hagas eso!" Parecía que los ojos le iban a salir de las orbitas. "¡Déjalo en paz!", se irá cuando este listo."

"Vale".

Ella cambió de táctica, una taza de te. Después de que ella le hubo calmado y oído su historia completa, Gwen, una mujer con la cabeza en su sitio, le convenció para que le acompañara al jardín delantero. Allí la ausencia de olor fétido en el aire, le convenció el fantasma había regresado a su lugar en la gruta.

El especuló por que pensaba que habrían mas de un fantasma, porque el había escuchado sus diabólicas risas desde dentro de la cueva cuando se enfrentó al espectro. Los fantasmas eran normalmente espíritus atormentados de gente que había encontrado un trágico final. En el año 705, aquellos sajones estaban defendiendo a su rey herido. ¿Podría ser que algunos de ellos hubieran muerto en el intento? Una cosa era segura, el le dijo a Gwen, los espectros estaban determinados a defender la cueva contra cualquier visitante, y ellos no tenían ningún reparo en matar para impedirlo. Al fin y al cabo, era su profesión.

"Eres un maldito idiota, Jake Conley, y tienes suerte de estar vivo y poder contarme este. Te dije que te mantuvieras alejado de ese lugar. Esta maldito y el saber el por qué no cambia nada."

"Tienes razón, Gwen, pero tengo que encontrar una manera de librar a Ebberston de estos seres infernales".

El lo dijo con una valentía que en realidad no sentía dentro si.

"¿Y como se supone que vas a poder hacer eso tu solo?".

"Eso es lo que tengo que averiguar".

El pasó una tarde relajada navegando por internet en su portátil, entre sesiones de redes sociales, navegó buscando lugares malditos habitados por fantasmas, pero encontró poco de interés e incluso menos aún que tuviera un uso práctico. El pasó el resto de la tarde noche frente al televisor de la casa de invitados, y cuando empezó a dar cabezadas en el cómodo sillón, decidió retirarse a dormir.

El se quedó dormido tan pronto como su cabeza

tocó al almohada, pero se despertó poco después, sin estar seguro de que era lo que le había despertado, el notó el fétido olor y reprimió un grito.

Era fuerte y estaba al lado de su cama. Jake tenía miedo. Algo no iba bien. Así no era como funcionaba el universo. El había cerrado la puerta, pero había alguien, algo, cerca de la puerta. El terror de la oscuridad acrecentaba su miedo por lo que no pudiera ver, así que alcanzó a encender la luz de la mesita de noche.

"¿Dónde estas?"

Sus ojos se ajustaron a la luz, y el vio la sombra de una figura, una que brillaba y temblaba, entonces le atacó. Más que ver la sombra del hacha, el sintió el aire que levantó y rodó rápidamente hacia un lado. La afilada cuchilla se calvó en la almohada donde reposaba su cabeza hacía solo una fracción de segundo, mandando una nuble blanca de algodón por el aire. El corazón le latía muy deprisa, Jake saltó de la cama y corrió hacia la puerta, esquivando otro hachazo que le pasó rozando por la cabeza corrió hacia la puerta se lanzó a través del umbral de la puerta y bajó corriendo las escaleras hasta la puerta principal.

Alertada por sus gritos Gwen llegó justo a tiempo para ver a Jack salir a toda velocidad por la puerta principal en pijama.

"¿Qué?... Su grito fue corto cuando entre tiró de ella arrastrándola al suelo. Ella calló golpeándose la cabeza contra la puerta y cayendo inconsciente antes de llegar al suelo.

Jake la encontró cuando el reunió el coraje para volver a dentro, o mas exactamente no podía aguantar mas el frio de la noche con ese pijama fino que llevaba puesto. Aliviado ante la ausencia del olor fétido a tumba, el llamó a una ambulancia, se vistió, y acompañó a su casera al recepción de urgencias. Ella recobró la consciencia en la ambulancia y encontró a Jack cogiéndole la mano preocupado.

"Ha sido por mi culpa. ¡Atraje a esa cosa hacia nosotros! Debería de haber seguido tu consejo Gwen."

Ella se mordió el labio, entrecerró los ojos, y se quejó de un dolor en el brazo. En el hospital, se la llevaron para hacerles rayos x y Jake esperó fuera de la puerta con un indicador rojo con advertencia sobre radiactividad.

Cuando una mujer con una bata de laboratorio blanca vino al fin, el la interceptó con impacientes preguntas, pero le ignoraron con un cortante, "vivirá".

Eso no sirvió a Jack para dejarle satisfecho y después de perseguirla le dijeron que fuera a la sala de espera. El llevaba allí mas de una hora, sin poderle sacar información a nadie cuando una mujer policía que el creía que tenía ascendencia del medio este, vino a tomarle declaración.

¿Como pudo ella darse cuenta de que su vacilación para empezar no era sospechosa de que el estuviera tratando de encontrar las palabras adecuadas para que le tomara en serio? La pregunta era ¿por donde empezaba? Cuando el terminó su declaración, los grandes ojos marrones de la policía indicaban que no había creído ni una palabra. Eso quedó claro cuando la policía le preguntó por la dirección de su casa y el nombre de su medico de cabecera y le presionó para descubrir donde trabajaba el y otra información personal. Finalmente, ella le preguntó directamente. "Señor Conley ¿empujó a la señora McCracken por las escaleras?

"¿Cómo hubiera podido hacerlo si yo ya estaba fuera con el pijama puesto cuando ella cayó?

"Bueno, ella dice que alguien la empujó, y ustedes dos eran las únicas personas dentro de la casa"

"Excepto el fantasma".

La policía mostró su incredulidad, cerró su bloc de notas y dijo, "estaremos en contacto".

"Un momento. ¿Van ustedes a comprobar la cueva de Alfredo?

"Mis superiores decidirán eso".

Dicho eso, ella se alejó caminando, pero el la oyó murmurar, ¡fantasmas! Y vio como sacudía la cabeza. El les enseñaría a todos que Ebberston estaba infectado de ellos.

Cuando al fin, a el le dejaron visitar a Gwen, el la encontró sentada en la cama con una escayola en el brazo derecho. El había tenido tiempo de reflexionar y le preguntó directamente. "¿Te ha interrogado la policía Gwen? Ella asintió.

"Ellos me han acusado mas o menos de empujarte por las escaleras".

"¿Tu?" les he dicho que no puedes haber sido porque te vi salir corriendo por la puerta cuando sentí el empujón. ¿Pero como puedes haber sido tu si ya habías salido?

"¡Ha sido el fantasma, claro!"

"Dios mío, ¿no les has dicho eso, ¿verdad? ¡Pensaran que estas loco!

"Si que lo he hecho- Es la verdad, Gwen. Quiero investigar la cueva de Alfredo, Tenemos que poner fin a todo esto de una vez por todas y para todos antes de que alguien mas muera".

"Ah, vale. He podido romperme el cuello con una caída como esa. ¿No vas a dejarlo verdad? Sus ojos verdes le observaban, pero el detectó que ella le creía y ¿no estaba tan enfadada como pretendía parecer?

El pasó una cómoda noche durmiendo en el sofá de la lado de la cama de Gwen, hasta que las idas y venidas de la enfermera le despertaban. Ellos no le darían el alta a Gwen hasta que comprobaran que el golpe que había dado en la cabeza no tendría ningún efecto secundario, el llamó a un taxi para que los llevara de vuelta a casa.

"Afortunadamente no tengo mas huéspedes hasta la semana que viene", ella dijo cuando iban de camino a casa. "Voy a tener que aprender a apañármelas con un solo brazo".

"Creo que debería de invitarte a comer en "The Grapes", Gwen. Es lo menos que puedo hacer".

Después de reservar la mesa, fueron a la posada e hizo te para su casera, entonces recorrió algunas tiendas con una lista de cosas que ella necesitaba. El no tenía ni idea que la policía local estaba en contacto con York, recopilando información sobre su estado mental, Quizás el se hubiera sentido aliviado de ver como la policía hubiera archivado el caso como un accidente domestico, pero no hubiera estado tan satisfecho de leer sobre sus problemas psicológicos después despertarse del coma derivados del accidente. La joven policía desechó sus referencias a los fantasmas de la cueva de Alfredo como ilusiones post-traumáticas.

12

EBBERSTON YORKSHIRE

La cena en The Grapes no resultó como Jack había planeado. Empezó bien y Jake y Gwen brindaron con vasos de vino tinto y después Jack galantemente cortó el bistec de Gwen en pequeños trozos para que pudiese comérselo con una sola mano. También mostro interés en su niñez en Escocia y se rió a carcajadas con su irónico sentido del humor. El contraste vino cuando el se quedó en silencio jugando con su comida, lo que la dejó preocupada.

"¿Qué es lo que te preocupa muchacho?"

El estaba mirando por encima del hombro de Gwen hacia la ventana así que ella se dio la vuelta para mirar que era lo que le preocupaba. No era posible que fuera esas dos mujeres de mediana edad gozando de una agradable conversación sobre sus bebidas.

"¿Qué es Jake?"

"No puedes verle, ¿Verdad Gwen?

"¿A quien cariño?"

"Al guerrero sajón, Sentado a la izquierda de la ventana. Me esta mirando y tiene un aspecto horrible; su cara es más bien un esqueleto. ¡No puedo soportarlo! El empujó su silla hacia atrás. ¡Tengo que salir de aquí! El salió a toda prisa por la puerta hacia la carretera principal.

Gwen se giró en su asiento y miró de nuevo a la ventana. No había nadie a la izquierda de la ventana tal y como ella esperaba, y a la derecha, las dos mujeres le estaban mirando con curiosidad. Ellas estaban probablemente especulando sobre lo que ella había dicho para hacer que su compañero saliera a toda prisa de allí. Ella les dirigió una mirada fulminante y se dio la vuelta, pero justo cuando lo hacía, sintió que algo agitaba el aire tras ella y olió un fétido olor que la quitó el apetito.

Jake tiene razón. ¡Esta aquí!, oh Dios mío, ¿Qué vamos a hacer?

También estaba el detalle de pagar la comida. La habían invitado y había salido con únicamente unos peniques en el monedero. Tendría que pagar con la tarjeta de crédito. Gwen empezó a buscar frenéticamente su bolsa para buscar el pin de la tarjeta. No lo sabía de memoria porque raramente utilizaba la tarjeta.

Cuando vuelva a casa te vas a enterar muchacho. Te has metido en un buen lio.

El muchacho en cuestión estaba corriendo por el sendero público del campo sangriento. No había una razón lógica que pudiera explicar por que el había escogido tomar ese sendero y no tomar el sendero para regresar al hostal donde el se hospedaba. No había otra explicación que el pánico se había apoderado de el. El fantasma sajón era más de lo que sus frágiles nervios eran capaces de aguantar y el no quería que le siguiera hasta el hostal. Estaba anocheciendo, y aunque el todavía podía ver a su alrededor bastante bien, el crepúsculo distorsionaba objetos familiares como arbustos y arboles. Esto le puso mas nervioso aún, y cuando el miró hacia atrás, el vio que el sajón le perseguía, hacha en mano. Cuando el entró al campo sangriento, la situación empeoró. Unos hombres enfundados en unas antiguas armaduras estaban buscando entre los cuerpos que estaban esparcidos en la zona hasta donde llegaba la vista. ¡El esta presenciando el resultado de una batalla que había tenido lugar hacía 1300 años! Casi histérico, Jack se dio la vuelta. ¡Salvación! Su perseguidor sajón estaba arrodillado frente a un cuerpo. ¿Sería un camarada o un pariente? Quien quiera que fuera, Jack bendijo su alma, dio la vuelta en redondo, e intentó acelerar su ritmo para regresar a la carretera. Su perseguidor aun estaba absorto por el cadáver, y todos los otros que estaban en el campo ignoraron a Jake y continuaron con sus tareas. El podía verlos a través de un velo temporal, pero ellos no los podían ver a el.

Solo cuando el estaba de regreso en la carretera pensó en su siguiente movimiento. Por supuesto, lo correcto era volver al pub con Gwen. Estaba solo a unos cientos de metros, y el tenía que pagar por la comida. El la encontró ofreciéndole su tarjeta de crédito al camarero.

"No" dijo el en voz alta, haciendo que todo el mundo en la habitación se girara para mirarle, "¡Invito yo!"

"¡Invito! Bufó Gwen. Ella bajó la cabeza susurrando. "Es la peor invitación que me han hecho, Jake Conley".

"Te compensaré, lo juro".

El pagó el recibo y pidió un whiskey Cardhu de malta, ambos podían pedirlo triple, ya que al fin y al cabo ella era escocesa. Ambos se sentaron a la mesa, y ella le dirigió una compungida sonrisa.

"¿Entonces, me lo vas a contar?"

El lo hizo.

"¿Y dices que todo el campo estaba lleno?"

Ella resopló y le miró a los ojos.

"Jake, no tengo motivos para dudar lo que me estas diciendo. De hecho..." y ella le contó el olor que había percibido antes cuando el fantasma pasó por al lado de ella. "No lo vi, pero Dios mío, apestaba a muerte. Mira, la demás gente no puede ver lo que tu ves. ¡Un campo de batalla lleno de espectros antiguos! Si la gente informara de eso avistamientos, Ebberston se llenaría hasta los topes de periodistas. Creo que es mejor que lo dejes por hoy, Jake. Ese fantasma te esta siguiendo, y puedes estar en peligro. Tengo un brazo roto y acabo de tener la peor comida de mi vida. ¿No crees que ya es bastante para cualquiera?

El no la podía mirar a los ojos. Ella tenía razón, por supuesto. El no quería abandonar lo que el creía que era su misión, una fijación, pero estaba asustado. De nuevo en el campo el había estado totalmente desguarnecido. ¿Dónde estaba el sentido de todo esto? El podría estar a salvo en su casa de York, y el estado seguro de que sin en escena, Gwen estaría a salvo también. El le debía mucho.

"Tienes razón. He cambiado de idea, me voy mañana por la mañana"

YORK, (TRES DÍAS MAS TARDE).

Jack pasó unos pocos días mayormente en su habitación para esbozar un esquema de la novela que se estaba formando en su cabeza. Ello implicaba una pequeña investigación, y el pronto encontró contradicciones y falta de material relacionado con el siglo octavo. Muchos historiadores mantenían que el rey Alfredo murió debido a causas naturales, pero el había visto con sus propios ojos que el rey fue golpeado en el pecho bajo el hombro por una flecha. Así que el tendía a creer los hechos contradictorios de que el rey murió en Driffelda. También le preocupaba otro asunto y era la presencia de los Pictos luchando del lado del rey Alfredo. El no pudo encontrar ninguna referencia sobre ello en ninguna parte. Al contrario, las constantes guerras en aquel entonces entre los reinos de Northumbria y los Pictos había sido bien documentadas. En el año 698, en el reino de Alfredo, los Pictos mataron a Berthred el rey al frente de las fuerzas de Northumbria solo siete años antes de la batalla de Ebberston.

Jake pasó un tiempo considerable averiguando todo esto para su satisfacción. Alfredo había sido el hijo bastardo de Oswy, padre de una princesa llamada Fina. Según la ley irlandesa, el tenía que ser adoptado y se tenía que criar en Irlanda. Como resultado el se hizo cristiano, uno muy culto. Cuando se convirtió en rey de Northumbria unas facciones muy poderosas se opusieron a su ascensión, incluida su propia familia. El origen del rey quizá podía explicar por que el no compartía los designios imperialistas de sus predecesores. Ello explicaría porque los Pictos se apresuraron a luchar a su lado contra los potenciales invasores que querían arrebatarle su trono. Jake decidió. Jake decidió que lo que el había visto era una batalla entre las facciones rivales del rey contra el monarca regente.

Después de varios días en casa, el decidió salir y dirigirse en dirección a la catedral. Bastante cerca del enorme monumento, sus ojos recorrían la fachada de la iglesia católica de San Wilfredo. Este edifico gótico renacentista presumía de detallados grabados victorianos en el arco de la puerta principal. El debe haber pasado incontables veces sin fijarse excepto hoy. Quizás era la cálida baja luz que bañaba los grabados la que hizo que estos resaltaran y el se fijara en ellos. El sacó el teléfono y empezó a hacerles fotos, haciendo zoom en particular en el arcángel que desterraba a Adam y a Eva. La figura alada señalaba con el dedo índice de su mano derecha extendido, mientras que, en la otra mano, empuñaba una espada.

Fue entonces cuando tuvo una idea: el desearía poder tener a San Miguel y a su espada para luchar a su lado contra los fantasmas de Ebberston. Jake no era católico, pero el razonó que su necesitaba un sacerdote para luchar contra el demonio, los católicos serian su mejor apuesta. Ellos creían en arcángeles, santos y todo eso. El se quedó dudando ante la puerta. Como no católico que era, ¿Cómo podía el entrar y decir que necesitaba un exorcista?

La semilla había sido sembrada, y en casa en su sillón, sorbiendo un café, el abrió la galería de fotos de su teléfono para mirar las instantáneas que el había hecho del tímpano de Wilfredo. El se quedó observando la imagen por unos instantes, y la semilla empezó a germinar en su cerebro. El decidió que debía de hacer un esfuerzo para conseguir un exorcista para la cueva de Alfredo. Con el dedo pulgar el se desplazo por la galería para mirar las otras fotos y casi tira el café del susto. El había jurado borrar la foto. Pero ahí estaba, con su diabólica sonrisa, y sus rasgos cadavéricos de un guerrero sajón de Northumbria. ¿Cómo podía ser eso posible? Ahora el canceló la foto de nuevo, apagó el teléfono, lo volvió a encender, y comprobó dos veces si la foto se había realmente borrado.

El bebió su café de un trago y se preguntó si sería una coincidencia que la horrible foto hubiera reaparecido cuando el estaba pensando en conseguir la ayuda de un exorcista. ¿O no había sido lo bastante cuidadoso en Ebberston? Si, lo más seguro, es que el, no la hubiera borrado.

El fantasma le había calado y seguido hasta York. El había provocado al espectro al pensar en San Miguel y en el exorcista; el ahora necesitaba uno mas que nunca. El se había sentido seguro hasta ahora lejos de Ebberston, pero todavía estaba en peligro fuera donde fuera. El encendió su ordenador y empezó a buscar exorcistas, de esa manera el encontró a la sagrada orden de San Miguel, con sucursales en mas de treinta países. Este cuerpo estaba especializado en exorcismos de entidades malignas. El leyó toda la pagina y cuando terminó trató de encontrar un exorcista en York.

La búsqueda resultó infructuosa, o quizás el se preguntaba si había tecleado las palabras adecuadas en el buscador. El volvió a pensar en la pagina de la orden. Ellos lo decían muy claro; Si una persona pensaba que le rondaba un fantasma, el debía de acercarse a su parroquia y pedirle consejo a su sacerdote.

El regresó al baño. No, el no lo había imaginado. La palabra todavía le amenazaba desde el espejo. El cogió un bote de limpiacristales y se puso a limpiar cada rastro de la palabra. Su ansiosa cara le devolvía la mirada mientras el inspeccionaba su trabajo. No había nada ambiguo sobre el escalofriante mensaje. El tendría que tener cuidado. Su mente regresó a la habitación de la posada y como el hacha cortó la almohada en la que el tenía la cabeza apoyada unos instantes antes. El peligro era muy real. El se preguntaba si el fantasma le dejaría en paz si el abandonaba la investigación. Digamos que el se olvidaba de al cueva de Alfredo y de los exorcistas y la iglesia. Era cierto que el espectro le había dejado en paz durante los tres días que el no había hecho nada en Ebberston. El solo había investigado al rey que ellos protegían en la cueva.

Si, esa debe ser la manera.

El respiró dentro y afuera con voz profunda y gritó:

"¡Escucha! Se acabó. Te dejaré en paz. Escucha esto, nunca volveré a Ebberston."

El se quedó allí, sintiéndose como un tonto, hablándole a una habitación vacía y haciéndolo en una especie de ingles antiguo mezclado con ingles moderno. ¡Entonces le llegó el olor a carne descompuesta!

Jack gritó y salió corriendo hacia la puerta. Bajó a la calle, mirando con precaución por encima del hombro y casi derribando a un grupo de turistas debido al pánico que sentía. Les lanzó una disculpa por encima del mismo hombro y se dirigió derecho a la catedral. Allí, el entro en la tienda de recuerdos y encontró lo que el estaba buscando- un crucifijo- el más grande que tenían. Quizás había sido fabricado con la idea de colgarlo en una iglesia o un espacio igualmente grande. El lo compró sin importarle el precio que costaba. Era lo suficientemente grande para colocarlo delante suya y cubrir todo su pecho y más aún.

13

YORK.

Quizás el crucifijo le había mantenido a salvo durante la noche, o quizás había sido el trato que le había propuesto al fantasma. Jake no estaba seguro, pero la presencia espectral no había vuelto a molestarle. Sin embargo, el sabía que hacer un pacto con el diablo requería mucho mas que simplemente el ofrecer retirarse. El no era particularmente religioso, pero había leído a Fausto y otras historias, y si el tuviera alma- el estaba seguro que la tenia- no la cambiaria por nada.

Un profundo presentimiento de que el diabólico fantasma no se conformaría con nada menos que con su muerte llevó a Jack de nuevo a buscar al sacerdote de la parroquia de San Wilfredo. Jake estaba decepcionado por no encontrarle a media mañana, porque era sábado y un sacerdote le dijo, que como siempre la misa se celebraba en la capilla de Margaret Clitherow, la mártir que fue aplastada hasta la muerte por negarse a confesar que había traicionado a su fe en el año 1586.

El esperó dentro de la parroquia de San Wilfredo delante de la estatua de nuestra señora de York, leyendo su historia con interés. Sin ningún motivo para hacerlo, Jack nunca había estado dentro antes de una iglesia católica, pero ahora, delante de la estatua, ese extraño dolor volvió a su frente. Eso le confirmó que el estaba haciendo lo que debía. Para pasar el tiempo el leyó mas detalles de la nota explicativa. La estatua, pertenecía originalmente a una capilla en el camino en Flandes, había sido salvada por monjas francesas revolucionarias quienes perdieron su convento. A partir de entonces después de varias vicisitudes. la estatua llegó a Inglaterra y finalmente a York, donde se construyó la capilla. Jack se quedó mirando la figura nuestra señora, Madre de la Merced que llevaba una corona y un cetro, y comprendió porque la gente encontraba la paz en la devoción. En este momento de serenidad, la coexistencia de Dios y el demonio en este mundo estaba mucho mas clara para el.

Antes de su experiencia en Ebberston, el se hubiera reído a lo que el hubiera pensado que no eran mas que supersticiones. En aquel entonces, para el, la religión no era mas que una obsesión para gente triste con vidas vacías. El ahora se daba cuenta de lo arrogante e infundadas que había sido su actitud. El creía realmente que Dios y el demonio no eran mas que cuentos de hadas para hacer que la gente se portara bien. El demonio de los sajones le había tocado hasta llegarle al lama. El no era católico, pero había hecho la señal de la cruz ante la estatua y rezó una oración silenciosa de su propia cosecha. Esta visita le dio un respiro y le trajo algo de confort. También le había dado una excusa, ¿pero como el iba a saberlo?

El sacerdote le recibió casi dos horas después de que Jack entrara en la capilla de San Wilfredo.

"No soy católico", dijo el de sopetón." He venido en busca de ayuda y de consejo".

El sacerdote de mediana edad, un miembro de la comunidad oratoria, tenía muchos años de experiencia de trabajo pastoral. El le sonrió a este joven nervioso e inofensivo y sintió su agitación espiritual.

"No necesitara el confesionario, entonces. Hace un día estupendo, ¿le importa si nos sentamos afuera en el jardín de la rectoría?

Sorprendido pero sorprendido agradablemente, Jack sonrió.

"S...si, sería perfecto".

El siguió al sacerdote a través de una puerta que daba a un sendero de losa que llevaba a la rectoría que se encontraba al final del enorme jardín con su inmaculado césped. Ellos se sentaron a una mesa, y una amable señora con el pelo gris se apresuró a traer te con bizcochos para el padre Anthony y su invitado.

Pastelitos de jengibre con nueces otra vez- era su día de suerte. El sacerdote, mientras tanto, había extraído imperceptiblemente información sobre los orígenes de Jack, sus estudios y sus aspiraciones. El no necesitaba que le trataran como si se fuera a romper ni que le hablaran como a un niño pequeño. Cuando el clérigo tocó el tema de sus aspiraciones ello le dio a Jack la excusa perfecta que el necesitaba,

"Eso es precisamente lo que me ha metido en este problema, padre. Me temo que mi deseo de convertirme en escritor ha desatado unas fuerzas terribles, por eso he venido a verle.".

¿Qué es lo que te esta molestando, hijo?

EL padre Anthony miraba desde el borde de su taza a la de repente adusta expresión en la cara del joven.

Jake fue directamente al grano para contar su historia, pero el sabía que tenía que explicar su recién adquirida extra sensibilidad después de tener el accidente.

Para consternación suya, el sacerdote lo cogió al vuelo, y Jack empezó a preocuparse si el clérigo creería lo que el tenía que decirle si venía de su mente enferma, pero después de un momento de silenciosa reflexión, el clérigo dijo, "Jake, el padre nos ha creado a todos, y solo el sabe de lo que son capaces nuestras mentes. Esto suena según lo que tu me dices, a que tu desafortunado accidente te trajo esa bendición o maldición, si quieres llamarlo así, de despertar espiritual. Por favor, continua."

"Entonces usted cree que lo que estoy a punto de decirle no son los desvaríos de una mente enferma?

"No estoy haciendo juicios, solo escuchando".

El sonrió alentadoramente y zanjó el tema con los ojos medio cerrados y los parpados caídos, disfrutando de la suave brisa que acariciaba sus mejillas.

Jack continuó su relato, sin dejarse ni un solo detalle. Solo una vez el sacerdote interrumpió para hacerle una pregunta sobre el aspecto del fantasma. Cuando Jack acabó su historia, abrió los ojos de par en par, y su invitado vio la preocupación en esos ojos penetrantes.

"¿Se te ha aparecido aquí en York, dices?"

"Si, tuve que comprar un crucifijo ayer en la catedral ayer...para...bueno...pensé que lo podría mantener a raya. Pero la verdad es que no se lo que estoy haciendo y estoy asustado."

"Claro que debes de estarlo, hijo. Pero has hecho bien en venir aquí. Solo Dios puede combatir estas presencias diabólicas."

"¿Cree que es un demonio, padre?

"Es bastante posible, uno que haya poseído un alma afligida".

"¿Necesito un exorcista?"

El sacerdote se quedo mirándolo con una expresión de escepticismo en la cara.

"No debe descartarse como ultimo recurso, pero debemos de ir paso a paso. Debo de ir a bendecir tu casa y tu crucifijo, Jake. Iría inmediatamente", el miró su reloj, "pero ahora debo irme, tengo misa a las 12.10. ¡Dios mío debo apresurarme! ¿podría usted llamar a la puerta y decirle a la señora Fenwick que se anote su dirección? ¡Me pasaré a eso de las dos y media, con mi equipo!" Dijo el con una carcajada por lo bajini y se apresuró por el sendero de piedra hasta la puerta.

Jack se quedó observando los pacíficos alrededores durante unos minutos antes de levantarse de la silla y hacer lo le había pedido el sacerdote. Mas tarde, el recordaría la serenidad que el había disfrutado siendo el ignorante de otros sucesos que ocurrían en alguna otra parte.

Un sexto sentido no es siempre una bendición. Algunas veces presagia lago horrible como cuando Jack abrió la cerradura para entrar a su apartamento. Una energía negativa le envolvía, y le picaba la piel, pero el ignoró la advertencia y entro para ver una espantosa visión. Un cuerpo ensangrentado esparramado en el medio de su sal de estar detrás de los restos de su mesa de café. Era el cuerpo de una mujer, pero el no la reconoció hasta que se acercó más y vio la te morena de su lacerada cara. ¡Livie! El se aguantó un grito. Su pobre, inteligente, y fidedigna Olivia. Victima de múltiples cortes, y no le cabía ninguna duda en su mente que arma se las había infringido.

Ella no le había devuelto su llave del apartamento.

El se sintió culpable inmediatamente por no habérselas pedido. Si lo hubiera hecho ella ahora seguiría viva con toda seguridad. El pasó de puntillas para comprobar las otras habitaciones. El sabía que no debía de contaminar la escena del crimen y que tendría que llamar a la policía y a Benjamín, su padre. El trabajaba como guionista, había perdido a su esposa hacia ocho años y aun continuaba cuidando de Livie. ¿Cómo encontraría Jack las palabras para decirle lo que había ocurrido? Las demás habitaciones estaban en orden, así que el llamó a emergencias y preguntó por la policía.

En cuestión de minutos, oyó las sirenas, seguidas por una urgente llamada a la puerta. La policía procedió con su eficiencia de costumbre, fotografías, examen del cuerpo y cosas así. El tenía que hacer una declaración acerca de como había encontrado a la victima y de que la conocía. El tuvo la impresión desde el principio de que era el principal sospechoso. No había habido allanamiento, ella era su exnovia, y el tenía antecedentes policiales como victima de un accidente de trafico, pero había estado en coma durante muchos días.

La policía consideraba que sin duda eso podría desquiciar a cualquiera.

El miro con miedo al cuerpo de Livie mientras el

medico forense la giraba y observaba el tatuaje de una berenjena en el hombro izquierdo. La pobre Livie se había obsesionado con las verduras orgánicas, la dieta sana y el ejercicio no le habían proporcionado una vida mas longeva. A el se le escapó un sollozo, y se dejó caer en un sillón. Una mujer agente de policía vino a consolarle, y el musitó que debía de llamar a su padre.

"Lo haremos nosotros, señor. Es por su bien." Ella anotó el numero de teléfono y procedió a hacer gestiones para mantener una reunión con Benjamin, sin explicarle por que, solo que se trataba de un asunto urgente.

La metieron en una bolsa de plástico y dos paramédicos vestidos con un uniforme blanco la sacaron de su apartamento. Viendo la escena, perdió la compostura, Jake echó a llorar en un mar de lagrimas. Ya nunca jamás vería a Livie. Hubo un tiempo en el que la amaba de verdad. Una serie de lamentos le pasaron por la cabeza mientras lloraba. El pudo sentir una mano acariciándole la espalda para reconfortarle y miró a través de un velo de lagrimas la cara preocupada de la policía.

"Le haré una taza de té señor".

El asintió con la cabeza sin decir palabra, agradecido y después de haber recobrado la compostura tras haberse tomado el te, se le presentó el inspector de policía y le dijo, "tenemos una o dos preguntas, señor. Solo una formalidad, simple rutina si no le importa."

Sus formas eran amables, no acusatorias, pero no engañaba a Jack. El sabía que debía de ser el principal sospechoso.

"¿Dónde estaba esta mañana entre las diez y el mediodía, señor?"

Jack lucho por acordarse del acordarse del nombre del apellido del padre Anthony, ¿pero que mejor coartada que un sacerdote católico?

"Debería de esta aquí en media hora. Tenemos una cita para las 2.30."

"Si no le importa, entonces le esperaremos." El detective inspector Mark Shaw le sonrió al asentir Jack con la cabeza. Antes de continuar.

"Usted dijo antes que usted y la señorita Greenwood habían roto, ¿es eso correcto?

"Hará un par de meses. Yo no era el mismo después de mi accidente de trafico".

"¿Cuánto tiempo estuvieron juntos?"

"Algo mas de dos años. Pero no había vuelto a saber de ella desde que rompimos y la he encontrado aquí...así...hoy."

"¿La dejó usted entrar en su apartamento?".

"No, ya le he dicho antes que la primera vez que la he visto desde que rompimos ha sido ahora la volver de la capilla de San Wilfredo y me la he encontrado muerta."

"¿Cómo entró?"

"Nunca me devolvió la llave".

"¿Y usted no se la pidió?"

"El tono había dejado de ser amable".

Jack levantó una ceja.

"Bien, eso hubiera sido lo normal si habían roto ¿no cree?".

"¿Así que usted no se había hecho a la idea de que le dejara, ¿no?"

El se estaba dando cuenta hasta donde quería llegar el inspector y tendría que ir con cuidado".

"La verdad es que no he tenido mucho tiempo para preocuparme de mis sentimientos. Como he dicho, he estado investigando para escribir una novela. La investigación hizo que tuviera marcharme de York durante diez días mas o menos. Si lo necesita, puedo darle el nombre de la persona que dio alojamiento."

"Todo a su debido tiempo, señor. Primero, me gustaría pedirle su permiso para registrar el apartamento."

"¿Es absolutamente necesario?"

Le respondió con severidad.

"Es una investigación por asesinato, y no tendré ningún problema en conseguir una orden, pero debo decirle que, si fuera sospechoso, una negativa no le ayudaría en absoluto."

"¿Soy sospechoso entonces?"

Entonces el inspector el miró con frialdad.

"En está línea de trabajo, tenemos que tratar a

todas la personas involucradas de alguna manera como sospechosos. Es la rutina. Ahora, ¿Qué me dice del registro?".

"Tiene usted toda la razón, por supuesto, adelante."

"Bien jugado, señor. Es obligatorio; desafortunadamente no tenemos el arma del crimen."

"El hacha.", murmuró Jake.

"¿Qué es lo que ha dicho?". El oído y la mente entrenados del inspector lo captó inmediatamente.

"¿Cómo lo sabe?".

Jack se quedó mirando confusamente al policía. ¿Cómo podía haber metido así la pata?

"No me va a creer, pero se quien ha matado a Olivia".

"¡Pruébeme!"

Por segunda vez en el mismo día, Jack relató los hechos que habían ocurrido en Ebberston y le dio todos los detalles a la policía de York para que pudiera verificarlo. El estaba seguro de que ellos lo harían porque de cuando en cuando el inspector le pedía que parase para anotar algo en su cuaderno. Solo cuando el hubo acabado el policía hizo un comentario, pero no antes de intercambiar una mirada de condescendencia con su compañera la policía.

"Si le entiendo bien, señor Conley, usted quiere que yo crea que hay un fantasma homicida en la ciudad, el cual solo usted puede ver."

"Si, pero no soy el único que puede olerle."

"Se da usted cuenta de que esto desafía todo lo racional, cualquier explicación científica. Me da miedo pensar que es lo que dirá mi superintendente cuando yo escriba todo esto que usted me ha dicho en el informe."

"El miró con una sonrisa sarcástica y burlona, y a Jake le salvó una llamada a la puerta de una respuesta indignada y poco prudente. El miró su reloj, eran las 2.30.

El padre Anthony, puntual como un reloj suizo, se quedo mirando horrorizado el charco de sangre en el suelo.

"Esta es la escena de un crimen, Padre." Dijo el inspector, y añadió. "Me temo que no hemos tenido tiempo de limpiar."

"Oh, Dios mío, espero que no haya sido un asesinato, pero al juzgar-"

"No se altere, padre, pero un asesinato ha tenido lugar aquí. Ahora, si es tan amable dígame donde estaba usted entre las diez y el mediodía de esta mañana."

"No ira usted a pensar-".

"Por favor, Padre entre las diez y el mediodía".

El sacerdote miró a Jake y entonces al inspector.

"Unos pocos minutos después de las diez, reuní con este caballero en San Wilfredo, de donde le acompañé al jardín de la rectoría, allí tomamos te y estuvimos juntos hasta el mediodía, que me fui corriendo para celebrar la misa."

"¿Así que estuvieron juntos todo el rato?"

"Si, así es."

¿Puedo preguntarle por que el señor Conley fue a verle?"

El sacerdote miró a Jack, quien asintió ligeramente con la cabeza, gesto que pasó inadvertido al ojo de águila del inspector.

No veo por que no. No estoy atado por el secreto de confesión, al fin y al cabo.", y aquí fue cuando su tono se volvió desaprobador. "Creo que el señor Conley no es un cristiano practicante. Vino para pedir mi consejo concerniente a una aparición fantasmal que le atormentaba. Me pidió que buscara un exorcista, y de hecho," el señaló a una bolsa que tenía a sus pies, "Vine para bendecir su casa... pero por desgracia veo- "

El detective inspector Shaw, buscando un momento como un poseso, intercambió una mirada de preocupación con la policía y dijo, "Si, si. Gracias, Padre. Bueno, señor Conley. Eso es todo por el momento. Nuestra investigación esta en curso, y debo pedirle que se quede en York hasta que el digamos lo contrario. Necesitaré su numero de teléfono, señor."

14

NUFFIELD HEALTH, HOSPITAL DE YORK

Incluso un alma caritativa como la del Padre Anthony hubiera descrito la forma en la que le miró el detective inspector Shaw como cínica.

"Bueno, bueno nos veremos en otra ocasión Padre", dijo el. "Y espero que en mejores circunstancias".

"Espero que el joven no este gravemente herido. He venido tan pronto como he podido."

El policía le miró con ojos penetrantes. El usaba estaba estrategia cuando quería poner nervioso a si interlocutor para que dijera algo sin pensar. El clérigo le había irritado en el apartamento. Estaba clarísimo que Conley había matado a su novia y había convencido de alguna manera la sacerdote para la que proporcionara una cuartada, pero nadie iba a engañar a engañar al inspector

Shaw. Sin embargo, el decidió tranquilizar al clérigo.

"El llevaba puesta ropa de cuero y un casco, así que no se preocupe demasiado. Por otra parte, la motocicleta podría necesitar algunas reparaciones, pero seguro que esta asegurado."

"Perdone, oficial, debo de ver si puedo encontrar un doctor para que me asegure de que ese pobre hombre no esta mal herido."

"Por supuesto, Padre. Le esperaré aquí. Necesito su declaración".

Con sentimientos encontrados, el vio al sacerdote católico marcharse a toda prisa. Criado en una familia de agnósticos, el tenía poco o nada que ver con la iglesia. El había adoptado el escepticismo de sus padres, pero en su trabajo el encontraba maldades de todo tipo y mientras la existencia de Dios y del demonio eran solo supercherías para el, el vio la capacidad que todo el mundo tenía para hacer el mal. El padre Anthony representaba el bando de los ángeles. Como a el le gustaba pensar. Pero en su experiencia la bondad de corazón iba acompañada normalmente de ingenuidad, así que las fuerzas oscuras, como el perpetrador Jack Conley, siempre estaban prestos a explotar esa debilidad. Este nuevo caso le había dado la oportunidad para meter al sacerdote en vereda y encontrar el punto débil en la armadura de Conley.

Imprudentemente, D.I. Shaw compró un café de

la maquina dispensadora y sorbió de algo parecido a un liquido limpiabotas. El necesitaba cafeína, pero no a costa de sus intestinos. El tiró el vaso de plástico, y con el café dentro y todo, en la papelera que había al lado de la maquina. El amargo sabor que se el había quedado en la boca no era totalmente debido al así llamado café. La imagen de Olivia Greenwood estaba aún muy fresca en su mente, y alguien debía de pagar por la brutal muerte de esa pobre mujer.

Shaw despertó rápidamente de sus pensamientos. El sacerdote estaba corriendo por el pasillo en dirección hacia el.

"¿Café, padre?" le ofreció el con una sádica sonrisa. "¿No? Ah, bueno quizás podemos sentarnos allí y que me explique lo ocurrido con sus palabras.".

"Estoy encantado de decirle que el motorista se encuentra bien, ¡gracias a Dios! Solo tiene un esguince de muñeca y una pierna entumecida."

"Me alegra oír eso. Tómese su tiempo y dígame que es lo que ha ocurrido."

"Debe de haber sido sobre las tres, yo volvía a mi rectoría a pie".

"A las tres y doce minutos para ser exactos, pero continúe."

"Bueno, de repente, sentí como me quitaban la bolsa de la mano y la vi volar a la carretera, justo delante del motorista. ¡Que mala suerte! ¡Bien podría haber sido un camión o una furgoneta, pero no, tuvo que ser ese pobre hombre! Por supuesto, me preocupé y ya conoce lo demás."

"Así que esta usted diciendo, Padre, si no le entiendo mal, ¿que le quitaron la maleta de la mano?

¿No la tiraría usted mismo?"

"¡Dios del cielo, no!" ¿Por qué haría yo tal cosa? Además, la bolsa contenía agua bendita y otros artículos religiosos. Un sacerdote no trataría esas posesiones con esa falta de respeto."

"Ya veo, ¿puedo ver usted a su atacante?"

El clérigo parecía como si se hubiera guardado algún comentario, con el ceño fruncido, dijo. "Estaba horrorizado y preocupado por las victimas. De hecho, junto con otro hombre, me acerqué a toda prisa al motorista y con su ayuda consiguió apartarlo de la carretera, mientras la otra persona arrastraba la moto para apartarla del trafico.

"Entonces, ¿Vio a alguien?"

El padre Anthony consideró al detective y tomó una decisión.

"Voy a ser franco con usted, oficial, aunque se que no le va a gustar."

El hizo una pausa para sospesar sus palabras- un interludio que el detective usó para alentarse a si mismo.

"Me gustaría que fuera así, Padre. Voy a necesitar toda su paciencia y cooperación para esta tarde".

"Y usted la tendrá. Bueno, como he dicho, venia caminando de regreso de la casa del señor Conley después de bendecirla- lo mejor que pude dadas las circunstancias. Cuando la misma entidad diabólica que acabó con la señora Greenwood debe de haberme seguido, y tiró todas mis cosas a la carretera.

"¿Esta diciendo que Jack Conley le siguió y tiró sus cosas a la carretera?"

El sacerdote miró al policía con la misma cara que el solía poner cuando miraba a los chicos del coro de la iglesia que se equivocaban."

"¿El señor Conley?¡ Dios del cielo, no! No, quiero decir el fantasma que le esta rondando."

"Vamos a dejarnos ya de esas tonterías, ¿Vale?"

El tono del detective revelaba su profunda exasperación.

"Inspector, uno no puede racionalizar lo irracional. estamos tratando con una presencia diabólica en este caso. El fantasma es un espíritu atormentado, qué por razones aún sin descubrir, se ha quedado en nuestro mundo, me atrevería a decir por un asunto inacabado. Este espíritu casi con toda seguridad ha sido poseído por una entidad malévola que simplemente esta sembrando el caos para atormentarnos."

El detective se echó a reír sonoramente.

"¿No se da cuenta de lo absurdo que suena eso, padre?" ¿Un fantasma le acecha justo después de que se haya cometido un asesinato y tira a un motorista de su motocicleta porque no le ha gustado que usted bendijera la casa de Conley? ¿Es eso lo que esta diciendo?

"Usted es un detective, ¿no es por eso por lo que le pagan? Buscar las pruebas disponibles intentar decidir que pruebas tienen sentido y entonces formar tu propia opinión y teoría. Pero cuando se trata de algo sobrenatural, simplemente no lo sabe oficial. Déjeme darle una buena noticia, todos nosotros vamos a saber la verdad algún día."

El detective inspector Shaw interrumpió.

"¿Qué quiere decir con lago sobrenatural?"

"Padre, yo tengo que ocuparme del aquí y el ahora, y tengo un asesino que capturar."

El clérigo sacudió la cabeza.

"¿Se ha parado usted a pensar que el señor Conley pueda estar diciendo la verdad?" El hombre esta claramente aterrado; de lo contrario, ¿Habría el venido en tal estado?"

"¿Para tener una coartada?"

"Pero, estoy seguro de que las técnicas forenses son lo suficientemente avanzadas como para establecer la hora de la muerte, ¿verdad?

Mark Shaw miró al clérigo. El sacerdote no era tonto, y había tocado el quid de la cuestión. Tal y como estaban las cosas, El abogado de Mike Conley podría sacarle de todo esto en un periquete. ¡Pero fantasmas y demonios! La policía no puede convencer a ningún jurado en su sano juicio de que un fantasma era el asesino. También estaba la imposibilidad de poder capturar a una persona para llevarla ante la justicia. No, si no fuera porque el se estaba enfrentando a un crimen horrendo, se partiría de la risa, pero este sacerdote era sincero del todo, de eso estaba totalmente seguro.

"Dígame, Padre, ¿Sobre que hablaron usted y el señor Conley pasadas las dos y media, después de que mi colega y yo marcháramos?"

"El padre Anthony arrugó la frente esforzándose por recordar.

"Primero, le expliqué el proceso para bendecir la casa y después empecé a rociar agua bendita por el apartamento, pero sobretodo donde yacía el cuerpo. Después hablamos sobre la entidad maligna y especulamos el por que los fantasmas no pueden encontrar la paz. Ya sabe, el señor Conley sabe muchas cosas sobre el fantasma de Ebberston."

"Así que el no le habló sobre que tenía que decirle usted a la policía sobre la presente investigación.?"

"No, ni una palabra".

"Piense cuidadosamente, Padre. Su respuesta es muy importante. El señor Conley es nuestro único sospechoso en este momento."

"Puedo asegurarle, oficial, que el no hizo tal cosa".

Los ojos del policía se estrecharon.

"¿Cuánto tiempo lleva bendecir una casa?"

"No mucho, cuestión de minutos".

"Exactamente y como usted mismo acaba de admitir, usted no se marchó de la casa hasta lasa tres en punto."

"Y lo mantengo. El señor Conley necesitaba una explicación y lago de confort. ¿No se da cuenta de que el pobre hombre esta traumatizado? Como he dicho, hablamos sobre la naturaleza de los fenómeno extraños y le enseñé algunas defensas espirituales."

"Ya entiendo, ¿Cómo por ejemplo?"

"Una oración: *Yo ordeno y declaro en el nombre de Dios todopoderoso que todos los poderes que me estén molestando me dejen en paz para siempre, y que sean confinados para siempre en el imperecedero lago de fuego, que nunca me toquen ni a mi, ni a ninguna otra criatura en el mundo entero. Amen.* El señor Conley es muy rápido de mente y se lo aprendió de memoria inmediatamente-aunque sea algo rudimentario y corto.

"Estoy seguro de que el es muy inteligente, como usted dice, Padre, ¿pero sabe usted que el sufrió un accidente de trafico muy grave, después del cual requirió atención psiquiátrica?

"Si, el me lo contó y fue bastante abierto sobre ello. El atribuye su despertar psíquico a el accidente. ¿Quién es nadie para decir que se equivoca?"

"¿Quién es nadie para decir que esa mente tan inteligente no haya creado toda esta fantasía?"

El sacerdote se quedó ahí de pie y se inclinó sobre el detective, mirándole con severidad.

"¿Cómo explica esa fuerza invisible que me arrebató mi cartera? La calle estaba llena de gente, debe de haber incontables testigos que no me vieron tirar la cartera o que no vieron al señor Conley en el escenario de lo hechos. En vez de perseguir al señor Conley, detective inspector, déjeme sugerirle, sin querer tomarle el pelo, que trabajemos juntos para parar a este ser maligno antes de que ataque de nuevo."

El se quedó observando al policía y notó que el se había quedado totalmente distraído. El policía arrugó su nariz.

"¿A que huele?"

"¿Qué?"

"¡Es algo maligno!"

D.I. Shaw miro a su alrededor, fue hasta la maquina expendedora, olisqueó y puso cara de circunstancias. El se giró hacia el sacerdote, pálido, haciendo la señal de la cruz y musitando una oración. El captó las palabras *lago de fuego*- la misma oración que el le había enseñado a Jake Conley. ¿No había dicho el sospechoso que algunas personas podían oler el fantasma? La peste era tal que el, como detective, estaba familiarizado con ella. La peste de un cadáver en descomposición. ¡Imposible! ¡El fantasma no podía estar en el hospital, en el siglo veintiuno!

15

COMISARIA DE POLICÍA DE
FULFORD ROAD, YORK

.I. Shaw trató de disimular cualquier rastro de satisfacción de su voz mientras el recitaba las obligatorias palabras:

"Esta bajo arresto como sospechoso de asesinato. No esta obligado a decir nada, pero podría ser perjudicial para su defensa si no contesta cuando le pregunten sobre algo que luego conteste al tribunal. Todo lo que diga podrá ser utilizado en su contra."

Jack no ofreció resistencia alguna cuando un fornido policía le puso sus manos detrás de la espalda y le esposó las muñecas. La situación le parecía increíble. ¿Cómo iba el a poder convencer al obtuso detective de su inocencia? No es que el le echara la culpa al policía de todo; al fin y al cabo, no había muchos oficiales de policía en este mundo que pudieran decir que se habían encontrado con criminales con poderes sobrenaturales. El necesitaba un buen abogado, uno que le creyera.

En la entrevista en la comisaria de policía, Shaw y otro policía que Jack no había visto antes se sentaron en frente suya. Como esperaba, Mark Shaw era hostil hacia el, pero el otro policía estaba mas relajado y comprensivo. El proceso rutinario del interrogatorio empezó con el anuncio del detective de la fecha y la hora a un aparato de grabación. Entonces vino la bomba.

"¿Conoce a...Shaw consultó su bloc de notas buscando un nombre" ...Abigail Wells, señor Conley?"

"¿Abi? Por supuesto, ella es- er- era la mejor amiga de Livie".

"¿Así, que esta de acuerdo en que ella compartía confidencias, secretos cosas intimas?

"Supongo que si. Ellas dos se llevaban muy bien."

Shaw se acarició la barbilla y se quedo observando al sospechoso- su táctica de costumbre.

"¿Cómo reaccionaria si le digo que la noche antes del asesinato, la señorita Greenwood le confió a su amiga que ella iba a sorprenderle en su apartamento con la intención de volver con usted?"

Jake tragó saliva. El no había esperado esto, y en realidad, el hubiera estado encantado de volver con Livie.

El detective parecía triunfante.

"Pero ¿eso no le sorprende, verdad, señor Conley? Que desagradable."

"No se lo que quiere decir, detective. Lo único desagradable fue cuando volví a casa y la encontré muerta."

"Verá, creo que volvió a casa, tuvo una pelea con su novia y la atacó con un arma afilada. El informe del forense habla de profundas heridas en la cabeza y el cuerpo."

Jake palideció y se giró para mirar a el abogado que la policía le había proporcionado.

"No esta obligado a decir nada en este momento", susurró ella. Entonces en un tono mas alto dijo, "Mi cliente no tiene ningún comentario".

"De hecho, tengo una pregunta" dijo Jack. "Amaba a mi novia. ¿Por qué querría matarla? Y ¿puede mostrarme el arma del crimen?"

El inspector se quedó observándole.

"Todo a su tiempo, señor. Quizás no le importaría hacernos algún comentario sobre la declaración de la señora Wells que su amiga le confesó que estaba asustada de su reacción al encontrarle en su apartamento por sorpresa."

"Ah, ¡Así que eso va todo esto! Abi me odia, siempre me ha odiado, desde que la rechacé en un baile de sexto curso. Aprovechará cualquier oportunidad para hacerme daño. Livie podría haber estado un poco asustada de lo que pudiera decirle, porque admito que después del accidente le hablaba mal. Esa fue la razón por la que rompimos. Pero nunca le puse ni un dedo encima, nunca". El tono de su voz rozaba la indignación, retumbando en sus oídos. "Soy pacifista, seguro que puede encontrar a gente que se lo corrobore."

La abogada rubia miraba por encima de sus gafas de montura azul.

"Este caso que esta usted presentando no se sostiene, inspector. A menos que presente algo mas que la palabra de un testigo contra mi cliente, voy a solicitar la libertad bajo fianza de inmediato.

Shaw se mordió los labios, se quedó observando la mesa, se aclaró la garganta y dijo, "creo que hemos terminado por hoy. La entrevista concluye a las once veintisiete.

El apagó la grabadora y miró a Jake.

No se va a salir con la suya, ¿sabe?

El recogió su carpeta y su bloc de notas, se fue hasta la puerta, llamó y un policía desde fuera le abrió. La abogada de Jack se dirigió a los restantes policías. "Me gustaría estar cinco minutos a solas con mi cliente, por favor".

El policía accedió y señaló hacia un panel de cristal, parecido a una ventana, pero opaco.

"Es un cristal de un solo sentido. "Vigilaremos todos vuestros movimientos".

Dicho eso, el también llamó a la puerta y salió de la habitación.

El abogado, no tendría ni treinta años, sonrió a Jake. Ella notó el aparato en sus dientes y pensó que era un pena como le afeaba su belleza. Pero sus habilidades profesionales eran lo que realmente le interesaba. El esperaba que fuera tan lista como atractiva.

Ella habló en voz baja.

"Pronto saldrá bajo fianza, señor Conley. Por lo que he oído hasta ahora, ellos tienen muy poco cintra usted. Supongo que tiene antecedentes criminales, ¿no?

"No. Ninguno."

"Bien, eso significa que puedo presionar al juez para que establezca una cantidad relativamente baja como fianza. Ya sabe, el juez debe asegurarse de que usted vaya al tribunal si se le requiriera. El único problema es este. "Al ser una acusación de esta naturaleza, la policía le puede retener hasta noventa y seis horas, pero intentaré que sean treinta y seis como máximo. Una ultima cosa- ¿No hay nada que no me haya contado? Ya sabe, un abogado trabaja mejor si conoce todos los hechos. No estoy obligada a contar lo que me diga."

Jack la miró con recelo.

"Nada. No tengo nada que esconder. Lo mejor que puede hacer, señorita- er- "

"Mack. Kate Mack.

"Lo mejor que puede hacer, señorita Mack, es hablar con el Padre Anthony de la capilla de San Wilfredo. Entonces podrá tener una perspectiva de todo lo ocurrido."

"¿Por qué, es usted católico, señor Conley?"

"No lo soy, pero tengo prisa por serlo"

Ella le miró extrañada y ambos chocaron las manos.

"Muy bien", dijo ella con una sonrisa. "Lo haré. Por cierto, creo que es usted inocente".

Estas ultimas palabras le ayudaron un poco con la depresión de estar confinado en una celda solo. La policía le había quitado el cinturón y los cordones de los zapatos. ¿Pensaban acaso que se iba a suicidar?

Podían pensar lo que les diera la gana- ellos no tenían muy buena opinión de el, al parecer, según había oído.

Con nada en lo que pensar, excepto en el paso del tiempo, Jack repasó su situación. No podría haber ningún otro arresto, nadie para que pudiera quitar las sospechas sobre el para su exoneración, sencillamente porque no había nadie. A menos que el fantasma se le presentara a D.I. Shaw para intentar asesinarle, el detective no creería ni una palabra de su historia. Shaw estaba seguro al cien por cien de que el era culpable y Jake estaba seguro de su inocencia. Hacia falta algo para hacer cambiar de opinión al policía.

Ese algo podría estar en el periódico de la mañana siguiente, THE PRESS, que le había dado Kate quien le había dicho que la fianza había sido aceptada y que saldría no mas tarde, ella miró su reloj calculando, "setenta y dos horas, en el peor de los casos. Ahora debes de leer el articulo de la primera pagina. Hablaremos mas tarde Jake."

El se dio cuenta de que ella le había llamado por su nombre de pila y se preguntaba si... en otras circunstancias... pero eso era un pensamiento absurdo. El fue a la pagina cinco del periódico, y se quedó boquiabierto. El titular decía. ADIVINA SE TOPA CON UN FANTASMA EN EL CENTRO DE LA CIUDAD. Jake se sentó en el frío y duro banco y leyó.

La reconocida parapsicóloga, Muriel Dow, apodada Mystic Mu, asegura haber visto el fantasma de un antiguo guerrero cerca de la catedral. "Era horrible," dijo la clarividente, llevaba un hacha que brillaba por los lados y tenía una expresión de odio en la cara. Me sorprendió el verlo durante le día. Estos espíritus en pena normalmente salen de noche." Cuando se le preguntó por la apariencia del fantasma, Mystic Mu lo describió como un guerrero que vestía una cota de malla y señaló la similitud que había observado con como se representaba a los anglosajones. "Creo que vi el fantasma de un guerrero sajón que murió hace mucho tiempo. Lo peor sobre el encuentro fue el aura de maldad que rodeaba al fantasma. Pude detectar en el su maldad y la cabeza del hacha... bueno estaba manchada de sangre seca.". Sobre lo que podría estar haciendo un fantasma a las puertas de la rectoría de San Wilfredo la adivina fijo que no lo sabía.

Jake chasqueó la lengua. El pensaba que el si podía explicarlo. El siguió leyendo. *La iglesia de San Wilfredo no es una iglesia antigua ya que fue construida en el siglo diecinueve. ¿Conocía el fantasma la iglesia de ma-*

dera construida en ese mismo lugar cerca de la catedral en el año 627 para el bautismo de Edwin, Rey de Northumbria?

"*York es una ciudad histórica*", le dijo Mu a nuestro corresponsal, "*no me sorprende que espíritus perturbados, casi siempre invisibles para nosotros, frecuenten los lugares les eran conocidos. Contra mas perturbado este el fantasma, mas probable es que manifieste su presencia. Supongo que tuve suerte de poderlo ver.*"

"Y de haber vivido para contarlo", murmuró Jake.

Al pensar sobre ello, Jack sintió un escalofrío. ¿Estaba el fantasma rodando al padre Anthony? El esperaba fervientemente que el sacerdote no estuviera en peligro. *Ojalá hubiera venido a hacerme una visita, le hubiera advertido.*

Cuando la puerta de la celda se abrió fue para admitir la nada sonriente detective inspector.

"Tu abogado ha conseguido que quede libre bajo fianza, Conley. Puede recoger sus pertenencias en el mostrador de la entrada y firmar. No se va salir con la suya. Voy a averiguar todo lo que ocurrió para que lo encierren."

Jake le tiró el periódico al policía.

"Debería de leer esto".

¿Estaba detectando el acaso una fugar mirada de duda en sus ojos?

"¡Ya he leído esa chorrada! La periodista es una amiga suya, ¿no?"

No tenía sentido empezar una discusión. Jake sabía que el detective pensaba que el había asesinado a su novia y una fina hoja de papel no le haría cambiar la opinión que tenía en esa dura cabezota.

Después de lo que lo soltaran Jack tenía como prioridad ir a Hablar con el Padre Anthony. Por una parte, quería avisarle del peligro que corría por el fantasma; por otra, la parte más urgente era el deseo de aprender como abrir los ojos del mundo a la verdad ya que el creía el clérigo lo sabría.

El Padre Anthony fue generoso con su tiempo y le dejó pasar a su estudio. En el había un escritorio cubierto de libros, papeles bajo pisapapeles con motivos religiosos, y una estantería abarrotada de libros antiguos que parecía que se iba a romper. Para Jack la habitación tenía un efecto sombrío, como los Victorianos, sin duda, habían pretendido.

"Me quedé muy preocupado cuando la policía le tomó bajo custodia." Ciertamente la expresión de la cara del Padre Anthony rezumaba preocupación.

"El caso es, Padre- y es el motivo principal por el que he venido en busca de su consejo- que no puedo abrir una brecha en la negativa del inspector a considerar la existencia del fantasma. ¿Y como voy yo a poder probar mi inocencia a menos que el acepte su existencia?

"Hijo, esa es una batalla que la iglesia ha estado luchando durante siglos. Ya se hace referencia a ella claramente en Juan 5:19.

Sabemos que somos hijos de Dios y que el mundo entero esta expuesto al poder del diablo. En el libro de Las Revelaciones, pudimos leer cual era el corazón de problema, Jake." El hizo una pausa para asegurarse de que sus palabras eran recibidas con el espíritu adecuado. Alentado por la mirada de concentración y la ausencia de signos de discrepancias o escepticismo, el continuó citando:

"Y el gran dragón fue entregado a la gran serpiente de la antigüedad quien es llamada el demonio y Satán, el que engaña a el mundo entero." El sacerdote juntó sus manos y las agitó suavemente hacia delante y hacia atrás en un tranquilizador gesto de autoridad. "¿Ves Jack? Esta en aquellas ultimas palabras. Estamos predestinados a toparnos contra un muro de incredulidad, cuando hablamos de entidades invisibles. Pero, escucha, San Pablo escribió a los Corintios, *E incluso si nuestro espíritu esta tras un velo, esta velado para aquellos que están condenados, en cuyo caso el Dios de este mundo ha cegado las mentes de los no creyentes para que ellos no puedan ver la luz del evangelio de la gloria de Cristo."*

El ceño fruncido del Padre Anthony se desarrugó, con una expresión de serenidad, el le dedicó al joven una alentadora sonrisa. "El hecho, amigo mío, es que solo tienes un camino. Que encontraras de nuevo en las palabras de San Pablo, *El primer paso para armarte para la batalla contra el demonio es armarte con la verdad. Y cuando entablemos la batalla con las armas de Dios que no son las de la carne, pero tan divinamente poderosas que pueden destruir cualquier fortaleza, atacaremos esas mentiras y las desgastaremos, destrozando las especulaciones y el gran muro que ha sido levantado para impedir el conocimiento de Dios."*

"Todo eso esta muy bien, Padre, pero, a decir verdad, no nos lleva a ninguna parte. ¡La gente no quiere creer en demonios y fantasmas en el siglo veintiuno! ¿Cómo voy a poder yo persuadir a un juez y a un jurado de que no solo existen, sino que también están entre nosotros, preparados para cometer crímenes terribles?

"¿Qué quieres que diga, Jake? Soy un sacerdote, y te creo, pero solo soy un pobre clérigo, así que al menos que busquemos la ayuda de fuerzas mayores, ¿Qué esperanza nos queda? Debemos de tener fe. ¡Escucha mi ultima cita por hoy! Es de un sacerdote católico del siglo dieciocho: *Cualquier intento de disfrazar o suavizar cualquier parte de esta verdad para acomodarla al gusto que prevalece a nuestro alrededor, bien para evitar el disgusto o perder el trato de favor de nuestros semejantes mortales debe de ser afrontado ante su majestad Dios como un acto traición hacia los hombres."*

Jack pensó sobre ello durante un momento. El miró a los ojos cansados de parpados caídos y encontró en ellos amabilidad y preocupación.

"Así que lo que usted esta diciendo es que debo desvelar la verdad y desnudarla de algún modo para que todo el mundo pueda verla y entenderla."

"Eso requerirá coraje y perseverancia, hijo. Pero sobretodo, tendrás que pedir la ayuda de Dios para. Te estas enfrentando con fuerzas terribles."

"Es por eso por lo que usted también debe de tener cuidado, Padre. ¿Ha leído el periódico de hoy?"

El le resumió lo que había leído en la pagina cinco tan brevemente como le fue posible.

"No tengo ninguna duda de que esta mujer, Mystic...y como quiera que elija llamarse, tiene las sensibilidad para percibir a los espíritus, y no puede ser coincidencia que ella haya descrito a tu fantasma y lo haya localizado ante mi puerta. Debemos proceder con precaución.

El sacerdote buscó en el cajón de su escritorio y saco un crucifijo colgante.

"Coge esto, Jake. Llévalo siempre alrededor del cuello, y ten fe en el poder de nuestro señor. ¡Ahora debes de empezar con tu misión para exponer el fantasma o el maligno demonio que es!"

El Padre Anthony se puso en pie y caminó hacia la puerta.

"Sabes donde encontrarme si necesitas mi ayuda", dijo el mientras la abría y despidió a Jack agitando la mano.

"Una ultima cosa, Padre. ¿Si necesitáramos un exorcista, tiene algún contacto?

"No, pero veré que puedo encontrar. Manténgame informado. ¡Sobretodo rece y tenga cuidado!

Caminando por el limpio sendero del jardín de la rectoría con renovada resolución. Jack cogió la cinta de cuero de la que colgaba el crucifijo y se la metió por debajo de la camisa. El tacto del crucifijo contra su pecho era reconfortante, pero tenía el acto reflejo de apretárselo contra el pecho mientas caminaba a través de la puerta de la rectoría hacia la calle. Lo hacía como defensa contra el fantasma que le estaba acechando y cuya presencia el podía sentir.

16

SKELDEGATE, YORK

Aliviado por sentir la energía positiva de su recién bendecido apartamento, Jake se preguntó como iba a limpiar su nombre. El descartó todos los planes que le habían venido a la cabeza por inadecuados hasta que dio con la idea de telefonear la periódico local y pedir hablar con la reportera que había escrito sobre el fantasma.

"¿Es usted Claire Heron?"

"Al habla"

"Uh, hola. Es sobre su reportaje sobre el fantasma de la catedral. Bueno, creo que puedo añadir bastante a esa historia."

Cuando la señorita Heron mostro interés, Jack continúo describiendo sus desventuras desde el accidente de trafico hasta cuando lo habían soltado de la cárcel hacía unas horas. Cuando el hubo acabado, hubo un largo silencio, haciéndole pensar que se había cortado la comunicación.

"¿Hola?"

"Si, lo siento. Estoy sospesando lo que me acaba de contar. Como comprenderá, usted es sospechoso de asesinato por la muerte de su novia y esta intentando acusar a un fantasma del crimen, y usted quiere que yo lo haga publico. Es bastante irregular señor Conley. Dudo mucho que mi editor me lo permita."

"Mire, señorita Heron, Estoy seguro de que usted puede entender mi problema. Nadie parece dispuesto a tomarme en serio. Pero le juro por Dios, que no maté a Livie; Yo la quería."

"Mire, le propongo una cosa, hay ciertos elementos que usted me ha dado con los que podemos trabajar, tendré que consultar a mi editor lo del asesinato. Usted comprenderá que es una situación complicada. Esta lo de la policía, por no mencionar el efecto que podría tener entre el publico la noticia de un fantasma homicida en el centro de la ciudad. Déjeme consultarlo y le vuelvo a llamar; Tengo su numero."

Jack soltó una maldición cuando la periodista colgó el teléfono. El se había dado cuenta de que ella no escribiría lo que el quería que publicara, y el tenía que probar su inocencia. El decidió llamar a Abigail para averiguar mas sobre las ultimas de horas de Livie y para convencerla de su falta de culpa, pero ella no le cogía el teléfono y el no llegaba a ninguna parte. El la llamó por todos los insultos que se le ocurrieron, pero después de calmarse y de pensarlo fríamente, se dio cuenta de que no podía culparla, si el hubiera estado en su lugar hubiera hecho lo mismo. El resto del día lo pasó holgazaneando, jugando al ajedrez contra el ordenador y perdiendo, leyendo una novela sobre un piloto de la segunda guerra mundial y finalmente viendo un documental sobre los orígenes del universo.

A la mañana siguiente, salió temprano para comprar comida para unos días y al pasar por un dispensador de periódicos, compró una copia del Post. Después de meter sus compras en el frigorífico y en los armarios de la cocina, se sentó en su sillón con un vaso de prosecco y pasó hasta la pagina cinco del periódico. El nombre de Jack Conley inmediatamente llamó su atención. Claire había escrito un articulo llamado EL FANTASMA DE LA CATEDRAL- SU PASADO.

El leyó ávidamente: *Después de que Mystic Mu avistara el fantasma de un guerrero sajón cerca de la catedral otro vecino de York, el señor Jake Conley, que vive en Skeldergate, ha venido a nosotros con su propio testimonio. Hace algunos meses, este desafortunado caballero fue victima de un accidente de trafico que le dejó en coma, lo que le ha provocado, según el un despertar psíquico. Mientras investigaba para su novela ambientada en el siglo octavo sobre un rey de Northumbria. El señor Conley tuvo que ir a Ebbers-*

ton, cerca de Scarborough para hacer algún trabajo de campo. Cerca del pueblo, visitó una cueva conocida como La Cueva del Rey Alfredo, donde el dice que vio al guerrero y a oyó otros espíritus atormentados en la cueva. La leyenda local relata como el Rey Alfredo fue protegido por sus hombres mientras yacía allí herido después de una batalla entrando en la cueva para buscar refugio y protegerse de sus enemigos. "Me apuesto lo que quieras a que aún están allí protegiéndole hoy día,", dice el señor Conley, quien jura que ha visto al fantasma cerca de la catedral, siguiéndole este desde Ebberston hasta York. "El fantasma me ha atacado dos veces, y le he pedido a un sacerdote que me bendijera mi apartamento para ahuyentarlo de allí." Dice el. El novelista insiste en que el fantasma del guerrero sajón no es un peligro para el publico en general, pero añade. "No me deja dormir, se lo aseguro "El articulo continuaba con detalles históricos sobre el rey Alfredo y Jake perdió el interés.

El bebió su prosecco y rellenó el vaso. No había nada en el articulo que pudiera ayudarle porque no había ninguna referencia al asesinato de Olivia. Llegados a este punto, a Jake le traía sin cuidado el articulo de la señorita Heron, pero si hubiera sabido los efectos que este tendría no hubiera sido tan displicente.

SHEFFIELD, AL SUR DE YORSHIRE
La misma mañana, el autoproclamado doctor

Stuart Dow, estaba leyendo una copia del Sheffield. En una pagina interior llevaba una síntesis de dos artículos sobre la catedral publicados por las prensa de York. Stuart Dow estaba fascinado. Como miembro fundador de la organización de caza fantasmas de Yorkshire, orgulloso manager de la pagina de Facebook del grupo y organizador de varias conferencias en el condado y fuera de el, lógicamente el quería seguir la noticia de cerca y para el era un honor hacerlo. Cogió su teléfono móvil y llamó al numero de Russell Leigh.

"¡Eh Russ! ¿Has visto la pagina ocho del Star? ¿Qué quieres decir con que me ibas a llamar? ¡No debería de perder la esperanza ¡¿Puedes llamar tu a Verónica entonces? Meteré el equipo en la furgoneta. Parece que estamos en la pista de algo, seguro. Me pasaré a recogerte a mediodía. Espérame en tu casa con Ronnie. Así me ahorraré el tener que ir de aquí para allá bajo todo el sol del mediodía. Vale, luego nos vemos."

El abrió el pestillo del armario de cocina colgado de la pared y sacó un equipo de protones con su lector óptico preparado para disparar un controlado rayo de protones para neutralizar la carga electromagnética de la radiación de un fantasma para de esa manera atraparlo en el rayo. Después cogió la UCE- Unidad Contenedora de Ectoplasma- y tres pares de gafas protectores. El maldijo en voz alta cuando se golpeó el dedo contra el arco del armario cuando buscaba el EPQ- medidor de energía piscoquinetica. El miró el equipo con orgullo. Ellos habían empezado con nada mas que antorchas y gafas de visión nocturna, pero ahora, gracias a la tarifa de la membresía, habían logrado reunir un equipo digno de una unidad profesional.

De acuerdo, había gente escéptica que no creía en fantasmas, pero el, el doctor Stuart Dow, podía probar su existencia y ya había librado a varias propiedades de presencias no deseadas, ganándose una buena reputación como cazafantasmas. Su mayor logro hasta ahora había sido el deshacerse del fantasma de Wentworth Woodhouse, el pobre espíritu atormentado de una doncella del siglo dieciocho que murió delante de la casa bajo las ruedas de carro tirado por caballos había acosado a los sucesivos y desprevenidos dueños durante mas de doscientos años, pero Stuart Dow Esquire había acabado con ella de una vez por todas, y no cometió ningún error.

El cogió todo lo que pudo llevar a el aparcamiento y lo metió dentro del maletero de la furgoneta, entonces condujo hasta la casa de Russell.

La inseguridad nacida de la falta de confianza en sus propias habilidades, o quizás la desestimación del peligro a el que ellos se enfrentaban, llevó a Dow y a sus ayudantes a acampar en el claro donde se encontraba la cueva del Rey Alfredo. En las situaciones peligrosas, es a menudo el mas timorato el que paga el mayor precio. En este caso, Russel Leigh expresó su preocupación, mirando el agujero negro en la roca con nerviosismo.

"No creo que sea una buena idea, Stu. No sabemos lo que hay ahí dentro. Deberíamos acampar en otro sitio."

"No seas bobo, hombre. ¿Qué pasa contigo? No voy a estar llevando todo el equipo arriba y abajo solo porque tu estés acojonado."

"Tiene razón, Russ". Dijo Verónica. "Vamos, hemos acampado en sitios peores que este, y no ha pasado nada."

Si Ronnie estuviera de acuerdo, pensó Russell, el le apoyaría. Así que calvaron las tiendas, encendieron fuego, e hicieron te, una tarea que a el le gustaba en particular. Alrededor del fuego ellos debatieron sobre las ventajas y desventajas de explorar la cueva de noche o de día, y para alivio de Russell y sorpresa a su reacción, decidieron hacer le reconocimiento por la mañana. ¿Qué era lo que pasaba con esta cueva que a el le asustaba tanto? El no podía encontrar una explicación racional porque había estado en tantas expediciones para cazar fantasmas con atmosferas mucho mas tenebrosas y no le daban escalofríos como este lugar.

El que normalmente dormía como un tronco, incluso sobre suelo duro, se mantenía alerta y sin poder dormir. ¡Cerca de su tienda! El intentó controlar su respiración y estabilizar su ritmo cardiaco. ¿Por qué estaba tan nervioso? Entonces lo oyó: La sibilancia de una respiración. No era un animal, entonces. El miró por la tienda. Stu estaba profundamente dormido. ¿Se había marchado Ronnie de la tienda? ¿estaba ella a salvo? Russel Leigh tomó la fatal decisión de ir a comprobarlo.

El luchó por salir de su saco de dormir tan silenciosamente como puedo sin despertar a su compañero. Desabrocho la cremallera de la entrada de la tienda, y sacó la cabeza al frio aire de la noche- y la perdió. Un solo despiadado hachazo cortó la cabeza de Russell Leigh, ex taxista, futuro cazafantasmas a la edad de veintinueve años.

Por la mañana, los gritos insistentes de Verónica despertaron a Stuart Dow de un profundo y reparador sueño. Sus ojos medio adormilados le decían a su dormido cerebro que Russ no debería de estar tirado en el suelo delante de la entrada de la tienda. Los gritos de Ronnie también le dijeron que algo malo había sucedido. Tan malo como el nunca podía haberse imaginado. Nunca en su vida había visto el horror de una decapitación. Y que la victima fuera un amigo suyo y que el iba a culparse a si mismo por no escuchar sus reparos a acampar allí hacían que fuera aún peor.

Con la ayuda de Verónica, el extendió una sabana por encima del cuerpo para taparlo, intentando lo mejor que pudo no contaminar la escena del crimen.

"Tenemos que llamar a la policía", dijo el, marcando el 999 en su teléfono móvil, aliviado de que había bastante cobertura en aquel lugar tan apartado. Después de proveer la información esencial, se concentró en consolar a Verónica, que tenía los nervios destrozados. Cazar fantasmas en la cueva de Alfredo era ya pasado para el. Todo lo que ellos podían hacer era esperar a que llegara la policía.

SKELDERGATE, YORK (DOS DÍAS MÁS TARDE)

El teléfono de Jake sonaba y vibraba en su mesita de centro. El lo había dejado en silencio durante toda la noche. Entonces cogió el teléfono para ver un numero sin nombre en la pantalla.

"Señor Conley, hola. Claire Heron al habla. Le llamo para pedirle su opinión sobre el asesinato de Ebberston."

Jack se levantó como un resorte. No había visto las noticias o navegado por la web durante un día o así prefiriéndose aislar para pensar en sus problemas personales.

"¿Qué asesinato?"

"¿De verdad no lo ha oído? Esta en todos los canales de televisión, no hablan de otra cosa. Ha habido un terrible asesinato en la cueva que usted me dijo". Ella hizo una pequeña pausa mientras comprobaba el nombre, "La cueva de Alfredo. Un miembro del equipo de cazafantasmas de Sheffield ha sido decapitado hace dos noches. ¿No se da cuenta, señor Conley? Esto ayuda a su caso."

Jack se daba cuenta, y después de una serie de excitadas preguntas y las respuestas de la señorita para un nuevo articulo, el colgó el teléfono, se reclinó en el respaldo, cerró los ojos, y pensó en cual sería su próximo movimiento.

COMISARIA DE POLICÍA CARRETERA DE FULFORD, York

El detective inspector Mark Shaw se quedó observando a su superintendente, quien se había dignado a visitarle a su oficina.

"Lo siento, señor, ¿Quiere usted unir el asesinato de Ebberston al del caso Greenwood, he entendido bien? Desde luego hay mas de un elemento que les une. Me pondré a ello inmediatamente, señor."

Cumpliendo lo que acaba de decir, Shaw llamó al timbre del apartamento de Jake veinte minutos mas tarde y no contento con ello, golpeó la puerta con el puño. Uno debe de hacer que el sospechoso se ponga nervioso, pensó.

Cuando Jack abrió la puerta, entró al apartamento sin ceremonia ninguna.

"Supongo que ya sabe por que estoy aquí".

"Ni idea, ¿una visita social? Dijo Jack con sorna. El había llegado a tomarle manía a este policía maleducado.

"Señor Conley, por muy agradable que sea su compañía estoy aquí por un asunto oficial porque nuestra investigación de asesinato se ha convertido en una doble investigación de asesinato. Debo de preguntarle señor, ¿Dónde estuvo usted entre las seis de la tarde noche del martes y ayer a la misma hora?"

Jack parecía pensativo, pero contestó, "eso es fácil inspector, estuve en casa en mi apartamento."

"¿Y no salió para nada del edificio?"

"No".

"¿Hay alguien que pueda corroborarlo?"

"No creo. He estado solo todo el tiempo, excepto- "

"¿Sí?"

"Ayer por la tarde me llamó una periodista para contarme loe que pasó en Ebberston. Pero supongo que eso no cuenta, podría haber cogido la llamada en cualquier parte, ¿no?"

"No subestime la tecnología de la policía señor. Estoy seguro de que podemos localizar la llamada si fuera necesario".

"Oh, vale." Musitó Jack nervioso como siempre ante la presencia del policía.

"Del mismo modo averiguaremos si estuvo usted en Ebberston hace dos noches."

"No estuve" chilló Jack, con la cara roja. "No me puede cargar con un doble asesinato. ¡No he hecho nada!

"Debo de decir que este asesinato en Ebberston es muy oportuno. Parece como si alguien estuviera intentando hacer creer en fantasmas a la policía, señor Conley. Ahora, ese alguien no será usted, ¿verdad señor?"

"No se lo que esta usted insinuando, inspector. Todo lo que se es que yo estaba aquí, ocupado con mis asuntos a la hora en la que se produjo el asesinato de Ebberston. Ni siquiera me había enterado de que sucedió hasta que Claire del Post me llamó ayer."

"Hablando de sus asuntos, señor, ¿puedo echar un vistazo a su ordenador?"

"Creo que necesita usted una orden, oficial...pero no tengo nada que ocultar..." Jake se levantó de su sillón, fue a su despacho, encendió el ordenador y tecleó la contraseña y sacó la silla para que el policía se sentara.

Shaw miró el historial de navegación, esperando encontrar la pagina del fantasma de los cazafantasmas de Sheffield. Su búsqueda resultó infructuosa, así que el miró la carpeta de la papelera del email. Nada incriminatorio. Pero entonces conociendo como piensan las mentes criminales, no se dejaría engañar.

"Voy a pedirle que me deje llevar este ordenador al laboratorio durante un día o dos, señor Conley"

"¿Para que? El tono de Jack era agresivo.

"Para descartarle de la investigación, señor".

"Bien, en ese caso, supongo que se lo puede llevar."

El siempre podría usar su Smartphone para navegar por internet. Lo tenía conectado al rúter.

Después de deshacerse del detective, Jack se sentó para pensar en lo que había pasado. Una cosa que el había dicho el inspector Shaw se le había quedado grabada en la mente. El asesinato de Ebberston le beneficiaba. Probaba que no había mentido sobre la muerte de Livie. Tanto si el asesino era el fantasma o una persona viva, Ebberston las conectaba. Ahí era por donde el debía empezar para limpiar su nombre.

17

EBBERSTON, YORKSHIRE

Jake decidió no hospedarse en el hostal de Gwen McCracken, por mucho que quisiera saludar a su amiga. El no quería causarle mas problemas, así que el deambuló por el pueblo buscando un lugar donde alojarse. Uno o dos lugares mostraban signos de haber habitaciones libres, pero no fue hasta que el encontró uno llamado "Los Olmos", que el se decidió a preguntar. A Jack siempre le habían encantado los arboles, y el olmo era su favorito. Así que cuando el vio la áspera corteza de su tronco en el jardín de esta propiedad, el entró por el portón. El recordó que, aparte de el árbol de la vida, el olmo era unos de los dos arboles que se mencionan en el Génesis como que se encuentran en el jardín del Edén. El prefirió no entretenerse a pensar el por que tenía esa información inútil en la cabeza.

Una mujer baja con pinta de estar muy ajetreada, se presentó como la señora Lucas, tenía el pelo gris atado detrás en un moño y le invitó a pasar. La viuda le ordenó quitarse las botas porque ella no permitía pasar a nadie con calzado de la calle. Obedeciendo el se desató los cordones y lo colocó la lado de una corta fila de zapatos femeninos.

"Tendré que comprar un par de zapatillas de estar por casa", murmuró el.

Ella le miró los pies. ¿Qué numero usa?"

"El cuarenta y dos" dijo el, dándole sin pensar la talla europea.

"Eso será un ocho entonces". Ella se dio la vuelta y subió de inmediato, de donde ella regresó con un par de zapatillas de estar por casa de hombre.

"Mi Bert usa un ocho", explicó ella.

Jake se puso las zapatillas y la siguió al piso de arriba, hacia una habitación trasera, la cual el observó y dijo unas palabras de alabanza sobre las comodidades de esta para beneficio de su anfitriona. El miró el crucifijo en la pared con cariño. Esto podría espantar presencias demoniacas. Cuando se quedó solo, el se puso a considerar que hacer en Ebberston. El no tenía un plan claro excepto conseguir pruebas de su inocencia para llevárselas a el inspector D.I. Shaw. Pero el problema era como conseguirla.

Desafortunadamente, el no tuvo mucho tiempo para preparar una estrategia porque después de unos pocos minutos el recibió una llamada en su puerta.

"Pase"

Con una expresión de disculpa su casera le dijo, "siento molestarle, señor Conley, pero tiene una visita esperándole en el salón de invitados.

"¿Para mi? Que extraño, dijo el poniéndose en pie. "No esperaba a nadie".

Una silueta familiar, pero nada sonriente le saludo en la sala de estar con su gran ventana vestida por una gran cortina.

"Así que se ha vuelto a presentar por aquí". El tono del vicerrector era hostil y su expresión era extraña con sus rasgos normalmente benignos. "No ha habido nada mas que problemas desde que usted empezó a meter sus narices en la cueva de Alfredo. Señor Conley, usted no es bienvenido en Ebberston, he venido a pedirle que se marche."

"¿Cómo ha sabido que estaba aquí?"

"Ebberston es un lugar pequeño, y somos una comunidad muy unida. De hecho, la señora Lucas esta en el consejo de la parroquia. Aquí pronto se corre la voz. Este es un lugar tranquilo, por lo menos lo era hasta que usted empezó a remover fuerzas que no le conciernen."

"Mire, señor Hibbit, no me gusta su tono. Y quiero decirle que si es asunto mío. He venido para limpiar mi nombre. La policía de York me ha acusado falsamente de asesinar a mi novia. Fue el fantasma de Ebberston quien lo hizo- seguro que sabiendo usted lo que sabe me cree.

El vicerrector miró a Jake con lastima.

"Po supuesto que si. ¿No le advertí que se mantuviera alejado de la cueva? Se le quebró la voz. "Pero usted decidió ignorar mi consejo. ¡Mire lo que ha desencadenado! Como he dicho. Somos una comunidad pacifica y queremos seguir siéndolo.". el suspiró profundamente y subió sus gafas en el puente de su nariz con su dedo índice. "No nos gusta que nos pongan micrófonos en las narices y que oleadas de periodistas irrumpan en nuestra vida cotidiana. Ebberston no debería aparecer en el mapa gracias a asesinatos espeluznantes. ¡Ese pobre hombre de Sheffield! Creyeron que podrían expulsar a los demonios de la cueva de Alfredo- Pero llevan allí, ¿mas de mil años? Mire señor Conley, voy a ser franco con usted: queremos que se marche de Ebberston. Háganos un favor y haga la maleta, y márchese por donde ha venido."

Jake miró al vicerrector con incredulidad.

¿Qué ha pasado con lo de amar al prójimo?

"Escúcheme señor Hibbit. No voy a ninguna parte. He pasado por mucho por culpa de todo esto. Me enfrento a una pena de cadena perpetua por algo que no he hecho. De todas formas, este es un país libre, y no puede echarme del pueblo."

El vicerrector le miró por encima de la gafas, con los ojos entrecerrados llenos de furia.

"Oh, ¿no puedo? ¡Eso lo veremos! Hay un montón de gente a su alrededor que no le quiere aquí. Queda usted advertido. El se sacó una gorra del bolsillo y se la puso en la cabeza. "¡Que tenga muy buenos días!"

Jack le observó mientras se marchaba de su habitación, la oír el portazo de la puerta principal, fue hasta la ventana y vio a su nuevo enemigo desaparecer a través del largo sendero del jardín que llevaba a la carretera. El estaba alucinado por lo que había ocurrido. Debía de haber subido mucho la tensión después de la asesinato en la gruta. Eso significaba que el tendría que tener cuidado. Pero no tenía ninguna intención de dejar el pueblo y ciertamente ninguna de dejar su investigación.

Lo primero que el haría el resto de la tarde era llamar a Gwen; quizás ella podría darle una idea mas clara del ambiente que se respiraba en Ebberston. Después de el iría a comer a The Grapes. Ahora, eso era todo un aliciente.

"Lo siento muchísimo". Gwen McCracken sonrió tristemente a su antiguo huésped

Ellos estaban sentados uno enfrente del otro en la mesa de la cocina disfrutando de una taza de te, en el caso de Jack mojando galletas digestivas de chocolate. "He leído lo de tu perdida en el post. ¡Tu pobre novia! ¿Cómo lo llevas cariño?"

"Aun todo me parece una mal sueño. Es como... quiero decir...ya sabes nunca volveré a ver a Livie, pero cada vez que suena el teléfono, creo que es ella. Se que no tiene sentido- "

"Es el duelo, la mente puede jugarnos malas pasadas"

Jack miró a su cara amable y preocupada y le embargó una oleada de cariño por la escocesa.

"El caso es Gwen. He regresado a Ebberston a arreglar las cosas. Ya ve la policía de York esta convencida de que yo maté a Olivia, pero yo la quería. Tengo que limpiar mi nombre. Pensé, de algún modo, no se como exactamente que podría probar que el fantasma de Ebberston la mató."

"Quizás debería de hablar con la policía del pueblo- para poder participar en el caso aquí,"

"Oh, no se que aconsejarte. Excepto que ni se te ocurra ir a la cueva de Alfredo. Dicen que esta acordonada, no dejan pasar a nadie. Solo empeoraría las cosas."

"Tendré que hacer una visita a la policía."

Pero Jack se equivocaba, fue la policía la que vino a por el.

El dejó a Gwen con una sonriente despedida y fue a comer a The Grapes. Después de haber cruzado únicamente un par de calles notó la presencia de una persona vestida con una sudadera verde con capucha siguiéndole. El se giró dos veces para comprobarlo, y en cada una de las veces, el vio que el joven estaba haciendo una llamada por el teléfono móvil. Fue con alivio que se dio cuenta de que si sombra le había seguido dentro del bar, ¿Qué podía ser mas natural que dirigirse a un pub a estas horas?

Jake se abrió camino hasta la zona de mesas, donde el hombre de la capucha se sentó al otro extremo de la barra en forma de L, de donde cada uno tenía una perfecta vista del otro.

No había nada especialmente perturbador acerca del joven. No tenía el pelo corto o los tatuajes propios de los típicos matones. Jake se dijo a si mismo que el estaba demasiado nervioso después de lo que había pasado las ultimas semanas. El observó a el hombre en cuestión tomar un trago de cerveza y le olvidó rápidamente cuando el camarero vino a anotar su pedido.

La comida era estuvo muy bien como de costumbre, y Jake regó su filete al punto con mayonesa de curry con una cerveza grande. Satisfecho el fue a la barra a pagar su pedido. El hombre que llevaba la sudadera con capucha le estudiaba por encima de su vaso, pero apartaba la vista cuando se encantaban las miradas.

Jack pensó que era extraño que el señor sudadera encapuchada bebiera dos tercios de su cerveza en un par de tragos largos, pero mas perturbador aún fue que el siguió a Jack fuera del pub. Jake incrementó su ritmo para distanciarse de su perseguidor, si eso era lo que era, pero cuando el miró por encima del hombro, el hombre mas joven estaba a solo cinco metros de el y haciendo otra llamada de teléfono.

Cada calle que Jack cruzaba, el otro hombre también la cruzaba. El pensó en parar y desafiarle, pero se lo pensó mejor pensando todavía que podía ser coincidencia. Ese pensamiento ilusorio se disipó cuando el se aproximó a The Elms. En el pavimento delante de la puerta había merodeando un grupo de cinco encapuchados y una silueta bastante grande con una gorra y una bufanda liada alrededor de sus caras a pesar de que hacía calor. A Jack se le vino el mundo encima, pero si el se daba la vuelta para salir corriendo, ¿A dónde iba a ir? El decidió echarle cara a la situación y, fingiendo que no nada ocurría, se dirigió directamente a la puerta de entrada del hostal donde se hospedaba.

Uno de ellos se separó del resto del grupo y caminó a toda prisa hasta Jack, parándose delante de el de manera que Jack tuvo que desviarse hacia la izquierda para poder pasar, pero el otro anticipó su movimiento moviéndose a la derecha, impidiéndole el paso. Una serie de movimientos reiterados que se asemejaban a una ridícula danza hizo a Jack perder los nervios ante la burlona y provocativa mirada del hombre. El pensó en darle un puñetazo con toda su fuerza, pero no quería meterse en problemas, así que el empujó a su agresor en el pecho. Eso fue suficiente para provocar un grito de rabia e indignación y hacer que los otros fueran a por el como una manada de perros de presa a por un zorro.

Ellos hicieron caer a Jack al suelo, y un aluvión de patadas de botas pesadas amenazaban con romperle las costillas. Gracias a Dios no le golpearon en la cara, y después de una docena de patadas una voz familiar dijo, "Vale, suficiente muchachos, el entrometido ya ha aprendido la lección." La voz se acercó, y entre la ola de dolor, Jack reconoció una silueta con una gorra y la cara cubierta con una bufanda oscura. "Ya esta advertido, Conley. No va en broma. ¡Márchese de Ebberston y no vuelva! Has salido ileso esta vez..." Varios de los gamberros se rieron. "Espero que sea lo bastante listo para no tentar la suerte y evitar una segunda."

Una vez dicho eso, todos se marcharon, excepto uno, que decidió darle a Jack un ultimo recordatorio en sus costillas. Jack luchó tambaleándose para ponerse en pie y cruzó dando tumbos el sendero del jardín, cada respiración era una agonía, hasta que llegó a la puerta principal. El se dejó ir, incapaz de continuar, se sentó en las escaleras enmoquetadas.

"¿Hola, hay alguien ahí?, creí haber oído a alguien entrar. Oh, Dios mío, ¿Qué le ha pasado?

Jake gruñó y se señaló las costillas.

"Me han pegado una paliza entre seis"

El estaba siendo incoherente, pero la señora Lucas, una mujer de corazón blando muy madraza, no tenía intención de ignorar el asunto. De manera eficiente ella le guio hasta la habitación e insistió en que desnudara el torso para examinarle las costillas.

No creo que tenga nada roto", dijo ella, "pero no soy una experta, creo que necesitara una radiografía para estar seguro. ¿Le duele?

"¡Ouch!"

"Mmmm, espere un momento, vuelvo en un segundo."

Ella volvió con una botella en la mano y con u fajo de algodón.

"Solución hamamélide de Virginia, le juro que le curará los moratones y le aliviará."

Ella empezó a frotarle el liquido, y el estaba agradecido por la sensación de alivio. Ella le ayudó a ponerse la camisa, le preguntó que había pasado y le expresó su consternación al enterarse que sucedió en la calle, y quiso saber cuantos atacantes estaban involucrados. Ella le comunicó toda esta información a la policía de Pickering, y en una hora un coche de policía paró delante de la puerta de la posada de la señora Lucas quien dejó pasar a un policía adentro de la casa.

El policía estudió a Jake con ojo experimentado-no demasiado herido, entonces. Pero sin embargo un desagradable incidente, del tipo que eran prejudiciales para el turismo. Lo que el veterano policía no esperaba era que un simple caso de vandalismo tomara tanta significancia.

Incrédulo, el escuchaba a Jake mientras le contaba todos los hechos desde su primera visita a Ebberston, el asesinato de Livie y el ataque de esta misma noche. Por razones que el no entendía, no mencionó al vicerrector, quien el reconoció como el instigador del ataque.

El sargento se rascó la cabeza desconcertado.

"Bueno, debo decir que esto lo cambia todo. No tenía ni idea que la policía de York se estuviera ocupando del caso. Hasta ahora, nadie había conectado ambos casos. ¡Esto es todo un caso! ¿Pero usted me esta diciendo completamente en serio que el asesino es un fantasma? Nosotros lo habíamos achacado a un psicópata. Esto va a causar un buen revuelo, señor."

Jack se sintió aliviado. Estaba ante el primer policía que le tomaba en serio en cuanto a este caso, aunque el tenía la sospecha de que el sargento pudiera estar siguiéndole la corriente. Fuera cual fuera el caso, el amable oficial insistió en llevarle a el hospital del pueblo para que le miraran las costillas, las protestas de Jack diciendo que era totalmente innecesario se estrellaron contra una resistencia infranqueable.

De camino al hospital, el dijo. "Tengo que hacer un informe, señor. No podemos permitir que unos gamberros ataquen a los turistas. También tendré que pedirle que me acompañe a la estación de Pickering a la luz de lo que acaba de contar, puedo venir a recogerle por la mañana por la mañana."

18

PICKERING Y LITTLE DRIFFIELD, YORKSHIRE

En la comisaria de policía de Pickering, un moderno y agradable edificio, Jake se sintió decepcionado al no tener la presencia del sargento con quien el se había entrevistado el día anterior. En vez de eso, le asignaron un oficial joven y enérgico, ante el cual el se puso inmediatamente a la defensiva. El inspector, un personaje con el pelo oscuro con un enorme lunar en la mejilla derecha, reconoció haber sido contactado por la policía de York. El pensamiento de lo que el inspector Shaw podría haber plantado en su cerebro le puso a Jack los pelos de punta. Su aprensión no se le escapó al policía, y el aire de sospecha e incredulidad que esto generaba creo un circulo vicioso de nerviosismo.

Prácticamente acusándole el inspector Smethhurst le frió a preguntas sobre sus movimientos, coartada y motivaciones. Los inescrutables ojos marrones del inspector ya habían hecho un juicio de valor sobre el acusado antes de una honesta valoración de la situación.

"Voy a ser franco con usted, señor Conley, ningún policía en el mundo entero que se respete a si mismo basaría la investigación de un asesinato en un hecho no científico como el que usted me esta tratando de explicar. Hasta donde yo se, en toda la historia de la policía desde que se creó no ha habido ni un solo asesinato que se haya atribuido a causas sobrenaturales. Detrás de los así llamados casos de magia negra, siempre ha estado la mano de un criminal de carne y hueso."

El había hecho ese discurso con la intención de provocar una reacción. Cuando esta vino. El quedo decepcionado, en lugar de protesta desenfrenada, el recibió un suspiro apático y resignación.

"Lo se. Será aun peor tratar de convencer a un juez que a un jurado. Por eso es que he vuelto a Ebberston. Debe usted darse cuenta, de que si soy inocente- que lo soy. Tengo que hacer que el publico conozca al fantasma y que se enteren todos los medios de comunicación. De lo contrario, ¿Cómo voy a poder limpiar mi nombre?

Smethhurst gruñó, prestándole atención al bolígrafo que tenía en la mano.

"Dejándole a la policía que haga su trabajo." Murmuró el.

"Con el debido respeto", dijo Jake. ¿Cómo va a poder usted hacer bien su trabajo si cierra los ojos a la verdad?

"Si quiere mi opinión, señor Conley, creo que Ebberston es último lugar en el mundo donde usted debería de estar. Creo que usted tiene problemas masa graves que su fantasma etéreo con los que lidiar. Por descontado que usted ha tenido suerte de salir ileso de su visita aquí. Podría no tener tanta suerte la próxima vez. Nuestros recursos son muy limitados como para poder garantizarle su protección. Piense en esto, puede perder un diente o incluso un ojo en otro asalto, o lago peor, puede usted acabar en estado vegetativo para el resto de vida."

El policía se reclinó en su silla y observó el efecto de sus palabras con satisfacción. A Jake no se le había ocurrido pensar en todo eso, pero el oficial tenía razón. No tenía ningún sentido exponerse a si mismo a más castigo físico. El debía de abandonar Ebberston inmediatamente. ¿Pero como podría el encontrar pruebas de su inocencia?

Como si estuviera leyéndole la mente el inspector Smethhurst le aseguró.

"Usted no me parece un delincuente, señor Conley, puedo asegurarle que como oficial al mando de este caso, haré todo lo que este en mi mano para llevar al asesino ante la justicia. También estaremos atentos a las idas y venidas a la cueva del rey Alfredo, tanto sobrenaturales como humanas. Tenemos la cueva bajo constante vigilancia. Lo único que le pido es que me mantenga informado de sus movimientos ya necesitaré volver a hablar con usted."

"De acuerdo, oficial. Seguiré su consejo y me marcharé de Ebberston. He decidido marcharme a Little Driffield. Necesito investigar para mi novela."

"Bien, aquí tiene mi tarjeta. Le agradecería que me llamara cuando hay conseguido alojamiento."

Jake telefoneó a su casera y le pido que le guardara sus cosas hasta que pudiera ir a reclamarlas. No habían habitaciones libre donde el había estado anteriormente en Driffield, lo que resultó ser un regalo caído del cielo. Jack encontró una perfecta casa de invitados en el pueblo de Little Driffield llamada Mill Cottage, regentada por una viuda y su hija, quien estaba en la universidad haciendo el postgrado de arqueología. El hombre de la casa, una silueta alta y delgada de tripa prominente era un historiador del pueblo y estaba encantado de que su nuevo invitado estuviera investigando la zona para escribir una novela histórica. El le ofreció inmediatamente el poder consultar su colección de libros y artículos y habló largo ye tendido sobre la asociación de Little Driffield con el Rey Alfredo El sabio. Su admiración por el culto monarca inspiró a Jack a buscar más información sobre el gobernante.

Su investigación le llevó a la iglesia, y a su vez esta visita le puso en la pista de lo que descubrió que

era una extraña anomalía. La inscripción, colocada
en la parte sur de la capilla, decía así:

EN ESTE PREBISTERIO YACE ENTERRADO
EL CUERPO
DE ALFREDO, REY DE NORTHUMBRIA,
QUIEN DEJO ESTA VIDA,
18 ENERO 702 A.D.
EN EL VIGESIMO AÑO DE SU REINADO.
Statutum est ómnibus semel mori
(Esta escrito que todos debemos morir)

PERO SU DEBATE CON ANDREW, SU CASERO, HABÍA
tenido una serie de contradicciones sobre el rey,
desde las variantes con el nombre hasta la manera en
la que murió. Estaban aquellos que manutenían que
el murió tras una larga enfermedad en el palacio real,
otros que dicen que el monarca sucumbió a sus heridas. El cronista medieval, William de Malmesbury,
dijo que murió de una enfermedad muy dolorosa, lo
que fue achacado a una visita de la providencia hacia
el rey por expulsar a San Wilfredo quitándole su dig-
nidad y todas sus posesiones. Jake ignoraba esta propaganda religiosa. ¿No había visto el la batalla y el
rey herido con sus propios ojos? Pero lo que mas le
intrigaba eran todos los eventos extraordinarios ocu-

rridos durante el siglo dieciocho que Andrew señaló en un articulo que había escrito el mismo por una revista de historia local. El articulo decía así:

EN EL AÑO 1784, LA SOCIEDAD DE ANTICUARIOS DE Londres mando una delegación a Little Driffield, para buscar el cuerpo del rey, de algún modo ellos le convirtieron en Alfredo el Grande, ¡ignorando el hecho que el murió doscientos años antes después del rey de Northumbria! La delegación empezó su labor el 20 de septiembre y la terminó con completo éxito. Después de excavar durante un tiempo en el presbiterio, encontraron un ataúd de piedra y al abrirlo quedó expuesto el cuerpo del rey con gran parte de su armadura de acero.

Jack leyó esto con creciente excitación solo para llevarse una tremenda desilusión. El grupo de anticuarios que buscaban los restos de Alfredo consistía en un grupo de caballeros de Driffield, a la cabeza del cual estaba un honorable vizconde- Jake se prometió a si mismo descubrir quien fue- pero, Andrew escribió, la investigación terminó en una decepción total: no había ningún baúl de piedra, ni armadura de acero- de hecho, no se encontró ninguna reliquia de este monarca. La autoproclamada delegación, probablemente para evitar el ridículo al cual habían quedado expuestos, crearon esta mentira. Jake maldijo para si mismo. Parecía que cuandoquiera que se acercaba a descubrir al rey Alfredo, el antiguo monarca se desvanecía entre sus dedos. El pasó la pagina.

En el año 1807, cuando la iglesia de Little Driffield fue demolida y reconstruida, el coadjutor realizó otra búsqueda de los restos de Alfredo, pero en vano, se descubrió que la iglesia y el presbiterio había sido reducidos de tamaño, y que, si Alfredo había sido realmente enterrado cerca del muro norte, com decía las palabras de la inscripción pintadas la fresco, sus restos deben de estar ahora en el cementerio de la iglesia.

Jack se sentó. Era una línea de investigación que merecía la pena seguir. El la exploraría con Andrew.

"Andrew, mencionaste la posibilidad de que la tumba de Alfredo pudiera encontrarse en el cementerio de la iglesia, cerca del muro norte. ¿Se ha investigado eso seriamente?

"Es muy común que los arqueólogos del ayuntamiento acudan siempre que se empieza a construir un nuevo edifico. Ellos siguen echando un ojo a los yacimientos arqueólogos, pero no se ha seguido una investigación seria. Debería de ir a por el material de mi esposa. ¿Te he dicho que ella era una eminente arqueóloga? Su cara tomo una expresión de infinita tristeza. "mi Heather esta tratando de emular a su madre, y no tengo ninguna duda de que ella lo conseguirá, déjame ver, ah si..." El examinó las estanterías y seleccionó una caja de archivos con una etiqueta amarilla medio pegada en el lomo de la caja. "Esto te pondrá al día de la actividad arqueológica en la zona, y hay un montón. Con respecto al cementerio de la iglesia, es un poco difícil porque se necesita el permiso de la diócesis y de las autoridades eclesiásticas."

"Quizás podamos empezar con una investigación no invasiva. Pasar un magnetómetro de protones por el suelo contestara la cuestión sin ninguna molestia.

"Buena idea, no creo que nadie ponga ninguna pega. Déjamelo a mi. Hablaré con el vicario."

El coste del alquiler del magnetómetro sobrepasaba las posibilidades del bolsillo de Jack, así que el aceptó gustosamente la sugerencia de Andrew de contactar con el departamento de arqueología de la universidad de York, solo para ser recibido con escepticismo. El profesor con el habló le dio un amable rapapolvo, manteniendo que la tumba, de haber estado cerca de la reconstrucción que se llevó a cabo en el siglo diecinueve, seguramente hubiera ya salido a la luz. Excusándose a si mismo con una serie de otros asuntos urgentes que atender el arqueólogo colgó.

Jack se tragó su frustración, preguntándose si esta línea de investigación tenía tendría algo que ver con su situación legal. Mientras este pensamiento le pasaba por la cabeza, una lista de las excavaciones en Driffield llamó su atención, y como le ocurrió en previas ocasiones, una línea de pagina resalto pareciendo que iba a salirse de esta. Por alguna razón, un fenómeno psíquico, que el no comprendía le estaba dirigiendo a el estudio de una casa señorial medieval con un foso. Demasiado confiado en sus recién descubiertos poderes, Jake no descartó esta línea de investigación como fuera de su periodo de interés, lo que hubiera sido su primera reacción. En vez de eso el leyó con creciente interés. El articulo era sobre una excavación que se realizó en Moot Hill y en Bailey Castle, que aún se encuentran buen estado a pesar de las excavaciones del siglo diecinueve y de las de 1975.

Jack decidió dar un paseo, sobretodo después de leer esto y que su interés se rápidamente se acrecentara.

Las excavaciones en Moot Hill que fueron realizadas en 1975 demostraron que la mota que quedaba era la mota de un castillo normando que se encontraba inmediatamente al este de un lugar postulado como un palacio real de Northumbria, sobre el cual hay referencias, que lo conectan con Driffield, y que fueron encontradas en las crónicas sajonas del año 705 A.D. Las crónicas indican que el rey Alfredo, quien reinó en Northumbria después de la muerte de su hermano, Ecgfrith en el año 685, poseía un palacio en Driffield. Las excavaciones del año 1975 también destaparon evidencias de ocupación romana que databan del siglo cuarto AD bajo la mota. Los restos que quedan, incluido el montículo de la mota que tiene unos 4.5 m de altura y 40m de diámetro, esta parcialmente rodeada de un dique de 15 m de ancho y 1.5 de profundidad.

Esto hizo pensar a Jake. El sabía que había existido un palacio real en Driffelda y que los hombres de Alfredo habían llevado al rey herido allí desde Ebberston. El murió presumiblemente en el palacio, pero después de su muerte, ¿realmente fue el enterrado en una iglesia sajona? El extraño dolor en el medio de la frente volvió con insistencia. ¿Significaría eso que el estaba siguiendo la línea correcta de investigación? El se puso recto, se estiró y siguió leyendo el articulo:

La existencia de restos enterrados de un extenso edifico fue originalmente descubierta durante los primeros trabajos efectuados en el siglo diecinueve. Estos restos incluían fragmentos del muro y grandes escalones de piedra. Todo ello se recogió en el Observer de Driffield en junio de 1893, además de que fue encontrado un alargado rectángulo para el castillo, archivos redactados a mano y fragmentos de piedra caliza de los cimientos de un muro rodeado por un foso de 3 m de profundidad en el lado oeste revelado por la excavación de un alcantarillado. JR Mortimer el anticuario del siglo diecinueve, identificó erróneamente el montículo como un túmulo redondo de la edad de bronce. El montículo había sido originalmente mucho mas grande tanto en altura como en diámetro, antes parte de el fue retirado durante las operaciones de extracción de grava durante los años 1856-8. Durante estas operaciones, Mortimer anotó que se encontraron fragmentos de espadas medievales, incluyendo una que es descrita como una espada anglosajona- Jack jadeó y se puso la mano en la frente, la cual sintió como si una fuerza invisible estuviera haciéndole un agujero entre los ojos y el cerebro- *y lanzas, monedas de bronce celtas e inglesa. Mortimer creía que aquello había sido alguna vez un montículo falso, aunque no hay mas pruebas de eso que su nombre.*

Definitivamente el estaba tras la pista correcta si es que se podía fiar de su indicador espiritual. El hallazgo de artefactos anglosajones en el moot hill le entusiasmaba. Jack empezó a formular la teoría que provocaría grandes avances en su causa, aunque ese día, ahí sentado mareado con un gran dolor de cabeza delante de un montón de documentos desparramados por la mesa de Andrew, todo era todavía demasiado vago como para proporcionarle alguna esperanza. Su mas inmediata preocupación, sin embargo, era coger un taxi para The Elms para reclamar sus pertenencias. Sobre esta hora, la policía Siobhan Reardon se cayo por las escaleras en su casa de Ebberston, partiéndose dos vertebras del cuello y el radio del brazo derecho.

19

PICKERING, YORKSHIRE

Un muro de partición separaba a los dos hombres. Cada uno por sus propios motivos ninguno de los dos quería estar ahora donde estaba en ese momento. El doctor David Richardson miró un informe resumido de su futuro paciente el policía Daniel Collins, quien había sido enviado por el inspector jefe Harveer Singh, e hizo falta solo unas palabras para despertar su interés profesional. El informe decía sí:

El policía Daniel Collins tiene 33 años, le gusta rezar, repartir propaganda de derechas y la pornografía. Es inteligente y una persona fidedigna pero también puede ser a veces muy nervioso y un poco desordenado.

Es un cristiano que se define a si mismo como recto. Llego a entrar en la universidad, pero no acabó el curso y entro en el cuerpo. Físicamente, Daniel esta en buena forma.

Tiene una estatura media y no tiene exceso de grasa corporal.

Creció en un barrio de clase media y se crio en una familia feliz con sus padres que lo querían. Actualmente es soltero. Su romance mas reciente fue con una recepcionista llamada Letty Starr Bruns, que tiene 19 años masa que el. Rompieron porque Letty acusó a Daniel de ser demasiado materialista.

Daniel tiene dos hijos con dos mujeres distintas: su exnovia Cara y su otra exnovia Dottie:

Isabel de 10 años y Sylvia de 16 respectivamente.

El mejor amigo de Daniel es nuestro científico forense, Nancy Lambert. Ellos dos son inseparables. También socializa con los policías Gerald Benson y Kelby Green. A ellos les encanta hacer puzles en su tiempo libre.

El doctor Richardson se encogió de hombros. Este informe le decía a el tanto sobre el inspector jefe Singh y sus prejuicios como sobre el policía en cuestión.

En el mismo instante en el que el policía terminó el informe psicológico, el policía estaba leyendo los certificados enmarcados en la pared de la sala de espera. El no quería estar ahí, pero quería saber que tipo de persona le iba a estudiar. El leyó que el doctor pertenecía a la *Sociedad Británica de Psicología,* y otro certificado enmarcado le informo que el se iba a ver con un *Asociado de la Sociedad Británica de Psicología.* Aunque a el no le importaba demasiado, sus ojos continuaron con el examen de la cualificaciones del doctor: *Miembro de la División Clínica de Psicología de la Sociedad Británica de Psicología*.

No es que Daniel estuviera impresionado- el solo estaba aquí porque el inspector jefe le había dado una orden directa. El policía no estaba seguro si era un psicólogo o unas vacaciones lo que el necesitaba o ambas cosas.

Entonces le llamaron, el entró para encontrar al doctor Richardson sentado en una cómoda silla giratoria con un bloc de notas en apoyado en las piernas.

"Policía Collins, encantado de conocerle. Ahora, veo que su inspector le ha mandado a mi; aunque me ha dado algunos detalles sobre usted, el no menciona porque piensa que usted necesita mis servicios profesionales. ¿Quizás pudiera usted iluminarme si es tan amable?

"Lo haré lo mejor que pueda, Doctor, pero todo esto es bastante extraño. ¿Puedo empezar diciendo que de ser por mi no habría venido?

"Mmmm".

El psicólogo esperaba algún tipo de resistencia. El había trabajado antes con policías por todo el Reino Unido, la mayor parte de los cuales sufrían por compasión. Atender accidentes de carretera, ataques con arma blanca, tiroteos en las escuelas y otros horrores impronunciables formaban parte de la lista de incluso los policías mas machotes. Collins parecía exactamente del tipo de persona que suprimiría toda expresión emocional. Pero el no se convertiría en un problema.

"La razón por la que estoy aquí es por algo que normalmente nunca sucede en nuestro trabajo, Me temo que se va a partir de la risa."

El doctor Richardson se sentó y presto atención. Esto prometía desde un punto de vista clínico,

"Siga"

"Bueno, ya sabe lo de la decapitación en la cueva de Alfredo, ¿no?

El miró al doctor como pidiéndole confirmación. El psicólogo le estudio con una expresión de preocupación y asintió antes de agarrarse a una presunción equivocada- era fatiga de la compasión, al fin y al cabo. El ver un cuerpo decapitado y una cabeza cortada podría desestabilizar al individuo mas cuerdo. El policía continuó. "Nos mandaron hacer una vigilancia para proteger el lugar, manteniendo a los morbosos, la prensa y los curiosos alejados de allí, Estaba chupado, pero ahí fue cuando empezaron a suceder cosas extrañas.

¿Qué tipo de cosas?

"Empecé a oír voces. Voces que venían de la cueva. Pero cuando empecé a investigar, por supuesto, el cuerpo no estaba allí. Estaba vacío. Probablemente sería el viento. Al día siguiente, empecé a ver cosas- como oscuras cambiantes dentro de la cueva. Mire, no creo en fantasmas ni en cosas de ese tipo, pero pasaba algo raro con esas siluetas. Al principio, pensé que sería la luz y mi imaginación que me hacían ver cosas raras entre la oscuridad y la forma de las rocas. También sentí como si algo helado me agarrara, y debo admitir que me asusté. Ya sabe, la gente no aparece y se desvanece así de pronto- estas, bueno, no puedo explicar bien lo que eran, eran, como siluetas de niebla que se iluminaban y se apagaban, tenía la sensación de que eran algo que pertenecía a la tierra, pero al mismo tiempo que hacía mucho tiempo que la había dejado. Nunca he salido huyendo de un trabajo antes, ¡pero no me podía quedar allí!, estaba asustadísimo."

"Así que esta usted convencido de que lo que vio era un fantasma, ¿no es así?

"¿Cómo se suponía que iba a contarles eso a mis compañeros y superiores?

"Pero lo hizo, ¿verdad? De lo contrario no estaría usted aquí."

"No exactamente. Fue mi compañero, Gerry- Gerard Benson, otro policía- el me conoce muy bien, y me lo sacó. El estaba harto de verme merodeando con la cara larga. Al final, me hizo confesárselo. Gerry me conoce lo suficientemente bien como para tomárselo en serio y saber que yo sería la ultima persona en la tierra en inventarse una historia como esa. Por eso que nosotros fuimos a ver al jefe y por eso estoy aquí. Hay fantasmas en la gruta ¡y yo los he visto!

Una expresión de preocupación tomó los rasgos de su cara.

"Se lo digo. ¡No pienso volver allí!, aunque pierda el trabajo."

El psicólogo hizo algunas anotaciones, pero entonces miró al policía y habló con voz pausada,

"Sin embargo, el ir allí podría ser exactamente lo que necesita para superar su ansiedad. ¿Y si tuviera usted razón en todo? ¿no podría haber sido una falsa imagen debido a la luz? También Dan, - ¿puedo llamarle Dan?

"Si".

"Le decía que también podría ser otra cosa. Estadísticamente, mas del ochenta y cinco por ciento de los policías admiten haber experimentado estrés, y no se creería usted cuantos tienen problemas mentales.

Es bastante posible que la mente pueda inducir a ver las ilusiones mas inusuales debido al estrés. No" el levanto una mano, "escúcheme. No estoy diciendo que este usted loco. Lo que quiero decir es que el estrés acumulado que deriva del trabajo policial puede llevar incluso a un hombre fuerte, como usted, a tener un pequeño bache, llamémosle así".

"Me gustaría creerle, doctor, pero ¿Qué me dice de la sensación de que lago helado me agarró?

"El poder de la autosugestión. Usted probablemente leyera que la gente se siente fría ante la presencia de fantasmas. Pero déjeme asegurarle como hombre de ciencia que soy, que los fantasmas no existen."

Daniel Collins miró y se sintió avergonzado. El doctor estaba diciendo lo que el quería creer todo el tiempo, solo que el sintió como algo frío le agarraba, y había visto, lo que había visto. No se lo había inventado todo gracias a el poder de su mente y de hecho, el no había estado estresado antes de ir a la maldita cueva. Daniel Collins decidió que lo mejor que podría hacer era seguirle la corriente al doctor.

"Tiene razón doctor, reconozco que todo esto me ha sobrepasado. Solo ha sido mi imaginación. Siento haber desperdiciado su tiempo."

"Oh, no lo ha hecho, querido. He podido ayudarles, y una vez hecho mi trabajo puedo concluir mi informe para su jefe. Recomendaré que le reincorporen a la primera oportunidad.

Daniel palideció, pero no se plegó a su deseo de suplicar y llorar en alto por el miedo que tenía de volver a la cueva. De algún modo, el encontraría una manera de escaquearse.

De camino a su comisaria desde la consulta, Daniel pensó sobre el poder autosugestión y aceptó que bien podría ser una manera de crear autoengaño. Entonces le rechazó la posibilidad al menos en cuanto a su caso se refería.

Seguro que programa de autolimitación del señor Richardson era peor. ¿Porque debía el de aceptar la palabra de nadie? El, Daniel Collins, sabía mejor que ningún loquero que había visto un fantasmas.

De regreso a la estación el encontró a Gerry luchando contra el papeleo, la parte del trabajo que a su amigo le gustaba menos y que generalmente daba pie a arrebataos de mal lenguaje. Esta tarde, el policía apareció calmado y de buen humor.

"¿Has dio la loquero, ¿no, colega?" Gerry se rió y se puso el bolígrafo detrás de una de sus prominentes orejas.

"El hizo todo lo que puedo para convencerme de que me asusté debido al poder excepcional de mi enorme cerebro."

"No, soy psicólogo, pero juraría que tur cerebro no es tan grande, colega. Te lo digo yo."

"¡Mejor no lo digas, si tu gusta lo recta que tienes la nariz!"

"¡Oficial, el malvado hombre del saco me ha amenazado!"

El tiempo que Gerry hubiera seguido con la broma, nadie lo sabe, porque entonces entró Kelly, y como ella es a Gerry como el agua para el chocolate, el cambió a un tono serio.

"Bueno, el doctor trató de convencerme que mis fantasmas eran un invento de mi imaginación. Que los había inventado por el poder de la autosugestión". Daniel contestó a su pregunta.

Kelby observó a su amigo, a quien siempre había

admirado por tener la cabeza tan bien amueblada. Eso no podía ser posible, y además...

"Yo hablaría con el sargento si fuera tu, Dan. El otro día interrogó a un tipo que dijo que su novia había sido asesinada por un fantasma, yo estaba allí cuando le tomó la declaración, quien dice que la asesinó uno de tus fantasmas. Resulta que uno de ellos le está acechando, yo solo lo digo..."

"¿Hablas en serio, ¿verdad?"

"Oh, si. El tipo parecía bastante corriente, no uno de esas cabezas locas. Seguro que el sargento puede ponerte en contacto con el.

"Lo haré". Me será útil. ¡Gracias colega!"

20

LITTLE DRIFFIELD, ESTE DE YORKSHIRE.

Jack se sentó al escritorio en el estudio de Andrew y observó con desolación la pista de desordenados recortes y fotocopias que el había dejado encima sobre la superficie. Había desperdiciado una hora intentando establecer donde estaba enterrado el rey Alfredo y ni siquiera se acercaba a poder resolver su autoimpuesto rompecabezas. El repasó lo que ya sabía. Antes de la reconstrucción de la época victoriana, la iglesia medieval que tenia elementos normandos y sajones esta en muy mal estado. Durante la edad media, un cuadro proclamaba que el rey estaba enterrado allí. Las excavaciones lo desmintieron. La tumba del rey podría encontrarse fuera del muro norte exterior, pero el no tenía ni idea de como corroborarlo.

El no estaba seguro del porqué el estaba tan encabezonado en encontrar la tumba real, pero el tenía el presentimiento de que si encontraba la tumba se acabarían. Era una teoría a la desesperada sin ningún fundamento científico, únicamente puro instinto, y en cualquier caso, encontrar la tumba no limpiara su nombre, lo que debía de ser su prioridad, sin embargo, el siguió perseverando.

Con los codos apoyados en la mesa, el puso la cabeza entre sus manos y suspiró. Cuando se atascaba ¿Qué era lo que hacía normalmente? Después de un rato, le vino la respuesta. Normalmente el recurría a un ¿Y sí? Así que, en ese caso, y si el cuadro medieval estuviera equivocado. Quizás el rey nunca había sido enterrado en esa iglesia. ¿Y si el rey hubiera sido enterrado cerca de su palacio? ¿en otra iglesia? ¿Por qué no? Jack pensó sobre ello. Las iglesias sajonas eran construidas a menudo sobre el yacimiento de algún templo romano. El empezó a rebuscar entre sus papeles. Necesitaba cualquier noticia sobre excavaciones romanas en la zona. Afortunadamente, el tuvo tiempo de investigar tanto como quiso porque no podía ir a Ebberston de momento y tendría que aprovechar el tiempo hasta que se quitara a la policía de encima.

Sus primero esfuerzos resultaron descorazonadores, ya que había más de 140 indicadores de ocupación romana en las proximidades de Little Driffield. Eran una recolección de viejos mapas, nombres de lugares, lugares de cultivo, fotografías aéreas, trabajo de campo, detectores y documentos históricos. Suspiró Jack. ¡Menuda faena! El empezó por descartar cualquier referencia a más de cinco kilómetros del pueblo, lo que hizo que su tarea fuera mas manejable. El miró y cogió una fotografía de un articulo de un viejo periódico datado de junio de 1893 de The Driffield Observer, esta se refería a las excavaciones de Moot Hill cerca de Driffield por el arqueólogo local, J.R. Mortimer. Leyó el, *Previamente a 1856, cuando fue destruida el ala oeste, había sido circular, de unos treinta metros de diámetro, y de considerable anchura. Parecía estar formado mayormente por piedra caliza.* Siguió leyendo y dos cosas captaron el interés de Jack: Primero, Mortimer había encontrado piezas de espadas sajonas, lanzas y hachas, pero, además, descubrió restos de ocupación romana del siglo cuarto, más abajo. Eso le picó la curiosidad; el había leído que el palacio real de Northumbria se suponía que estaba situado inmediatamente a el este de Moot Hill. En ese caso, el tendría que concentrar su búsqueda alrededor de ese área. ¿Pero que era lo que encontraría el hoy en día en ese lugar? ¿casas? ¿desarrollo industrial?

Parecía que no tenía otra alternativa- el tendría que dar un paseo hasta Moot Hill, pero primero, tenía que averiguar algo sobre el lugar. Era el yacimiento de una mota normanda y un castillo de mota. Los constructores habían usado una mota mas antigua de tierra caliza que fue usada para la construcción de una fortaleza. Los arqueólogos has encontrado restos de un puente que cruzaba el foso desde el castillo de mota. Como el sospechaba, pero no importaba, las casas habían sido construidas en la zona del castillo. No le importaba por que su verdadero interés yacía más allá.

Después de buscar la localización en un mapa, Jake salió a la calle para dirigirse a Gibson Street en Driffield. Desde allí la mota era totalmente accesible, el caminó por frondosa hierba dirigiéndose hasta la mota de tierra elevada, cubierta en una parte por arbustos enredados y arboles pequeños. Daba la impresión de abandono. Ahí de pie en lo alto de la colina, tenía la sensación de estar viviendo en el pasado. El podía mirar a entre las hojas a las casas e intersecciones de carreteras de ahí abajo. Tristemente, el no pudo ver los esperados campos.

La situación se volvió mas favorable cuando el bajó al nivel de la calle y tomo Allotment Lane antes de

Recorrer Northfield Road − su nombre era prometedor- hasta la altura de Long Lane.

Esto le llevó hasta la carretera principal 614, pero interesantemente, la carretera estaba flanqueada por interminables parcelas de sembrados. El ahora tendría que averiguar quien había comprado las tierras y obtenido el permiso de explotación. Estaba seguro de que Andrew podría ayudarle con eso.

El estaba equivocado, Andrew parecía sentir un respeto reverencial por los granjeros.

"¿Great Kendale Farm?" No creo que al señor Beal le guste la idea de que le pongas sus tierras patas arriba".

El nombre de la granja le bastaba a Jack. Ya lo había averiguando por si mismo.

Andrew estaba equivocado. Cuando Jack le llamó pro teléfono, el no podía estar mas contento.

"No se por que no hombre, Aunque si le digo la verdad. No se por que piensa que mis tierra son de interés para su investigación. No ira usted a usar un detector, ¿no?

"Solo botas de montaña, señor Beal".

Después de asegurarle que solo quería caminar por sus tierras, el granjero se relajo un poco.

"Si tiene suerte, igual encuentra la vieja moneda. ¿sabe que en los años ochenta yo encontré una estatua? Se la mandé la museo británico porque me parecía antigua. Fueron muy amables y me mandaron toda una pagina de explicaciones. Me dijeron que era una representación de San Pedro. Parece ser que puedes ver que es San Pedro por las llaves de su cinturón. Mire, sabe que, si le gustaría verla, venga a la granja mañana sobre las cinco y se la enseñaré".

Su suerte rojo brillante probablemente salvó a Jack del desastre a la tarde siguiente. El había estado dando vueltas por el campo cerca de la carretera principal cuando de repente sintió como si le fuera a explotar la cabeza. El parpadeó y tembló varias veces, pero un mareo inexplicable lo hizo tambalearse y caer al campo arado. El perdió el sentido, no sabía por cuanto tiempo. Cuando volvió en si, estaba mirando la sonriente cara de un hombre que andaría por los treinta años.

"¿Señor Beal?" dijo el con voz ronca. "Soy Jake. Hablamos ayer por teléfono."

"Conmigo no", dijo el joven alegremente, "fue con mi padre. Me dijo que estaba esperando a alguien esta tarde. Pero mire ¿Qué ha pasado?

"No estoy seguro. Me maree. Y perdí el conocimiento"

"Debería de ir al medico"

"No hace falta, dicen que suele pasar. Después de mi accidente. Me atropelló un coche".

"Menos mal que no estaba cruzando la carretera". El señaló a los coches pasando a toda velocidad. No quiero ni imaginármelo.

"No, tienes razón", pero Jack sabía lo que había pasado. El luchó por ponerse en pie, y el joven granjero le echó una mano. Jake miró a su alrededor, sacó su teléfono móvil, y sacó dos o tres fotografías.

"Esta usted colgado, colega", No hay nada de interés en estos campos."

Jack lo sabía mejor, pero no iba a traicionar su secreto, todavía no; era la única manera que el tenía de crear un "la X marca el lugar". El solo murmuró, "una especie de suvenir".

"Volvamos a la granja. Creo que le sentaría bien algo de beber, y el viejo esta esperándole".

En la granja, sentado bebiendo un vaso de cerveza, dejó hablar a su salvador."

"Me nos mal señor Conley que llevaba puesto ese jersey rojo, si no podría haber pasado la noche al raso sin que nadie le hubiera visto".

A eso le siguió un debate sobre el estado de Jack y la conclusión de que todo lo que termina bien esta bien. El simpático joven Beal señaló hacia un objeto envuelto en un paño blanco mugriento.

"Supongo que querrá ver nuestro santo. Dijo con un sonrisa y desató el paño para mostrar una estatua grabada en piedra de unos veinticinco centímetros de alto. Al inspeccionarlo el encontró que el artefacto estaba delicadamente grabado, pero era de baja calidad artística. La cabeza esta desproporcionada, pero incluso a primera vista, era claramente del periodo anglosajón. No había ninguna duda sobre a quien representaba la estatua. Del mismo modo las llaves que colgaban del cinturón del santo también estaban desproporcionadas.

"¡Caray, el santo tendría que ser un buen levantador de pesos para llevar a la gente a las puertas del cielo!" Jake provocó una sonrisa en la cara de su anfitrión.

"Es del siglo séptimo. Le hicieron la prueba del carbono catorce. Mírelo. El granjero desdobló una amarillenta hoja de papel y se la pasó Jack, cuyos ojos se posaron inmediatamente en la fecha 630 AD mas/menos 40. Eso la ubica durante el reinado del rey Alfredo, pero no mucho mas. La pregunta que el se moría por hacer, le pareció que la había hecho en un tono muy ansioso, pero su huésped no pareció notarlo.

"Usted ha dicho que la encontró mientras estaba trabajando las tierras, señor Beal. ¿En que campo fue?

Rápido como un rayo, el dijo un nombre que no tenía ningún significado para Jake. Era obvio porque su hijo dijo. El hijo se dio cuenta de ello, porque le dijo, "ese es el nombre del campo donde le encontré hoy, Jake".

¿Por qué a el no le sorprendía?

"¿Cerca de la carretera? Preguntó Jack, adoptando un aire de indiferencia.

"No, a más de 100 de cien metros- si no recuerdo mal- pero hace mucho tiempo"-

"Bueno, gracias por dejarme verlo, Señor Beal. Es una buena pieza".

"¿Cree que vale mucho?" La piel bronceada del granjero contrastaba con sus dientes blancos, mostrados por su sonrisa.

No hubo nada de malo en la expresión del granjero o en su tono, era una simple pregunta.

"Creo que un coleccionista pagaría un buen precio, señor Beal, pero no soy un experto. Podría sacarle una foto o ir a una casa de subastas para que se la valoren si quiere venderla".

"No, le he cogido cariño al colega este", Su sonrisa era muy simpática y Jack se sintió envalentonado.

"¿Ha pensado alguna vez hacer una inspección arqueológica del campo?"

"No sabría decirle porque no lo he hecho. No quiero aquí a un montón de gente cavando en mis tierras. Interferiría con la cosecha."

"¿No rota usted? ¿Quiero decir no tiene que poner las tierras en barbecho de cuando en cuando?

"¿Oh, no sabes nada sobre agricultura verdad chaval?

"No mucho, señor. Solo lo que me enseñaron en el colegio".

"De hecho, tengo que hacerlo el año que viene." El miró a Jack con astucia. ¿Por qué tengo la sensación de que hay algo que no me esta contando?

Jack se puso rojo pero el sabía que aun no era el momento de ser completamente sincero.

"Mi investigación no ha concluido, pero creo que voy por buen camino. Sabe, una inspección arqueológica preliminar no conllevaría ninguna excavación. Ni se daría cuenta de que alguien hubiera estado allí".

"¿Así que anda tras la pista de algo?"

"Quizás", admitió Jack. "Pero es demasiado pronto para decirlo. Voy a hacerle una pregunta.

Señor Beal. Supongamos que averiguo que hay algo importante en sus tierras. ¿Permitiría una investigación?"

El se preguntó a si mismo inmediatamente si había cometido un error revelándole sus cartas, en su primer encuentro. Pero para su alivio el afable granjero dijo, "Dependería de lo importante que fuera y que prueba pudiera usted presentar. No me interesa conseguir otro de estos." El señaló hacia la estatua encima de la mesa. Tiene pinta de gruñón por dos como el, se rió.

"No tengo ninguna pista aún, pero si la consigo, ¿le importaría que lo investigara?

"No veo por que no, pero usted tiene que prometerme que no se caerá por allí otra vez. Nos ha dado a mi y mi padre un susto de muerte. ¡No quiero mas cuerpos en mis tierras!"

Jack se mordió la lengua. Un cuerpo en ese campo era justo lo que el quería.

21

LITTLE DRIFFIELD, ESTE DE YORKSHIRE

Jack vio el nombre de un eminente arqueólogo por casualidad en una revista...un articulo titulado *Un Estudio sobre los asentamientos en Yorkshire: Edificios Anglosajones y hallazgos asociados a ellos,* sin embargo, el tema salía de la esfera de interés de Jack.

Su arrendatario miró la pagina abierta de la revista en el comedor y pudo resistirse a interrumpir la paz de Jack.

"La mujer quien escribió este articulo esta relacionada conmigo".

"¿De verdad?"

"¡Claro, era mi esposa!"

"Llamaré a su hija para ver si esta interesada en ayudarme- Dios sabe que necesito ayuda sin importar de donde venga,

Jack telefoneó al numero que Andrew le había dado, y una voz suave contestó. Después de las formalidades de rigor, Jack le explicó a la mujer que su padre le había sugerido que se pusiera en contacto con ella. El acordó en encontrase en la universidad con ella acompañado de su padre.

Heather Poulton resultó ser tan amable como parecía por teléfono, pero la astucia que había en sus ojos no pasó desapercibida a Jack mientras ella parecía estar tratando de calarle. Ellos estaban tomando café en el moderno edificio de la unión, y Jake apreciaba el ambiente de relajación que se respiraba allí. A el le gustaba sobretodo la idea de que in postgraduado pudiera mezclarse libremente con un estudiante. Las estilistas sillas de madera también le gustaban, por muy pasadas de moda que estuvieran, pero con acabadas en un color coral o verde lima muy bonito. No queriendo malgastar el precioso tiempo de la arqueóloga, el fue directamente al grano de lo que esperaba resultara irresistible para ella, la posibilidad de asociar su nombre al hallazgo del siglo en propio pueblo. Salvar su previsible escepticismo fue mas difícil de lo que el había imaginado, ¿Que pruebas tenía el para convencerla de que el rey Alfredo yacía en un campo de siembra, mas que sus extraños dolores de cabeza y sus sensaciones místicas? La pasión de su propuesta y la plausibilidad de que un templo romano pudiera haber estrado localizado en la vecindad la convenció de hablar con su profesor de arqueología.

Heather se sentaba enfrente de el, sonriéndole, su sonrisa estaba acentuada por el color brillante de su lápiz de labios. Ella era muy atractiva, pensó Jack. Tenía el pelo tintado de rubio fresa recogido en una cola central dejada caer hacia atrás resaltaba su cara ovalada, mejillas altas y ojos grandes color verde oliva. A el se le hacía difícil imaginar esta fría y bien plantada mujer con su idea semi bohemia de los arqueólogos vestidos con pantalones de lana hasta la pantorrilla, llenos de barro, gateando por los campos.

Mi profesor no es experto en el periodo anglosajón, pero como usted dice, será el hallazgo del siglo, y todo lo que vamos a pedir para empezar, es que nos presten el magnetófono de protones para oír cualquier anomalía en el suelo. Creo que el nos dará luz verde."

Jack se frotó la frente y deseó que así fuera fervientemente.

Tres día después de su reunión inicial, una furgoneta blanca paró, sin Jack verla, delante de donde el se hospedaba. La alegre llamada de Andrew le llegó hasta su habitación.

"¡Jack, Heather está aquí con el equipo!"

El bajó corriendo y casi chocó con la arqueóloga al pie de las escaleras mientras el se balanceó en el poste de la barandilla con las prisas.

"¡Tranquilo, Jack Conley! Tenemos todo el día. Una taza de café antes de irnos no nos vendrá nada mal.

"Yo haré el café", se ofreció Jack.

"Demasiado tarde", se oyó una voz desde la cocina, "¡Papa ya lo esta haciendo!"

Heather sonrió. "¡No se puede negar que papa es uy considerado, que dios le bendiga!"

Jake estudió a la arqueóloga. Desde luego ella había cambiado su apariencia radicalmente. La impresionante mujer con pinta de trabajar en un laboratorio se había esfumado, y había sido reemplazada por otra mujer que llevaba unos cómodos vaqueros, botas robustas, y si- un suéter de lana, aunque Heather Poulton no tenía ninguna pinta de hippie.

Después del café, condujeron hasta la granja Kendale y aparcaron la furgoneta tan cerca del campo como les fue posible. Jack pensó que sería mejor informar al señor Beal de su presencia desde el principio.

El granjero le saludo con su habitual amable sonrisa. "¿Así que tu eres entonces la chica de Lucy Poulton? Recuerdo a tu madre, nos solía ganar a mi y a mi esposa en dobles a bádminton. Una triste perdida. "El meneó la cabeza y se quedó mirando al vacío, perdido en sus recuerdos. El saló de golpe de su sueño, señorita Poulton ¿En que consiste su inspección?

Heather empezó con una explicación técnica de

como funciona un manómetro de protones y de como usa el principio del campo magnético nuclear de la tierra para medir pequeñas variaciones en el campo magnético, permitiendo así que objetos metálicos enterrados en el suelo puedan ser detectados.

Se usa en arqueología para mapear las posiciones de muros derrumbados y edificios, o en este caso en concreto, ellos esperaban que de una tumba.

"¿Y que pasa si encuentra lo que esta buscando? El granjero sonrió pícaramente. "¿Yo que gano con todo esto?

Heather le explicó pacientemente las actuales leyes sobre el descubrimiento de tesoros y le sonrió de manera encantadora, cuando el dijo, después de escucharla, "No busco aprovecharme. Solo estoy asustado de pensar que podríamos tener un rey de Northumbria aquí enterrado en mi campo. ¿necesitas que te eche una mano con el equipo?"

No era necesario. El equipo consistía de una ligera consola de metal, un cable y un sensor.

"¿Qué hay dentro de esa caja?"

Jake estaba genuinamente intrigado.

"Básicamente, una batería de ocho horas de autonomía, un microprocesador, liquido rico en protones un par de bobinas de cobre, un sistema GPS, y ¿ves la ranura arriba del todo? Eso es para la tarjeta de memoria. Pásame la consola, Jack. Conectaré el cable a la parte trasera. "ella conectó el cable al enchufe. Mientras tanto, Jack sacó su teléfono y buscó las fotos de hace tres días. El miraba a la pantalla de reojo mientras trataba de localizar el punto exacto donde las había tomado. Un poco más hacia delante, pensó el.

"¿Te encuentras bien? Heather le miraba alarmada.

Se había puesto pálido y se cogía la cabeza con ambas manos.

"Es este lugar", le temblaba la voz"

"¿Seguro que estas bien?"

"No te preocupes, le dije, es un efecto extraño de mi accidente, pero confirma que vamos por el buen camino."

"Espero que tengas razón". Ella encendió el aparato y empezó a caminar sobre el suelo que le indicaba Jack.

"Estoy usándolo como un gradiometro. Lo he puesto ha una profundidad de dos metros. ¡Oh, Dios mío ¡Jake! ¡eres un hombre excepcional!"

"El aparato ha detectado anomalías. Mira aquí, de color azul, es una clara firma, una señal de alta amplitud bastante en consonancia con tumbas.

Jack se sintió terriblemente mareado y calló de rodillas al suelo aguantándose con los brazos con las manos en el suelo.

"Jake, Jake, ¿Qué te pasa?"

"Me pondré bien enseguida. probablemente necesito apartarme un poco" El se tambaleó y ando unos diez metros hasta los limites del campo, se le pasó el mareo al instante y el respiró profundamente.

Hemos encontrado al rey Alfredo. ¡Estoy seguro!

"Si tienes razón, seguiré caminando un poco mas. He marcado este lugar. Estoy obteniendo más lecturas. ¡Hay muchas más cosas aquí abajo!"

Cuando acabaron la exploración con el magnetófono, de regreso a la granja, Heather estaba exultante.

"¿Jack supongo que sabes lo que has hecho?" Me has llevado hasta un importante complejo. Solo una excavación demostrará si lo que encontremos es sajón- ¿o debería de decir mas correctamente, anglicano? Por supuesto, podría ser anterior a este periodo. Sospecho que el palacio de Alfredo podría haber estado situado en el interior del castillo de mota encima de la colina artificial. Se construyó encima de algo, así que hay algo más. Sea lo que sea. ¡Va a ser muy grande!" Esperemos que el señor Beal no cambie de idea."

Jack miró como la arqueóloga rezumaba excitación. Había lago de muchacha en ellos y a Jake le gustaba ella tal cual.

"Heather ¿cunado crees que podría comenzar la excavación? ¿costará mucho? ¿puedes reunir un equipo?

"¡Cuantas preguntas, señor Conley! Podemos conseguir a estudiantes de segundo año. La universidad acaba de terminar la excavación de lo que probablemente fue una capellanía normanda. Mi profesor estaba buscando un nuevo proyecto. Si tienes razón acerca de lo del rey Alfredo, el probablemente se una al proyecto y consiga los fondos necesarios."

Ellos hablaron con el señor Beal y le urgieron a que mantuviera todo el asunto en secreto. Los trabajo deberían de empezar antes de un mes. Ella sugirió usar una excavadora JCB para quitar un metro de tierra de la capa superior de la tierra sobre un área contenida, lo que adelantaría la excavación sin comprometer el lugar. Todo ahora dependía de que el profesor de Heather diera la luz verde al proyecto.

Pasaron otro par de días hasta que Jack recibió una llamada, pero no era la que el esperaba.

"Buenos días, ¿señor Conley?" Mi nombre es Collins, Daniel Collins, Estoy con la policía de Yorkshire. Me preguntaba si podría ir a visitarle a el lugar donde usted se hospeda. Estrictamente no se trata de un tema policial, si no uno personal".

Jack no podía empezar a comprender de lo que el oficial de policía querría hablar con el, pero accedió a recibirle al día siguiente por la mañana. Cuando el se abrió a Jack contándole su experiencia en la cueva de Alfredo, Jack comprendió lo preocupado que estaba el oficial por todo el asunto.

"Me han dicho que usted declaró que un fantasma asesinó a su novia, ¿es eso correcto señor?

"Mi novia, si. Hay algo diabólico en esa cueva, oficial"

"¡Ya lo creo!" entonces, vamos a dejarlo claro, ¿vio usted al fantasma?"

"Si, mas de una vez. De hecho, le costará creerlo, pero he visto a todo un ejercito cerca del arroyo sangriento"

"¿Arroyo sangriento?"

"Si, un arroyo que discurre donde una batalla tuvo lugar en el año 705 AD. Lo fantasmas que usted vio en la cueva eran los soldados del ejercito que fue derrotado y que se llevó a su rey herido. En estos momentos estoy buscando su lugar de descanso final".

"Comprendo. Vine para que confirmara que yo no me estaba volviendo loco. Mis superiores y el psicólogo de la policía están tratando de convencerme que lo había imaginado todo."

"oh, por supuesto que lo harán; es más fácil que abrir sus mentes a lo que ellos no quieren creer, ¿Cómo pueden ellos comprender que hay un velo entre este mundo y otro mundo en el que usted y yo solo hemos asomado la cabeza?"

"Mi jefe quiere que vuelva a la cueva- N-No puedo hacerlo"

"¡No vuelva allí!"

Dijo Jack, con tal sentimiento que el policía abrió los ojos como platos y asintió con la cabeza"

"Antes dejaría el cuerpo", dijo el

Una idea, una esperanza le vino a la mente a Jake.

"No creo… quiero decir, si hay un juicio, ¿estaría usted preparado para testificar que usted vio a aquellos fantasmas?" Necesito un testigo creíble que me respalde."

"¿Creíble?" entonces rece porque no me expulsen del cuerpo por desobedecer ordenes, pero sí, estaría preparado para hacerlo, señor Conley.

Ellos siguieron conversando de temas mas generales acompañados de una taza de te, y Jake subrayó la teoría de cazar a los fantasmas al llegar a su rey. Collins prometió no divulgar la información. Jack descubrió que le caía bien el policía, así que le dio una cálida despedida. El pensar que el iba a tener un testigo de los avistamientos de los fantasmas le alegraba inmensamente. El no sabría que no volvería a ver de nuevo a el policía Daniel Collins.

La otra llamada de teléfono vino a la mañana siguiente cuando una muy excitada Heather Poulton dijo, "Jake ¡Grandes noticias! ¡El profesor Whitehead ha dicho que si! Esta tan interesado en el proyecto que quiere estar presente y participar, y el va a dar una hoja de instrucciones a los estudiantes de segundo año. Debo advertirte, es un poco excéntrico. Me ha dado luz verde para coger la excavadora. ¿puedes pedirle a mi padre que lo arregle con Bill Wyatt? Su empresa siempre se encarga de la excavaciones por todo Driffield. Tan pronto como quedéis con el, vendré y me aseguraré de que el trabaja en el lugar correcto. No podremos organizar a los estudiantes hasta dentro de un par de semanas, pero quiero que la capa superior este retirada antes de que ellos lleguen allí."

Ellos hablaron sobre un par de cosas mas, sobretodo Jake, quien estaba encabezonado en la posibilidad de que hubiera un templo romano en el lugar, ya se estaban despidiendo cuando Heather recordó, "ah, por cierto, ¿puedes dejarle caer al señor Beal y preguntarle donde podemos poner un campamento para los estudiantes? Les proporcionaremos retretes portátiles y el equipo de acampada. Jake, ¿puedes buscar también si hay algún lugar de comida de rápida también? Siento sobrecargarte con tantas cosas, pero los estudiantes tendrán cupones de comida de la universidad. Llevo tiempo alejada de Driffield, pero hay una hamburguesería, eso sería ideal. Pero tendrían que aceptar los vales, mira a ver si puedes convencerlos."

"Lo haré, pero tiene un precio".

"Ohm ¿Y cual es?"

"Tienes que aceptar salir a comer conmigo. ¿Hay trato?

El oyó la sonrisa al otro lado del teléfono.

"Suena bien. Trato hecho".

El vio a Heather cinco días mas tarde cuando ella vino para pagar los quita tierra y a organizar el trabajo. Jack la acompañó por curiosidad al ver todo el show que estaba montado. Heather había traído las condenadas GPS dadas por el magnetómetro así ellos localizaron el lugar exacto hasta el ultimo centímetro. La arqueóloga hablaba con el señor Wyatt, quien había decidido hacer el trabajo el mismo.

"Mi principal preocupación es el peso de esa bestia, señor Wyatt. Si, como pienso, hay un sarcófago ahí abajo, esta el riesgo de que se dañe bajo el peso de su maquinaria."

"¿Cómo de exacta es su posición, señorita?"

"Muy exacta".

Ella camino formando un rectángulo para mostrárselo.

"Ves a por unas ramas y márcalo", el conductor de la excavadora ordenó a un sorprendido Jack. El obedeció inmediatamente, cortando un arbusto cercano con su cuchillo de bolsillo. En pocos minutos, el había cortado una docena de ramas pequeñas, y se las llevo a ellos dos quienes estaban hablando y señalando hacia el suelo. Jake apoyo las ramas en el suelo para poder cortar el otro extremo e hizo lo mismo con las demás ramas. Heather se las cogió una a una y las hundió en la tierra hasta que formó un rectángulo de seis pasos.

"Vale, hecho. ¡A trabajar!"

Con eso el dueño se metió en la cabina y encendió el motor, mandando una nube de huno negro por el aire. La excavadora avanzó crujiendo sobre sus ruedas de oruga y se detuvo parando a solo un metro de la zona marcada.

¡Esa cosa debe de pesar toneladas!

Aunque Jack estaba pensando eso, también comprendió lo que Wyatt quería hacer. El extendería el largo brazo articulado de la excavadora mientras y bajó el bastón de la excavadora para que la cesta pudiera excavar sin ningún peso extra. Eso podría funcionar si se hacía con cuidado. Los dientes de la cesta de la excavadora se clavaban en la tierra, y como una mano mecánica se cerraba en un puño gigante, el brazo hidráulico subía balanceándose y soltando la carga amontonando la tierra en el suelo, el comienzo de su montón de desperdicios. Jack miró a el agujero que la maquinaria había hecho y calculó que era del tamaño de una rueda. Si el hubiera tenido que cavarlo le hubiera llevado más de un cuarto de hora mientras que la excavadora lo había hecho instantáneamente. Entonces le siguió otro puñado lleno de la cesta de acero de manera que en una media hora un aceptablemente limpio agujero en forma de rectángulo había sido excavado en el campo. Ellos estaban indiferentes ante el trafico que había en la carretera cercana y tampoco nadie parecía prestarles atención.

"Hemos acabado", Heather le dijo a Wyatt y le pagó de un rollo de billetes que tenía en un bolsillo abotonado de su chaqueta vaquera. Ellos chocaron las manos y la pesada maquina se dirigió de regreso al carril con estruendo.

La arqueóloga estudió el agujero.

"Nos ahorrado literalmente varios días" de trabajo con picos y palas. Por no mencionar el dolor en las manos que tendrían. Ella esbozó una sonrisa de complicidad. "Nuestros estudiantes no están acostumbrados al trabajo manual. Aun así, los chicos tienen experiencia en cavar y llevar carretillas."

Esperemos que el peso no haya comprometido nada importante".

"Ha sido un riesgo que merecía la pena correr, Jake. El señor Wyatt sabe manejar esa excavadora, ¿no esa así? Ha hecho un gran trabajo. Si volvemos al coche, tengo una lona y algunas estacas en el maletero.

Deberíamos cubrir el agujero por si llueve y evitar que los curiosos con malas ideas caigan al agujero.

Eso es raro que pueda pasar, ¿no?

Heather sonrió. "Bueno, supongo que tu no se lo habrás dicho a nadie, pero no estamos seguros de con quien ha podido hablar el señor Wyatt.

"Ah, ya entiendo. Pongámonos a ello entonces."

Cuando ellos hubieron acabado, Heather se sacudió las manos satisfecha, entonces con una risa coqueta dijo, "sabes, Jake, ¿sobre la comida? No necesito un elegante restaurante donde tengas que reservar ni nada de eso, cualquier pub de por aquí cerca me vale."

"Yo también hambre. ¿Por qué no nos vamos a

sitio tranquilo? Quizás le podríamos pedir al señor Beal que nos sugiera un sitio.

El hijo del señor Beal conocía los pubs de la zona. El les dijo tres sugerencias antes de despedirse y recordar una cuarta- *un lugar estupendo, un poco apartado*, ¿pero no era lo que querían? ¿un ambiente romántico? El se aventuró a sugerirlo, arriesgándose a que Heather e enfadara, pero en vez de eso, ella sonrió tímidamente y le pidió que les indicara como llegar.

❧ 2 2 ❧

LITTLE DRIFFIELD, ESTE DE YORKSHIRE

La ultima persona en la tierra que Jack quería ver aparecer en sus dependencias a la mañana siguiente. La voz profunda de Andrew, que no casaba con su constitución delgada, le llamaba desde el pie de las escaleras, avisándole de que tenía a un visitante. En el recibidor estaba el detective inspector con cara de amigos de York.

"¡Detective inspector Shaw! ¿A que debo este honor?"

"Digamos que a un investigación en curso".

La respuesta fue deliberadamente lacónica, los ojos le escrudiñaban intensamente.

"Uh, ¿sí? ¿Ha atrapado al asesino de Livie?

"¡No me quiera tomar el pelo, Conley! Sabe que voy tras usted, ¿recuerda?

Jake miró al policía, pero se propuso no sacar lo peor de si mismo

"Entonces, ¿Qué puedo hacer por usted inspector?

El incluso consiguió esbozar una sonrisa.

El policía sacó un pequeño bloc de notas de del bolsillo de su pecho, lo abrió y saco un bolígrafo.

"Retrocedamos en el tiempo, ¿vale? Empecemos con sus movimientos de ayer".

"Estuve en Driffield con la hija de mi casero, la doctora Heather Poulton. La estoy ayudando con una excavación cercana. Le puedo dar un buen numero de testigos. Por la tarde fuimos a un pueblo con un precioso nombre, Cherry Burton, y fuimos a comer al The Bay Horse. Sirven buena comida. A la doctora Poulton le encantó porque es vegetariana y disponían de menús para ella. Y para mi, encontré una decente pinta de cerveza de verdad: Cocker Hoop. ¿conoce le pueblo inspector? Puedo recomendarle que lleve allí a su esposa."

"No estoy casado señor Conley".

¿Por qué no me sorprende?

"¿Y el día anterior, el domingo?"

"Aquí en Driffield. De hecho, me visitó uno de sus colegas- de Pickering"

¿Estaba equivocado, o había captado el interés del inspector?

"¿Un colega?

"Si, el policía Collins. Un buen tío".

"Sabemos que vino aquí. Localizamos la llamada" Jack miro de nuevo al inspector.

"¿No puede tener uno privacidad?"

"No cuando es el principal sospechoso en una investigación de asesinato"

¿Pero porque localizan las llamadas del policía Collins? ¿no sospecharan de el, ¿no?

El detective inspector miró a Jack, sus ojos le atravesaban.

"De verdad que no sigue usted las noticias, ¿no, señor? O es usted un consumado actor."

"¿Perdone?"

"Daniel Collins se ahorcó ayer"

"¡Dios mío, eso es terrible! ¿p-p-por que?"

"Eso es lo que estamos tratando de averiguar. El dejó una nota..." Shaw pasó unas cuantas paginas de su block de notas hacia atrás. Decía así:

Sigue persiguiéndome. No puedo continuar. No quiero que le haga daño a mis hijas. Conley lo sabe. Pregúntenle a el.

Jake miraba boquiabierto al inspector. ¿Qué pesadilla estaba el conjurando de la nada? El inmediatamente negó estar implicado.

"Es imposible, apenas conozco, conocía a ese hombre. Nos encontramos una ve y charlamos, era muy simpático."

"Es extraño como la gente que le conoce tiene finales desafortunados, ¿no? Su novia, su antigua casera casi se rompe el cuello, ahora el `policía Collins"

"¡No es coincidencia!", dijo Jack sin poder evitar levantar la voz. El odiaba tener que gritar. No duré sin un gran esfuerzo de autocontrol que el pudo bajar el tono de su voz.

"Hay una conexión. Daniel Collins se lo está diciendo- ¿Duda de las ultimas palabras de un hombre moribundo?

"Por supuesto que no; la conexión es usted, Conley"

"¡No soy yo! Gritó Jack. "¡Es el maldito fantasma!"

Shaw apretó los puños como queriendo golpear a Jack Conley.

"¡No empiece con esas tonterías otra vez!" Ya estoy harto de usted y de ese supuesto fantasma.

De alguna manera se metió en la cabeza de Collins y le indujo a suicidarse. Deja a dos niñas pequeñas, ¿lo sabe? ¿verdad?

Jake no lo sabía. Pensó que era horrible y se le notó en la cara.

"¡Venga, no se haga el tonto, señor Conley!"

Jack miró al inspector con desesperación.

"¿Por qué?" ¿Por qué querría yo inducirle al suicidio? Apenas le conocía. Dígamelo gran detective."

El ya no podía ocultar mas su disgusto y desprecio por el obtuso oficial de policía.

"Pienso que el le seguía la pista y usted encontró una manera de deshacerse de el.

"En ese caso, usted ya estaría muerto hace tiempo, inspector."

El detective dio un paso amenazador hacia Jack, piénselo mejor, y le miró.

"¿Me esta amenazando?, gruñó el policía.

"Es al revés, en todo caso. Sigo diciéndole que no he hecho nada, soy pacifista y aun así usted me esta acosando en vez de deshacerse de ese fantasma."

"El fantasma está en su cabeza señor Conley. Eso es lo que me está sacando de quicio. Voy a comprobar su coartada. Es usted tan resbaladizo como una serpiente, pero dejaré que quede usted impune por sus crímenes".

Jake le dejó salir de su habitación antes de llamarle, "¡Oh, inspector!"

La cara de tez morena del inspector reapareció en el umbral de la puerta, portando una expresión inquisitiva como si fuera una mascara.

"¿Qué?"

"Solo quería decirle que debería de pasar tanto tiempo como le fuera posible en la cueva del rey Alfredo"

La única respuesta fue un gruñido de indignación.

Jake se quedó mirando por la ventana como se marchaba el coche.

¿Terminara alguna vez esta pesadilla?, al menos, claro...

· · ·

"EL HABÍA CAÍDO EN UNA GRAN DEPRESIÓN después de la visita de Shaw y necesitaba algo para evadirse. El se consoló a si mismo pensando que si la policía hubiera tenido la más mínima prueba contra el le hubieran detenido. Sin embargo, era normal que el se preocupara. Dos días mas tarde, Heather apareció ante la casa de su padre. Eso era exactamente lo que Jack necesitaba. ¿Quién mejor que la atractiva arqueóloga para distraerle?

"Jake, el Profesor Whitehead vendrá con nosotros esta tarde. Que no te desanime su curioso comportamiento. Es un hombre encantador, solo ligeramente excéntrico. Los estudiantes vienen de camino en el minibús. Son quince, diez mujeres y cinco chavales. Voy a llevarlos a que monten el campamento mientras las chicas examinan la capa de tierra supeiror. No es un trabajo muy pesado. James- el profesor Whitehead- nunca me perdonará si se me pasa una moneda o un fragmento de la capa superior. Diez de ellos deben de revisar la tierra hasta mediá tarde que es para cuando le espero."

Jake pronto se dio cuenta de las risitas o susurros sobre el y Heather de las estudiantes. El se sentía halagado y deseaba que fuera verdad porque el pensaba que Heather era muy atractiva, pero una parte mas realista de el le decía que cuando ella descubriera que era el sospechoso principal en una investigación de asesinato, no querría tener nada que ver con el.

El registro de la capa de tierra superior que había

quitado la excavadora produjo toda una cesta llena de objetos de poco interés: una pipa de arcilla, cazos, probablemente tirados por agricultores del siglo diecinueve o dieciocho, igual que unas botellas de barro, las cuales después de limpiarlas quedarían muy bien como adorno, y algunos fragmentos de utensilios de cocina post- medieval. Pero ahora, una vez que había examinado la primera capa de tierra, el profesor no tendría ninguna excusa para decirle que no había sido meticulosa. El observó con interés como ella saltaba dentro del agujero y empezó a extender y a atar un cordel a unas pequeñas estacas de madera, para que el área quedara dividida en pequeños cuadrados. Cada uno de estos cuadrados se le asignaba una carta con una letra mayúscula del alfabeto, secuencialmente desde la A hasta la Z.

"Señoritas, ¡cupones de comida!" gritó ella cuando volvió a nivel de suelo. Ella metió la mano en una bolsa que tenía colgada en su hombro opuesto, sacó un rollo de vales de comida largos y estrechos y se los entregó a sus impacientes receptoras. Entonces le pidió a Jack que les dijera donde podían canjear los tiques. No era un camino muy largo ni complicado y además era fácil de explicar la ruta que debían de seguir para llegar. A las chicas les dieron un descanso de una hora, pero antes de marcharse, les dejó grabado en sus mentes que hablaran libremente sobre el trabajo que estaban haciendo en la granja de Great Kendale.

"¿Y nosotros doctora Poulton?"

Uno de los muchachos, uno pelirrojo, del tipo bastante pugnaz, señaló a los hombres.

Ella se rió. "¡Vosotros chicos tenéis que hacer hambre primero! Quiero que cojáis dos letras cada uno". Ella señaló a las cartas de la A a la J "y que bajéis. Ya lo habéis hecho antes, así que sabéis como hacerlo.

Carretillas y palas, vamos, ¡chop-chop!

Uno de los jóvenes se hacia el remolón y Heather estuvo rápida en responder.

"¿Si, Mark?"

"Lo siento, profe, ¿pero vamos a estar así todo el día?, esperaba estar con mi novia a la hora de comer"

"Oh, ¿Quién es ella?"

"Jenny, Jenny Holt"

"Ah, Jenny...una chica guapísima. No te preocupes, es solo por hoy. Lo haré organizaré de manera distinta mañana".

Ella sonrió a sus tímidas gracias y dio la vuelta para ponerse frente a Jake mientras el joven corría para alcanzar a sus compañeros.

"Son un buen grupo. Tienen la cabeza puesta en este trabajo. Pero recuerdo un grupo de hace un par de años. Es un fenómeno socio métrico. Los grandes lideres pueden ser positivos o negativos. El grupo tiende a seguir la corriente como las ovejas, afortunadamente este año, Anton es un líder muy positivo."

"¿Anton?"

"Si, el pelirrojo. Las apariencias engañan, es tan bueno como...iba a decir pastel, pero tengo que acuñar un cliché más apropiado – ¿y tan bueno como un bulldog?"

"¡Lo siento Heather, ese no me gusta!"

Ambos rieron, pero pararon al oír una voz detrás de ellos.

"¿Es esto posible? ¿escenas de hilaridad en un cementerio?

Heather se puso roja y giró en redondo.

"¡Oh, James!, ¡Profesor Whitehead!, ella se corrigió a si misma enseguida. ¿puedo presentarle a Jack Conley? Has sido gracias a su intuición..."

"Si, si, lo se. Encantado de conocerle joven".

Jack se quedó mirando al profesor de largas y grises patillas, mostacho, cortas extremidades a lo Pourot y pajarita roja. Entonces recordó la advertencia de Heather y le dirigió al profesor una amable sonrisa.

"Un honor conocerle señor".

Eso le granjeó una sonrisa de oreja a oreja y los tres se pusieron manos a la obra con buen pie.

"La doctora Poulton me dice que usted cree que esta es la tumba del Rey Alfredo. ¿Puedo preguntarle como ha llegado a esa conclusión?"

"Es complicado y no es una explicación científica señor. Me gustaría que me conociera mejor antes de hacerle esa confesión."

"Madre mía, ahora si que ha despertado mi curiosidad" su ojo avizor se dirigió a los estudiantes que estaban con las carretillas cargadas de herramientas. "¡Chavalín!, gritó el al que tenía más cerca, que le ha pasado a Mark."

"¿Profesor?" El respeto era evidente.

"¿Muchachos, podéis sacar las tablas del autobús para hacer un camino para la carretilla?"

"¿Es esta su primera excavación?"

Jack admitió que si lo era.

"Las tablas son para las carretillas de tierra. Los jóvenes y atléticos pueden ir por el camino de madera con las carretillas cargadas de tierra, con un poco de suerte sin contratiempos." El rió a carcajadas al recordar un incidente. "nunca pongas una escombrera cerca de una valla." La carcajada se hizo más grande. "Uno de mis estudiantes tiró a una mujer de unos ochenta años. La pobre volvía hacia su casa tranquilamente. Por fortuna nadie salió herido solo nos llevamos un pequeño susto. Era un fuerte romano en la calle Ermine, esa". Su mente caminaba por el pasado. Estaba chispeando, la carretilla resbaló, el se cayó y la tierra que podría haber ido a parar a cualquier parte, cayó en un arco perfecto sobre la pobre Violeta. Recuerdo su nombre, ¡era un tesoro! Hizo un pastel de zanahorias maravilloso y lo llevé a la excavación todos los días."

Jack no pudo evitar que el profesor le cayera bien. El estaba seguro de que harían buenas migas.

El pronto se cansó de mirar a los estudiantes como quitaban su asignada capa de tierra y cogió la pala de Mark en la sección F y se puso a cavar en el agujero. Pronto, el profesor le llamó.

"Jake, hazme un favor, ¿vale? ¿Podrías hacer un agujero de unos treinta centímetros cuadrados justo al lado del muro de tierra? Tengo que estudiar la estratigrafía, ¡espera un momento! El cogió un metro y le dijo a Jake que lo cogiera por el otro lado y lo sujetara al suelo. Mmmm, ya has bajado un metro y medio, el próximo metro es crucial para la fase de quitar la tierra. ¿Puedes hacerlo entonces? Treinta centímetros cuadrados y con cuidado si no te importa".

Incluso trabajando con precaución extrema, Jack completó la tarea de diez minutos. El suelo era compacto, pero no difícil, al ser de arcilla ligera- ideal para el cultivo, había dicho el señor Beal. Así que cuando el llegó al tope, Jake estaba excitado. La excitación dio paso al mareo y el se balanceó. Ahora el estaba seguro de que había tocado la tumba del rey Alfredo. El respiró profundamente y sacudió la cabeza para aclararse las ideas. El llegó a hasta la corta escalera, tambaleándose subió por ellas con gran alivio y encontró al profesor.

"¡La he tocado!" estoy seguro de que la piedra que he tocado es la tumba".

"¡Dios mío!", veamos.". El profesor lleno de jubilo gritó. "¡Tienes razón joven. Treinta centímetros exactamente para la tumba". El trabajó un poco con la pala. "Es una lapida; tendremos que proceder con cautela. De lo contrario podríamos dañar el material fácilmente."

Bajo la atenta mirada de los dos arqueólogos, quitaron la tierra hasta que un sarcófago de color amarillo lima fue revelado. El Profesor Whitehead organizó a las chicas con paletas y cepillos para quitar la ultima capa de suelo y exponer la tapa del ataúd. Con diez de ellos alrededor del sarcófago, la tarea fue realizada rápidamente. Su trabajo reveló que el borde alrededor de la tapa del ataúd estaba tallado.

"Eso es suficiente por hoy, damas y caballeros. Ahora coger turno para hablar, desde luego sois libres de pasar la tarde como queráis. Debo advertiros de la importancia de mantener el hallazgo de hoy en absoluto secreto. Nada de que se os vaya la boca en el pub – el alcohol hace que se te vaya la boca. Mañana, nosotros revelaremos los lados del ataúd de piedra también, pero no hasta que haya pasado un escáner 3D portable sobre este. Necesitamos saber con precisión la naturaleza de su contenido y que lo delicado que es antes de abrir la tumba. Doctora Poulton te encargo que traigas el escáner por la mañana. Tengo una reunió esta tarde y no tengo tiempo de volver al laboratorio."

"Eso está hecho.", dijo Heather con una sonrisa.

Los estudiantes volvieron alegremente a su campamento, y el profesor se fue en su rugiente Jaguar, dejando a Jake y a Heather para contemplar el ataúd de piedra sobresaliendo como un diente de la hambrienta tierra.

"Esta tumba ha estado imperturbable durante más de 1300 años", dijo Jake, tenía la voz sobrecogida.

"Mañana sabremos seguro si tenías razón sobre si es Alfredo, Jake", dijo Heather, cogiéndole del brazo mientras caminaban hacia la granja.

"¿Crees que deberíamos tapar la tumba con esa lona?", preguntó el

"No va a llover, pero la podrían detectar al gente o algunos animales. Si, ¿aún tienes fuerzas?

"Por supuesto".

La verdadera razón de su preocupación era que el quería estar cerca de ella un rato mas.

DRIFFIELD, ESTE DE YORKSHIRE

Jake pasó una noche difícil intentando averiguar porque los seguidores del rey le enterrarían en un suelo no sagrado. Era algo desconcertante, sobretodo dado que el sarcófago sugería que era la tumba de un individuo rico y poderoso. Mientras daba vueltas y se giraba en la cama, el incluso se cuestionó si esa tumba sería realmente la del rey Alfredo. Entonces recordó el efecto que tuvo en el cuando se quedo expuesto a la lapida. Seguramente eso no habría sucedido si la lapida hubiera pertenecido a otra persona.

A la mañana siguiente, el profesor Whitehead reunió a los estudiantes a su alrededor para explicarles como se escaneaba. Jack estaba al lado de Heather y escuchaba con interés.

El arqueólogo llevaba un aparato en la mano y empezó su explicación.

"Esta pequeña monada es un escáner Artec Eva 3D completamente cargado, tiene unas seis horas de autonomía. Nos permitirá ver a través del viejo ataúd, que estará lleno de artefactos, sospecho, esto quiere decir que no podemos abrir el ataúd "in situ" para no dañar su contenido. Como podéis ver, damas y caballeros, el aparato es muy ligero, solo pesa 1 kilo, pero este pequeño colega trabaja a seis fotogramas por segundo y puede capturar y procesar hasta dos millones de puntos por segundo con una resolución de 0.5 milímetros. Espero que estéis tomando notas-¡espero que me entreguéis unos proyectos excepcionales cuando acabemos esta excavación!"

Jack miró de reojo como varios estudiantes estaban grabando al profesor con sus móviles.

"una precisión de 100 micrones, una herramienta indispensable para cualquier laboratorio arqueológico o para cualquier museo. El profesor continúo nombrando algunas especificaciones mas. El volvió a captar el interés de Jack cuando conectó el cable a el ordenador portátil.

Mientras el arqueólogo bajaba hasta la altura de la tapa del sarcófago, Heather ordenó a los decepcionados estudiantes que se apartaran del ordenador que ella estaba usando y le pido a Jack que se pusiera al lado suya. "Todos vosotros podréis verlo después".

Ella clico en la pantalla varias veces, y Jack, vio por el rabillo del ojo al viejo profesor pasando el escáner sistemáticamente sobre la tapa del ataúd de piedra caliza. Jack jadeó cuando la pantalla del ordenador apareció la primera bota de cuero de un esqueleto envuelto en una tejido de lana de buena calidad. Las imágenes eran de alta resolución y el podía ver cada detalle del artesanal mango de la espada que es extendía a lo largo, al lado del cuerpo. Los colores también tenían un tono vibrante. El escáner llegó al cráneo y Heather susurró con excitación, "podremos hacer una reconstrucción facial en el laboratorio, Jake. Podrás ver como era el rey Alfredo."

"¿Puedes hacerlo?"

"Por supuesto, lo haré yo misma, Oh mira allí" ella apretó su mano. "cerca de la mano izquierda del cuerpo, hay una bolsa de monedas. Monedas de plata. Seguro que son sceattas. Perdona, ellos no les llamaban así en aquella época- para ellos eran penningas."

El profesor Whitehead volvió a subir a nivel del suelo y ordenó de instrucciones para que se cavara alrededor del resto del sarcófago antes de dejarse llevar por su curiosidad con respecto al escáner. Una mirada superficial y el se giró para señalar a Jale.

"El hallazgo del siglo, ¡sin ningún genero de dudas!" ¡Bien hecho, joven muchacho! Obtendrás todo el reconocimiento que te mereces. El siguiente desafío es levantar el sarcófago y transportarlo al laboratorio son que sufra daño alguno. No podemos abrirlo y ya esta, a menos que las condición de aire se ajuste para una conservación optima del contenido. Bradford, creo, ¡Heather! La arqueología ha cambiado mi vida, se ha vuelto tan tecnológica. Eso esta bien para vosotros, los jóvenes," el les señaló... pero para un viejo zorro como yo..."

Heather saco su teléfono.

"Llamaré al señor Wyatt. El tendrá una gura móvil o sabrá donde conseguir una."

En minutos, ella concluyó la llamada.

"¡Ya esta! Me ha dicho que puede hacerlo. Llegará a media tarde."

"¡Profesoriimire aquí" Anton le llamo, una enorme sonrisa transformaba su normalmente beligerante expresión una amistosa. "Hay una inscripción en este lado. Definitivamente es una escritura."

Menos hábilmente que antes, el profesor Whitehead pudo sin embargo unirse al pelirrojo estudiante con cierta presteza.

"Por Júpiter, ¡ahí está! ¡Máxima urgencia, caballeros! Llevaros la tierra tan rápido como podáis para que las señoritas puedan quitar la tierra de las incisiones de las letras. ¡Es de excepcional importancia! ¡Aleluya! ¡Nos han bendecido!"

Jack casi esperaba que el excéntrico académico bailara una danza, tal era su estado de euforia.

Tras una hora de intenso trabajo el joven había

hecho un trabajo maravilloso con sus paletas y cepillos. Ellos habían revelado un panel de desplazamiento con un grabado en ingles antiguo. Heather proclamo estar satisfecha con la limpieza y apartó a los estudiantes para poder fotografiar el panel.

"¡Mira esto!" ella le enseñó la foto al profesor y a Jake, quien se inclinaron impacientemente.

El vio:

AR-FÆST NERGENDE CRIST GEWRITE ALFRIÞES nama in þe boc þe ece lifes and ne letaþ his nama geswice hwætre þurh þe ure drihten gemanan bið.

"¿QUE DICE AHÍ? JAKE MIRABA DESESPERADAMENTE de un arqueólogo al otro.

"No soy experto en ingles antiguo querido muchacho, aunque puedo manejarme", dijo el profesor. "Pero primero, ¡felicidades! Tuviste razón desde el principio" El señaló a la quinta palabra. "Alfredo" Este es su epitafio. Perdona mi ruda e improvisada traducción. Creo que dice así:

EL MISERICORDIOSO SALVADOR NUESTRO CRISTO, escribe el nombre de Alfredo en el libro de la vida eterna y nunca dejará que sea obliterado, si no que será recordado, a través de ti, nuestro Señor"

. . .

"Sí, ¿pero por que, profesor? ¿Por qué enterrar al rey en unas tierras que no son sagradas? Me ha estado preocupando toda la noche."

El profesor sacudió la cabeza.

"Buena pregunta, querido muchacho. Quizás solo encontremos la respuesta cuando terminemos la excavación"

Jack asintió, pero no se había quedado satisfecho. El creía por alguna razón que la respuesta a su pregunta revelaría todo el misterio de la cueva de Alfredo, y estaba decidido a averiguarla.

Jack pudo observar como levantaban el sarcófago, una delicada operación que implicaba una grúa móvil, cadenas y un camión de plataforma. Con el profesor Whitehead nervioso porque la operación concluyera sin el mas ligero daño a el exterior del ataúd de piedra. Una vez que el enorme descubrimiento desapareció de la vista, con destino a el Laboratorio Arqueológico de la Universidad de Bradford, que tenía un orgulloso, bien equipado y renovado departamento de Arqueología Forense. Jack le hablaba al profesor de todo corazón.

Desafortunadamente, solo pudo empezar a hablar soltando un vago preámbulo sin ni siquiera poder empezar a hablar sobre ello, porque en ese momento un coche de policía paró en el carril con las luces centelleando. Jack se quedo mirándolo mientras la familiar silueta del inspector Shaw liderando a dos otros policías se acercaban hacia el. Se le vino el mundo encima.

El profesor Whitehead, todavía nervioso, fue a su encuentro, mientras Heather se acercaba a Jack.

"Me pregunto que querrán", susurró ella.

"A mi. Me quieren a mi", dijo Jack secamente.

"Oficial. Tenemos todo el derecho a estar aquí", declaró el profesor Whitehead. "Tenemos todos los premisos".

"No lo dudo, señor, No estamos aquí por usted" Shaw se aclaró la garganta, y una solemne voz de autosatisfacción declaró. "Jack Conley, le declaro bajo arresto por los cargos de asesinato, dos intentos de homicidio, y uno de daños"

La doctora Heather Poulton al lado suya jadeó, entonces murmuró, "¡Jack, dime que no es verdad!", ella le agarró el brazo mientras Shaw procedía a recitarle los derechos a Jack.

"Por supuesto, no es verdad!", Jake dijo enfadado. "Sea lo que sea lo que oigas sobre mi, Heather, te ruego que no les creas y que confíes en mi.

"¡Esposadle!" dio la orden presumiendo.

No tenía ningún sentido resistirse, así que Jack coopero y dejo que se le llevaran mientras memorizaba los expresión tensa y de angustia de la guapísima arqueóloga. Mortificado, con la moral por los suelos, el pensó que todo lo que tenía ganado con ella, se reduciría hasta la mínima expresión, aunque a el le declararan inocente de todos los cargos. Mientras un policía le llevaba hasta el coche con los tradicionales empujones hasta el coche que los esperaba, el se preguntaba que pruebas inventadas podría presentar Shaw, ya que el sabía que era inocente de todos lo cargos.

El trayecto en coche hasta Pickering fue ejecutado en absoluto silencio. Ni siquiera entre los policías intercambiaron ni una palabra, aunque de vez en cuando la emisora de la policía crujía tomando vida para emitir algún asunto policial. A Jack lo metieron en una sala de interrogatorios donde el inspector Shaw, con mal disimulada autosatisfacción dijo. "Al fin tenemos las pruebas que necesitábamos. Es usted muy resbaladizo, Conley, pero el juego ha terminado."

Jake se quedo observándole con una confianza que el no sentía, dijo arrastrando las palabras, "lo veo muy difícil detective, ya que no he hecho nada".

"¿Llama al intento de asesinato de una policía nada?"

"No se a que mujer policía se refiere oficial"

Shaw pasó las hojas de su bloc de notas buscando entre las paginas.

"No, ¿eh? Entonces ¿Cómo explica que cuatro testigos hayan testificado verle entrando y saliendo de la casa de la policía Siobhan Reardon en la noche del 29 de mayo en el momento exacto en el que ella se fue empujada por las escaleras rompiéndose las vertebras del cuello? Creo que no estará usted muy contento de saber que ella ha sobrevivido."

"Cuatro testigos, ¿dice? Me arriesgaría a decir que se quien es al menos uno de ellos. Mienten. Nunca he oído hablar de esa policía, pero me alegro de que este bien".

Muy magnánimo de su parte, señor Conley. Tiene usted mucha practica empujando a mujeres por las escaleras, ¿verdad?

No voy a decir nada más hasta que hable con un abogado. Creo que tengo derecho a hacer una llamada.".

El inspector sonrió forzadamente. "Por supuesto. Puede hacerla desde su móvil antes de que le quitemos sus objetos personales, señor. Pero entonces tiene usted experiencia en estos procedimientos, ¿verdad?

Su conversación con la enérgica señorita Mack cuando ella llegó fue breve y al grano.

"Había esperado, no se ofenda, no tener que ser su cliente nunca mas, Kate, pero parece. "Voy a necesitar su ayuda al fin y al cabo". El continuó contándole los cargos contra el y concluyó diciendo, "No tienen ninguna prueba excepto estas acusaciones, que serán fáciles de desestimar. Confío en usted para eso- solo requeriría investigar un poco si usted esta dispuesta a ello."

"Explíquese." La abogada era fría y profesional, sin rastro de la antigua comprensión que Jack había esperado. El lamentó haber usado su nombre de pila, quizás el se había tomado demasiadas confianzas.

"Bueno, señorita Mack, este es el numero de la Doctora Poulton, Ella es arqueóloga en la universidad de Leeds. Ella me encontró el taxi que me llevo a Ebberston y de vuelta a Little Driffield en la noche del asalto a policía. Tenía al conductor esperando fuera mientras cogía mis pertenencias de la posada de la señora Lucas. Estuve menos de diez minutos allí, lo justo para una charla educada con mi antigua casera. Encuéntrele y el confirmará que me llevó directamente de regreso a Little Driffield, y por supuesto, la señora Lucas también me respaldará. Así que ya ve. Como iba yo a poder estar en la casa de la policía.

Kate Mack se permitió al fin una sonrisa.

"No se que es lo que pasa con usted, señor Conley, pero parece que le ha entrado al inspector Shaw con el pie izquierdo" Ella miró por encima de la montura azul de plástico de sus gafas, exactamente como el recordaba, añadiendo. "¿Puede usted contarme por que?"

"Claro, el necesita algo que le confirme que no cree en fantasmas, pero no lo conseguirá".

"Entonces tu todavía mantiene que un fantasma mató a su novia?"

"Es la verdad, Ka-er- señorita Mack."

La rubia sonrió e inclinó la cabeza. "No pasa nada, puede usar mi nombre, Jake. Pero sería mas astuto no hacerlo delante de la policía. Parece que no son muy imparciales cuando se trata de usted. Me pondré ahora mismo con ello. Cuanto antes encuentre al taxista, mejor".

Jake se hubiera sentido mucho mejor si hubiera podido escuchar la conversación telefónica entre Kate Mack y Heather Poulton porque ambas mujeres expresaron la creencia que tenían en su inocencia. Y aunque Little Driffield era un pueblo pequeño y no casaba exactamente con los conductores de taxis, fue una tarea muy simple confirmar la declaración de Jake. El hombre en cuestión acordó encontrarse con Kate en la comisaria de policía de Pickering al día siguiente. Ella le aseguró que le compensaría por su tiempo y por la gasolina. Ella estaba segura de que Jack no pondría pegas a incluir ese gasto como parte de sus honorarios como abogada. Ella también hizo las gestiones oportunas para que la señora Lucas estuviera presente. La propietaria del hostal, habiéndole cogido cariño a Jack, estaba deseando ayudarle. Y con respecto al prisionero al no tener noticia de esta información porque le habían confiscado sus efectos personales pasó el tiempo tumbado en el catre, intentando descifrar el misterio del entierro del rey Alfredo.

El recordaba de su anterior investigación sobre la muerte del rey, que una guerra civil estalló por la sucesión de Northumbria. El mas mayor de los herederos era lo suficientemente mayor para reinar, pero un noble sin ninguna conexión con la casa real consiguió alcanzar el poder durante unos meses en el año 705. Los esfuerzos por recordar el nombre del noble – lo tenía en la punta de la lengua- le ayudaron a pasar el rato hasta que, de repente, el dijo en voz alta, "¡por supuesto, Eadfull!" Este hombre disputó la sucesión, apoyado por el antiguo enemigo de Alfredo, el arzobispo Wilfredo, junto con los seguidores del hijo pequeño del rey Osred.

Ahí tumbado, pensando en la muerte de Alfredo, empezó a sentir el familiar dolor en el centro de la frente. Ello le sorprendió porque parecía fuera de contexto al estar el encerrado en una celda de policía, pero le hizo preguntarse. ¿Estaba tras la pista de algo importante? ¿confirmaba esto que el suyo era un bien plan?

¡Como lamentaba la llegada de el torpe inspector! Unos pocos minutos mas tarde y el hubiera podido decírselo al profesor Whitehead. El tenía ahora bastante sobre lo que preocuparse sin atormentarse a si mismo sobre como podría reaccionar el excéntrico profesor, así que el decidió forzar su cansado cerebro para recordar todo lo que el sabía con respecto al rey Alfredo, sobretodo en lo referente a su funeral.

Lo normal hubiera sido, pensó el, que el rey hubiera sido llevado a bombo y platillo a la iglesia más cercana que le fuera querida, la cual en este caso hubiera sido la iglesia de Santa María de Little Driffield. Estaba claro que la pintura medieval estaba equivocada. Quizás su teoría de que el rey Alfredo estaba enterrado en la capilla estaba basada en una suposición lógica, sin ninguna prueba que lo respaldara. Así que el se preguntó, ¿Qué había obligado a los seguidores leales del rey a enterrarle en este lugar en particular? ¿Se habrían encontrado ellos con alguna resistencia u oposición? ¿proveería la excavación en curso de los arqueólogos alguna respuesta? ¿encontrarían por ejemplo restos de una iglesia rodeando el lugar de enterramiento? El no había visto la lectura del magnetómetro y lo envolvió con toda la excitación de encontrar la tumba, y no había pensado en preguntárselo a Heather. "¡Ah, Heather!" Gimió el y pensó en sus sentimientos hacia ella y las posibles consecuencias de su encarcelamiento. ¿Destruiría esto sus esperanzas de ganársela? El maldijo al inspector Shaw e invocó la ira de los dioses pre- cristianos anglosajones sobre el.

Entonces, el recordó que el debí de pensar en la muerte del rey Alfredo. ¿Qué había pasado en el año 705? Inmediatamente, volvió el extraño dolor de la frente mientras el recordaba la confusión política de la época. Osred, quien empezó a reinar a la edad de ocho años en el año 705, fue valorado por el ilustre San Bonifacio como un joven inútil que llevaba una vida malvada y violaba los antiguos privilegios de la iglesia de Northumbria. Jake recordó leer un poema del siglo nueve en el que aparece Osred como un joven rey salvaje y ateo quien mataba a nobles y a forzaba a otros a buscar refugio en los monasterios. Pocos lloraron su asesinato en el año 716. ¿Había si acaso alguna duda de que este monarca no mostró interés ninguno en encontrar la tumba de su padre? Al pensar esto un rayo plateado de luz cegador le molestó su visión, como cuando te empieza a dar una migraña, excepto que Jack no sufría de esa dolencia en particular. El dolor se le pasó instantáneamente, pero fue suficiente para servirle como advertencia de que sus conjeturas eran correctas.

El se quedó observando la pared sin alma color crema de la celda, se mordió el labio, y meditó que el tenía que salir a hablar con el profesor Whitehead sobre su plan, y, ah, si suplicar a Heather que creyera en su inocencia.

❦ 24 ❦

PICKERING, NORTE DE YORKSHIRE.

"Quiero ser completamente claro con esto, señor, Gregory. Usted esperó en su coche delante de la casa de esta mujer ¿Por cuánto tiempo? El detective inspector sabía que su caso contra el señor Conley se estaba derrumbando por momentos mientras hablaba.

"Como he dicho, oficial, no más de diez minutos".

"Ese es el tiempo que le llevó recoger sus cosas y charlar un momento conmigo, inspector." Interrumpió la señora Lucas, "¡Que hombre mas encantador!"

Kate Mack sonrió al policía. "A la luz de esta evidencia, detective inspector, le pido formalmente la inmediata puesta en libertad de mi cliente."

Shaw tuvo que admitir la derrota y trató de no traicionar sus pensamientos contradictorios, Conley, consideraba el, no había empujado a la policía Reardon, pero seguro que había matado a su novia. Todo lo que el dijo fue, "Los cargos de intento de asesinato y daño corporal quedan retirados. Conley es libre de irse."

El placer y el alivio en las tres caras ante el irritó tanto al inspector que el estaba determinado a hacer un ultimo esfuerzo mientras todavía retuviera a su hombre.

"Señorita Mack, venga conmigo, por favor. Hay una ultima formalidad y creo que usted debería de estar presente."

El se giro hacia los otros dos. "Ya hemos acabado. Gracias por su tiempo y cooperación, señora, señor."

El llevó a Kate a la sala de interrogatorios y la invitó a tomar asiento. En minutos, vino Jack y se sentó al lado de ella.

"Eres libre de irte", susurró ella. "Parece ser que hay un asunto final...no tengo ni idea de cual".

Después de algunos minutos el inspector volvió con una oficial de policía que llevaba un collarín.

"Esta es la oficial de policía Reardon. Ella ha tenido un accidente hace poco"

Jack se levantó y extendió la mano. "Encantado de conocerle". El sonrió, y más por irritar a Shaw que por innata elegancia preguntó. "¿Cómo estas? Espero que no tenga daños permanentes.

"No debería", gracias por preguntar.

"Quiero que conozca al señor Conley oficial, quería preguntarle si le había visto antes."

La policía estudió la cara de Jack durante unos instantes.

"Esta es la primera vez que veo a este caballero."

Su expresión cambió de repente de una amistosa curiosidad a una de terror, la cara de alguien recordando una pesadilla.

"¡Espera un momento! ¿No eres la persona que vio al fantasma en la cueva de Alfredo?"

"Y no solo allí, oficial".

"¡Claro!" Ella se giró hacia Shaw con una expresión beligerante. "¡Te lo dije! Fue le fantasma quien me empujó por las escaleras. Pude oler la peste a tumba en el. Ese lugar está infestado. Vi a más de uno de ellos mientras estaba de servicio. ¡Gracias a Dios que hay quien lo puede corroborar! Ella se giró para mirar de nuevo a Jack. "Me han tomado por una mujer histérica", dijo ella con resentimiento.

"Debería de dar las gracias a Dios", Jake miró despectivamente al detective. "A mi me han tomado por un asesino".

Lo que ocurría en la cara del inspector era difícil de descifrar. Finalmente, el dijo. "Parece que voy a tener que tomar este asunto de los fantasmas seriamente, al fin y al cabo. Hay testigos muy fiables,"

Incluyendo mi cliente, inspector", interrumpió Kate Mack.

"Bueno, admito que estaba pensando más en el los policías Reardon y Collins, por no mencionar el sacerdote católico de York."

"¿El padre Anthony? Dijo Jack. "¿Por qué no contacta con el, inspector, vea donde puede conseguir un exorcista para llevarlo a la gruta y deshacerse de la cueva de Alfredo de una vez por todas?

Jake dijo esto a pesar de ir en contra de su plan maestro. Pero el consideró, que no haría ningún mal a nadie.

"Si, señor, ¿Por qué no lo hacemos? La policía Reardon se agarró a la idea gustosamente. "Ese lugar, o más bien lo que lo habita, ha causado suficientes males durante ...siglos", añadió ella sin convicción alguna. El detective inspector pensó durante unos momentos. El podía hacerlo, pero era ir contra su juicio el aceptar que hubiera una presencia sobrenatural en la caverna. El no pudo evitar pensar que Conley había usado esto astutamente para sus propios fines: para construir un elaborado pufo en el que enmascarar el asesinato de su novia. El decidió seguirle el juego hasta que al final lo cogiera en un error pillándole con las manos en la masa.

"Muy bien", dijo el, Me pondré a ello. Mientras tanto, usted, Conley, es libre de irse, pero le pido que abandone el condado"

"Abandonar el condado", dijo Jack. ¿Justo cuando

me voy a hacer famoso? De ninguna manera. De hecho, inspector, estoy pensando en volver a la posada de la señora Lucas en Ebberston durante unos días".

"¿Es eso inteligente, señor?" ¿Dado lo que le pasó a usted allí?

"Es un riesgo que estoy dispuesto a correr. Tengo unos asuntos sin resolver allí."

El detective frunció el ceño inmersos en sus propios malos pensamientos. Como protector de la ley y el orden, el se preguntaba por que una parte de el deseaba que volvieran a golpear a Conley. Era lago humano, se dijo el, ya que un asesino se merecía mucho más. En vez de eso, el dejo salir al hipócrita que había en el, estrechándole la mano, lo que tomó a Jack por sorpresa. El dijo, "bueno, cuídese señor".

Después de retirar sus efectos personales, Jack salió fuera para darse la agradable sorpresa de encontrar a la señora Lucas y al taxista de Little Driffield.

"¿Qué estáis haciendo vosotros dos aquí?

Su abogado le puso al corriente de los detalles y añadió, "no se preocupe, le mandaré la factura"

Jack le dio las gracias cálidamente y miró al señor Gregory. "Si esta libre, quizás pueda llevarnos a The Elms. Si tiene plazas libres, me quedaré un par de noches."

"Oh maravilloso, por supuesto, querido. Siempre eres bienvenido."

"Será mejor que llame entonces a la doctora Poulton", dijo el taxista

El corazón de Jack se saltó un latido. "Heather, ¿Por qué?"

"Porque se supone que le tengo que llevar con ella".

"No se preocupe, yo la llamaré."

Desde dentro de la cabina, el llamó a la arqueóloga y se puso muy feliz al ver lo contenta que ella se puso cuando le contó que habían retirado todos los cargos. Ella insistió todo el tiempo en que sabía que el era inocente, y el se puso aún más contento al notar su decepción al decirle que se quedaría en Ebberston durante unos días. No siendo alguien que dejara pasar una oportunidad, Jake la invitó a comer en The Grapes, donde el estaba seguro de encontrar buena comida. Para su felicidad, la arqueóloga aceptó. La noche siguiente, el le contaría su plan. El decidió que podría ser una buena táctica dejar que fuera Heather quien le sugiriera el plan a James Whitehead- siempre suponiendo que pudiera convencerla a ella primero.

Al otro lado de la mesa, la tarde siguiente, Heather Poulton, llevando un elegante, vestido negro ajustado y unos pendientes de oro grandes con forma de aro en las orejas, le observaba con incredulidad.

"Déjame volver a lo que me acabas de decir a ver si lo he entendido bien", dijo ella. "Básicamente, sugieres que, por culpa de una guerra civil, la tumba del rey Alfredo no pudo ser transportada a su destino en la iglesia de Santa María de Little Driffield, ¿no? Así que fue enterrado, presumiblemente de manera temporal- que resultó ser permanente- en un lugar no sagrado. Como resultado de eso, el espíritu del rey ha permanecido enfadado junto a aquellos hombres que le socorrieron el la cueva de Alfredo. Pero ¿no es eso un poco extravagante, Jake?

"No, si tienes en cuenta todas las apariciones a lo largo de los siglos, haciendo que incluso personas prominentes y bien estimadas arriesgaran su reputación al testificar que allí había fantasmas. Eso me lleva a la solución, Heather, y aquí es donde entras tu. Seguramente recordarás el hallazgo de los restos del rey Ricardo III en Leicester en el año 2012, ¿no?

"Por supuesto, fue un evento a nivel nacional. ¿No le enterraron en la capital de Leicester tres años después?

"Si, ahora escucha, Heather. Eso fue para seguir las leyes británicas, que dice que los entierros cristianos excavados por arqueólogos deben de ser enterrados en el suelo sagrado más cercano a la tumba original. ¿Ves a donde quiero llegar? Según dice la ley, por derecho, al rey Alfredo le correspondería ser enterrado donde sus hombres querían hacerlo, en la iglesia de Santa María de Driffield. Lo medí en un mapa, le gana a la iglesia de Todos los Santos de Driffield, aunque por muy poco. No creo que habrá ninguna objeción por parte de la reina. A ella le consultaron sobre Ricardo y rechazó que la casa real se involucrara en el asunto."

"¿Entonces, donde entro yo Jack?"

"Necesito que convenzas al profesor que cuando acaben con Alfredo en Bradford, el debe prepararlo todo para un re entierro ceremonial, similar al del rey Ricardo, pero en Little Driffield. ¿Crees que el estaría dispuesto a hacerlo?" Obviamente, llevará un año o dos acabar con los exámenes arqueológicos. Tu sabes más sobre eso que yo. Pero estoy convencido que su enterramiento en suelo sagrado, acabará con los problemas de la cueva de Alfredo."

Ella le sonrió, levantó su copa de vino, y dijo, "eres un pájaro extraño, Jake Conley, lleno de extrañas ideas y teorías, pero empiezas a gustarme. Haré todo lo que pueda con James, pero dudo que el se trague tu teoría. El seguirá las normas. No creo que el quiera pasar por un controvertido juicio como ocurrió en Leicester con Ricardo III."

"¿Te he dicho alguna vez que me han diagnosticado sinestesia...?

Esta afirmación llevó a una explicación y Jake tuvo finalmente que señalar a la mesa junto a la ventana, donde dos mujeres jóvenes estaban enfrascadas en una amistosa conversación.

"Y el estaba sentado justo allí con el hacha en la mano, la cara de carabela, y salí corriendo al campo para salvar la vida hasta que di con la batalla y vi el conflicto que tuvo lugar en el año 705- "

"¡Espera! ¿Tu de verdad viste la batalla teniendo lugar? ¿la sinestesia puede hacer eso?

"Te lo digo, Heather, vi incluso al rey Alfredo herido por una flecha".

"Trabajaremos para averiguar la causa de la muerte, por cierto, hay una cosa más que no tengo clara. Si estabas en el medio de una batalla, ¿Cómo es que no resultaste herido?

"He estado pensando mucho sobre eso. Creo que todos esos guerreros, muertos durante siglos, han encontrado descanso eterno, o tormento eterno, como quieras decir. Lo único que podía herirme era el fantasma, que probablemente estaba poseído por un demonio.

"Si no te conociera mejor Jack, llamaría a un par de enfermeras de un psiquiátrico con para que trajeran una camisa de fuerza. ¡Eh!, ¡si me miras así lo haré de todas formas!

"Se que es un poco difícil de digerir, Heather, te rompe todos tus esquemas sobre la vida después de la muerte y todo eso. Pero créeme, nadie puede poner fin al horror de la cueva de Alfredo mas que yo"

"Bueno, Jack, sinestesia o lo que sea eres una persona privilegiada. ¿Puedes imaginar lo que daría un arqueólogo por estar de ileso observador en mitad de una batalla del siglo octavo?

"Debería de ser suficiente que te he procurado la

tumba del rey Alfredo, ¡Moza ingrata! Ahora serás famosa.

"Eh, ¡para el carro!, o te arrancaré esa preciosa nariz

"¿Es preciosa? ¿significa eso que somos pareja Heather?"

"¡Quien no arriesga no gana!"

Ella le sonrió.

"¿Por qué tengo la sensación de que no me vas a dar más que problemas, Jack Conley? Afortunadamente para ti, me va la marcha.

"¿Es eso un si, entonces?"

Ella levantó el vaso y se rió enigmáticamente. "¡Eres un sinestesico, deberías saberlo!"

El se inclinó sobre la mesa y compartieron su primer beso.

EBBERSTON Y PICKERING, NORTE DE YORSHIRE

A la mañana siguiente, sintiéndose como si le hubiera tocado la lotería, así puede ser el poder de un primer beso con la mujer adecuada- Jack salió por la puerta de sus dependencias, listo para una interacción totalmente diferente. Asegurándose a si mismo que no había ningún gamberro acechándole, el se dirigió hacia la iglesia de Thorton-le-Dale. Dos veces se paró el para admirar un una atractiva exposición floral entre los jardines. Una en particular le pareció llamó la atención en la que la dueña había concentrado todos sus esfuerzos en adornar el jardín con flores azules de diferentes tipos; llamaba mucho la atención.

En la iglesia el tecleó en su móvil el teléfono del coadjutor, el cual no había memorizado antes y quedó en encontrarse con el en la puerta de la casa de adoración. Jake decidió no arriesgarse y explorar el cementerio. El buscaba un punto elevado desde donde ver el sendero que llevaba al edificio. El no podía correr el riesgo de que el señor Hibbit llamara a su banda de matones. Si el veía a alguien acercarse a la iglesia, el se escondería. Mientras caminaba entre las lapidas, una en particular llamó su atención. Estaba dedicada a un longevo soldado y portaba la leyenda de que este soldado de infantería había sido un guardia de Napoleón Bonaparte en Santa Elena y uno de los portadores del ataúd del emperador a su tumba. Jake jadeó ante la buena fortuna de haberse encontrado con un monumento así de un hombre que estuvo involucrado en un evento de historia internacional. El le sacó una foto para enseñarla a Heather.

Después vio una arboleda cerca de la valla que miraba al elevado pavimento, que a su vez miraba a la carretera. Aquí el tenía una cobertura ideal para poder espiar a cualquiera que viniera hacia la iglesia. El no tuvo que esperar antes de que apareciera la figura del vicerrector, andando a una velocidad inaudita para su avanzada edad. Jake se preguntaba que podía andar con ese estilo militar estaba tan gordo. Quizás el tenía otros vicios además de organizar palizas para visitantes inocentes. El no se basaba en suposiciones, pero se acercó a la puerta para que lo encontrara en un lugar más natural.

El señor Hibbit le miró de arriba abajo con su

disgusto habitual.

"Creí haber sido claro sobre que se mantuviera alejado de Ebberston". Su tono era hostil.

"No me va a mangonear alguien como usted".

"No diga que no se lo he advertido".

"Afortunadamente para usted, soy pacifista, de lo contrario tendría un gran placer en pegarle un puñetazo en la nariz, yo de usted no volvería a llamar a mis matones. Debe de saber que la prensa estará muy excitada de conocer el descubrimiento de la tumba del rey Alfredo en Driffield, todo lo que tenga que ver a partir de ahora con Jack Conley será noticia a nivel nacional, señor Hibbit. ¿Qué pensara la gente de su precioso Ebberston si me pegan aquí por segunda vez? No, señor, será mejor que me deje en paz a menos que le guste ser perseguido por reporteros sensacionalistas."

Con gran placer, Jack observó como la cara del hombre pasaba de una variada gama de desagradables emociones a una cara de resignación.

"¿Por qué debo de creerme que usted ha encontrado la tumba del rey Alfredo?"

Su aire era desagradable, como el resto del personaje. Jack apenas podía creer que la primera vez que lo vio el hombre le pareció agradable e inofensivo. El clicó rápidamente unas imágenes en la pantalla de su teléfono y rápidamente una serie de pitidos emanaba del móvil del coadjutor

"Le he mandado algunas fotos. Tómese su tiempo y pregúnteme lo que quiera."

El vio con alegría la cara de sorpresa del representante de la iglesia, quien señaló hacia una foto de la grúa poniendo la tumba en un camión.

"¿Dónde esta ahora el sarcófago?"

"En el departamento de arqueología de la Universidad de Bradford para su estudio científico".

"¿Reclama haberlo encontrado usted?"

"De hecho lo hice, y pronto lo leerá usted en los periódicos de la mañana. Por el momento, todo el asunto permanece en secreto para evita que los curiosos abarroten el lugar de la excavación. Si fuera tan amable de mantenerlo en secreto, se lo agradecería. Ya ve señor Hibbit, apelo a su buena fe para confiarle este secreto.

El coadjutor le miró con cara de pocos de amigos y al fin se permitió esbozar algo que se aproximaba a una sonrisa por una de las esquinas de su boca. "¿Cómo sabe que este sarcófago es el de Alfredo?"

"Le he mandado una foto de la inscripción, desplace las imágenes. Es ingles antiguo, pero su nombre es bastante legible."

"Dios mío, ¡tiene razón! Quizás le he juzgado mal, señor Conley".

Llegados a este punto, Jake cometió un error que luego más tarde lamentaría. El continuó, "Creo que este descubrimiento podría ayudar a poner fin a los tristes sucesos ocurridos en la cueva de Alfredo.

Cuando el rey vuelva a ser enterrado en suelo sagrado."

"¿Quiere decir que quiere usted enterrarlo aquí en nuestra iglesia?"

"Eso es indiscutible, me temo. Hay una ley que declara que debe de ir a la iglesia más cercana desde su punto de exhumación, la cual sería la de Santa María en Little Driffield. Este sería un sitio apropiado para el, el lugar donde fue herido. De todos modos, estoy pensando en poner fin a los horrores de la cueva de Alfredo antes de volver a enterrarle.

"¿Qué quiere decir?"

"La policía esta organizando un exorcismo católico allí a petición mía"

"¡Por encima de cadáver! Un católico aquí, en nuestra parroquia, ¡No dejaré que eso ocurra!"

"No sea ridículo, Hibbit. El mismo rey Alfredo era católico, ¿o no? Y mucho más culto que incluso usted y yo."

"¡Me la refanfinfla! No me lo trago, y con respecto a usted, entrometido, háganos un favor y váyase de Ebberston de una vez por todas. ¡Me dan igual sus advertencias!" El había recobrado su anterior de cara de perro. "¡Piérdase!"

Con eso, el se dio la vuelta y se dirigió al cementerio de la iglesia. Jake le observó y empezó a preocuparse. ¿Se le había ido la boca? ¿lamentaría el enfrentarse con este individuo que se creía tan importante?

De regreso a sus dependencias, el se quitó sus zapatillas de deportes las dejó ordenadamente al lado de sus botas y se puso las zapatillas de estar por casa. En su habitación, el se tumbó en la cama y consideró que hacer después. Su idea de volver a Ebberston era principalmente para darle un final a las malignas presencias de la cueva de Alfredo, dado que el le había dicho a Hibbit la verdad. El problema era que el no sabía cuando vendría el exorcista a Ebberston, pero a el le gustaría estar allí cuando hiciera el ritual. El no tenía ningún otro motivo más que asegurarse de la eficacia del exorcismo. El le dio vueltas al problema durante algún tiempo antes de irse a dormir. Cuando despertó, el temblaba de frío porque había dormido destapado durante seis horas, expuesto a la fría corriente que provenía de la ventana que el había olvidado cerrar. El apartó la cortina para cerrar la ventana y vio para su sorpresa que era de noche. El no debería de estar sorprendido, por supuesto. Ya que le reloj despertador de la mesita de noche confirmaba que eran las 04:08.

El salió de la cama, vestido como estaba, y se quedo ahí impregnándose del calor, pensando una vez más que hacer en Ebberston. Como suele pasar en estos casos, uno piensa con más claridad después de haber despejado el cerebro después de haber dormido. Se le ocurrió hacer una visita a su némesis, el inspector Shaw. El detective sabría cuando se le esperaba al sacerdote en Ebberston, siempre asumiendo que el cínico policía no había cambiado de idea. Merecía la pena ir hacia Pickering, aunque solo fuera para averiguar cuando llegaba el exorcista. Al mismo tiempo, el informaría al detective de las amenazas del coadjutor. Eso no le haría ningún mal y pondría a la policía en alerta para velar por la seguridad del exorcista. Hibbit obviamente nunca había oído hablar del detente ecuménico, probablemente el no sabía el significado de ninguna de las dos palabras. Jake sonrió de oreja a oreja bajo las mantas. Satisfecho con su plan, el cayó de nuevo dormido.

A la mañana siguiente en Pickering, el inspector Shaw llamó a Jake bruscamente para que pasara a la oficina y seguía pensando que era sospechoso. De hecho, el detective le saludó con un "Ah, Conley, ¿ha venido a confesar, ¿verdad?"

"¡Sigo diciendo que no he hecho nada!" el replicó. "He venido a preguntarle si ha llamado al exorcista."

"Estoy esperando una llamada. El padre Anthony me puso en contacto con un santo padre. El es de ascendencia italiana, aparentemente un jesuita. Va a venir mañana por la mañana por la mañana. Será interesante". El policía miró mal a Jake y con un aire despectivo y añadió, "El debe de ser su alma gemela, Conley el tuvo las agallas de darme una lección sobre que el diablo era un ser real y no solo un concepto abstracto, ¡si no que esta aquí entre nosotros!" El señaló con dedo acusatorio a Jake mientras lo decía.

"Lleva razón, por supuesto, los demonios han poseído a los guerreros anglosajones de la cueva del rey Alfredo, y ellos son, y ellos son capaces de todo tipo de maldades. Contra más pronto el santo padre los expulse, más pronto podemos vivir en paz."

"¿No se escucha las tonterías que dice, Conley? El detective se había puesto rojo de rabia. "Bueno no me tome el pelo. Esta usando esa chorrada para cubrir sus crímenes, pero a mi no me engaña".

"Detective, creo que debería de concentrarse en los delincuentes reales, como el coadjutor de Ebberston."

Shaw se sentó en su silla giratoria de cuero. "¿De que esta hablando?

"El me ha amenazado otra vez, pero masa específicamente dijo que nunca permitiría que un sacerdote en su diócesis."

"¿Entonces ya estado buscando problemas en Ebberston? Es usted un dolor de muelas, señor Conley.

"Creo que esta obsesionado conmigo, señor inspector. Quizás debería asegurarse de que el santo padre tenga protección extra."

"Señor, creo que será mejor que se vaya y me deje concentrarme en mi trabajo. Andan criminales sueltos por ahí" El miró a Jack. "Que tenga unos buenos días".

Jake se marchó de la comisaria de policía decepcionado, pero se consoló a si mismo pensando que el santo padre venía al día siguiente y que el estaría presente para verlo. El miró a sus pies. Se le había desatado el cordón de la zapatilla de deporte. El se agachó para atarlas con un fuerte arco. La significación de este gesto no se le pasó por la cabeza.

❦ 26 ❦

EBBERSTON, NORTE DE YORKSHIRE

Mientras Jake estaba ocupado con su desagradable conversación con el detective Shaw, el coadjutor Hibbit le visitó en sus pertenencias.

"Así que ya ve, señora Lucas, no solo es el sospechoso de asesinar a su novia, si no de que esta planeando traer a un sacerdote religioso a la gruta. Tengo que ponerle fin a esto. No podemos tener aquí a papistas metiendo las narices en los asuntos de nuestra comunidad.

"Pero señor Hibbit, Jack parece tan buena persona"

"Querida señora, es su carácter bondadoso el que ve el bien en las personas. No ha habido más que problemas desde que Conley llegó aquí.

"Pero el me dijo que quiere ponerle fin".

El coadjutor se dio cuenta de que no iba a ganar nada perdiendo la paciencia con la viuda. Ella era un miembro del consejo de la comunidad, y el apeló a ella de esa manera.

"Señora Lucas, querida, esta es nuestra comunidad, y debemos trabajar juntos para arreglar nuestros problemas. Si no la dejan en paz la cueva de Alfredo no representa ningún problema. Solo de manera puntual ocurre algún inconveniente allí. Pero solo desde que Conley llegó la situación se ha escapado de las manos.

Por favor confié en mi, tengo un plan para restaurar la paz y la tranquilidad en nuestro pueblo.

"Oh, no se si puedo mentir a la policía, señor Hibbit."

"Pero debe, señora Lucas, ¿no lo ve? Conley esta manipulando a la policía. Debemos hacer lo que sea para frustrar sus planes, aunque sea yendo en contra de nuestros propios principios. El tomó su mano y la miró a los ojos benignamente. "Me temo que yo debo de hacer lo mismo. Es lo mejor, créame"

"Oh, bueno en ese caso..."

"Bueno. Ahora la segunda cosa que tengo que hacer es coger una de las botas de Conley. Si el nota que le falta una, finja un poquito, se que puede hacerlo, puedes ser una maravillosa Emilia en Otelo. Suplica, sorpresa e ignorancia. La volveré a dejar en si sitio cuando sea el momento."

"Oh, ¿de verdad que le gustó mi actuación señor

Hibbit? Yo también pienso que usted también lo hizo muy bien de Yago, por cierto".

"Aunque yo me quedara sin ningún personaje, señora Lucas. Ahora, ese Conley sería el prefecto Yago."

"Considérelo hecho entonces, señor Hibbit. ¡Oh, madre mía, que nervios!"

"No tema querida. Sabe que es por el bien de la comunidad y además yo la ayudaré."

El abandonó la casa algunos minutos mas tarde llevando una bolsa de plástico con la bota derecha de Conley. El la dejó en su casa antes de pasarse a ver a la señora Holmes, otro miembro del consejo de la comunidad, con el mismo razonamiento que había usado con la señora Lucas para que dieran un falso testimonio a la policía. Ella estuvo de acuerdo, como la viuda, solo después de una escrupulosa búsqueda del alma, pero Hibbit se salió con la suya y continuó con su plan de conspiración.

Jake volvió a su alojamiento esa tarde, distraído, con sus pensamientos. El no se dio cuenta de que le faltaba una bota y simplemente dejó sus zapatillas de deporte al lado de sus otros zapatos. En su habitación, el se sentó en la cama y telefoneó a Heather.

Ella estaba muy excitada.

"Jake, tenemos los resultados de la prueba del carbono catorce del contenido de la tumba. Los huesos, al igual que otros materiales datan del año 700 mas/menos 40 años. Eso aún confirmaría mas si hace falta que los restos son del rey Alfredo. Las monedas, como suponía, son de la época de su reinado. Son sceattas y llevan el nombre *Alfridus* en el reverso. ¿Sabes Jack? Ella apenas podía contener su entusiasmo. "Son las monedas reales más antiguas encontradas hasta la fecha y se han encontrado muy pocas. Están en un estado excelente, jovencito como diría James"

"¿Cómo esta el?"

"Esta como loco de contento, como puedes imaginar- el también diría eso Jake, ¿Cuándo vas a venir a Driffield? Te echo de menos".

"Yo también te echo de menos. Ni idea. Tengo unos asuntos pendientes aquí en Ebberston."

La otra noche fue maravilloso. Gracias. Recuerda, nosotros también tenemos asuntos pendientes, Jake".

Su corazón latía más deprisa, ¿no se estaba pasando tratando siempre de leer entre líneas sus palabras?

"Tan pronto como pueda, lo prometo"

El pregunto cuestiones generales sobre la reanudación de las excavaciones y también le contaron que una columna aislada de una base romana también había salido a la luz, pero mientras ella esperaba encontrar más artefactos romanos, no emergió nada más que fuera anglosajón, lo cual les pareció extraño a los dos.

No fue hasta la mañana siguiente cuando el necesitó sus botas para subir a la gruta que Jack se dio cuenta de que le faltaba una. El interrogó a la señora Lucas, quien negó conocer donde se encontraba el objeto. Jake la miró con incredulidad. Una bota no puede desaparecer.

"¿Y algún visitante, señora Lucas? ¿Llamó alguien mientras estuve en Pickering?

Siendo una actriz consumada, su casera dijo, "no, ni siquiera el cartero vino ayer, Jake. Oh, querido, no se que ha podido pasar. Imagino que aparecerá."

"¿Con sus propias pequeñas piernas, quiere decir?"

El la observó con intensidad, pero ella no mostró ninguna emoción más que perplejidad

. Eso engañó a Jack. El misterio de la bota desaparecida seguía sin resolver. No había nada que hacer; el tendría que ponerse las zapatillas para ir a la gruta. Tendría que tener cuidado de no torcerse el tobillo. No le quedaba más remedio.

"Voy a subir a la cueva de Alfredo, señora Lucas"

"¿Qué emoción era la que mostraba esa expresión?

"¿Es una buena idea señor Conley? Ese calzado no es el adecuado, y ese lugar tiene mala reputación."

"No se preocupe, pronto lo resolveré todo", dijo Jack con confianza, "llevare cuidado"

"Si eso es. Tenga cuidado".

Había llovido durante toda la noche, así que el

sendero hacia la gruta, aunque mayormente de piedra, también tenía lugares donde prevalecía el barro. Jake hizo todo lo que pudo por no pisar esta parte, así que el miraba el suelo ante el con máxima atención. Así fue como vio un billete arrugado de 10 libras, y de los nuevos de plástico, tirado en el barro. Nunca nadie desperdicia una oportunidad así, el paró para cogerlo. Cuando sus dedos se cerraron en torno al billete para cogerlo, el mundo pareció explotar en su cabeza en una llamarada amarilla. El solo tuvo tiempo de ver que alguien le había golpeado. La llama se fue apagando hasta alcanzar un color purpura. Jack se quedo inmóvil con la cara apretada contra el suelo.

Cuando el abrió los ojos, el vio la luz del día a través de u muro, y el suelo era de tierra, polvoriento con macetas diseminadas a lo largo y ancho de este. Estaba claramente en la choza de un huerto o algo así. Durante un momento el permaneció inmóvil, intentando recordar lo que había sucedido. El billete formaba obviamente parte de una trampa para facilitar el dejarle sin sentido. ¿Pero, por que? ¿Y por que no le habían atado y amordazado? Estaba claro que su permanencia allí no era importante para su asaltante. Quienquiera que fuera simplemente quería que le dejara vía libre por algún motivo. Con esfuerzo, el intentó levantarse, solo para enterrar su cara en sus manos para parar las pulsaciones de su cabeza. Cuando recobró la conciencia por completo,

El miró a su alrededor, cogió una azada y la usó como un bastón para ponerse de pie inclinándose hasta que lo logró. Le dolía la cabeza, y se tocó el cuero cabelludo en la parte superior del cráneo. Sus dedos estaban húmedos y pegajosos. El necesitaba darse un baño lo más rápidamente posible. La puerta esta cerrada desde fuera cuando el intentó abrirla, pero Jake sabía que no resistiría un golpe fuerte. La pena era que no tenía sus pesadas botas y no le apetecía darle una patada con sus zapatillas de deporte.

Una vez mas, sus ojos se posaron en la azada. El la metió entre el marco y la fina puerta de madera. Haciendo tanto peso como podía contra le mango de madera de la herramienta, a pesar que eso hacía que le doliera más la cabeza, el dejo todo su peso caer sobre el mango esperando que este no se rompiera. Pero en vez de romperse la puerta se abrió con un crack pareciendo tan poco estable en su bisagras como Jake en sus piernas. El vio que la palanca había hecho efecto y que al romperse el marco había saltado la cerradura.

Una mirada le mostró que la cabaña se encontraba cerca de un muro de piedra seca más allá del sendero que llevaba a la gruta. Con calculada lentitud, Jack subió al muro. Cada extenuado movimiento que realizaba iba acompañado de unos flashes brillantes tras sus ojos. El decidió por lo tanto no sobre esforzarse y dirigirse colina abajo a paso de tortuga. Contra mas pronto llegara a "The Elms" y pudiera lavarse la cabeza, mejor.

Dejándose caer en la cama de sus dependencias, el no se dio cuenta de que su bota desaparecida había vuelto. El descuido era comprensible dada la explosión que sentía en su cabeza cuando el se agachaba a desatarse los zapatos. Aún no lo notó cuando el los colocó al lado de las botas y se puso las zapatillas de estar por casa. Su máxima prioridad era el agua limpia para lavarse las heridas, después le pediría aspirinas a la señora Lucas.

Ella estaba preocupada, encima de el y le insistió en desinfectar la herida con antiséptico, el cual le picaba y le hacía respirar entre dientes. Ella le insistió para saber que había pasado y cuando el se o contó, ella se ofreció a llamar a la policía. Después le preocupó si el debía de haber aceptado, pero lo rechazó. Sin embargo, la policía llegó por iniciativa propia para arrestarle.

También se llevaron las botas de Jack, ya estaban las dos, observó Jack con sorpresa. Una vez más le llevaron a la comisaria de Pickering y empezaron a interrogarle cuando llegó Kate Mack. Ella quería saber de que acusaban esta vez a su cliente.

"Asalto a dos policías y a un sacerdote católico, ocasionando graves lesiones".

"¡Es mentira!", espetó Jack, es a mi a quien han atacado. Miren ustedes mismos." El inclinó la cabeza hacia delante y señaló la zona donde tenía la herida bajo su espeso cabello.

"¿Entonces por que no informó de que le habían atacado? El tono del inspector era de escepticismo.

"Porque he vuelto como he podido hasta el hostal donde me hospedo, y la señora Lucas me lo lavó y me aplicó unos medicamentos. No hubo tiempo antes de que ustedes llegaran, pregúntenle a mi casera.

"No hay duda de que lo haremos".

Shaw sacó su teléfono e hizo una llamada.

"Una inspección rápida de una herida superficial en la cabeza para usted, doctor. Si, ¡ahora! Es urgente. Si, en la sala de interrogatorios.

Momentos mas tarde, un doctor vestido con una bata blanca de laboratorio se puso unos guantes de látex e inspeccionó la herida de Jack. El gruño y dijo, "Esta herida debe de haberle dado un buen dolor de cabeza, joven."

"Así es. Estaba preocupado por si me había roto el cráneo".

El doctor prosiguió con su inspección y Jack se quejó de dolor.

"No tiene nada roto, pero tiene algunas contusiones serias alrededor del corte, que presumo se han limpiado bien".

"Mi casera ha usado antiséptico".

El inspector interrumpió. ¿Qué ha causado la herida doctor? ¿puede haber sido auto infringida?

"¿En ese exacto lugar? Diría que auto infringida es imposible".

Shaw parecía decepcionado. ¿Un golpe como este sería suficiente para hacer a alguien perder la conciencia?

"Absolutamente. Fue ejecutado con gran fuerza usando un objeto contundente como un bate de béisbol o algo similar. El atacante era diestro, y diría que por la fuerza con la que el golpe fue ejecutado que era alto y varón."

"Comprendo" El detective no parecía sentir ninguna otra cosa excepto decepción. "Gracias, doctor. Eso es todo por ahora".

Jack miró a la cara de satisfacción de el inspector y dijo, ¿le importaría decirme si esto es por el exorcismo de la cueva de Alfredo? ¿Ya se ha practicado? ¿Ha salido bien?".

"Dígamelo usted, Conley. Al fin y al cabo, usted estuvo allí, yo no estuve. Y por cierto, no me tome el pelo. Ese golpe en la cabeza ha sido después de sus crímenes. Todo lo que ese golpe significa es que usted tenía un cómplice que tenía ordenes suyas de golpearle. Pero por muy escurridizo que usted sea, ha cometido un par de errores. Los criminales siempre los cometen."

"No se de lo que estad usted hablando. ¿Me puede iluminar?"

Por supuesto. Déjeme que recree la escena para usted. El santo padre, con sus aparatos religiosos entra en la cueva. Usted se esconde entre los arboles, dándose cuenta de que no es le momento de golpearle porque esta protegido por tres policías dos hombres y una mujer."

"Un momento", Jack interrumpió. ¿Y por que iba yo a golpear a el sacerdote?, si recuerda, oficial, yo era el que quería que viniera a realizar el ritual."

"Tendrá una oportunidad de contarlo en el juicio, Conley. La mayoría de las cosas que usted hace desconcertaría al criminólogo más avispado. Ya es bastante que tengamos una prueba contra usted esta vez."

"Vaya, ¡increíble!, ya que nunca he estado allí"

"Oh, pero si estuvo, y esta vez, tenemos pruebas irrefutables".

Por supuesto, la bota perdida.

"Déjeme proceder con la reconstrucción. Desde la cueva se escucha un sonido infernal de arañazos y gritos. La policía Reardon pierde los nervios y se marcha corriendo por el sendero, dos testigos la vieron pasar corriendo por al lado de ellos. Escondido entre los arboles, usted aprovecha la oportunidad, y golpea a la policía que esta más cerca suya con todas sus fuerzas, derribándola. El otro policía, horrorizado y distraído por los infernales ruidos de la cueva y preocupado por el jesuita, sale corriendo, seguido en silencio por usted y usted repite el ataque. Deduzco, Conley que el desafortunado sacerdote escoge el momento equivocado para salir de la oscura gruta. Usted, no queriendo ser identificado, pero también no queriendo hacer daño a un hombre que usted había pedido que viniera aquí, le propinó un golpe similar, aunque algo menos violento."

"No puedo haber hecho nada de eso porque yacía inconsciente en una choza destartalada bastante antes de llegar a la cueva."

"No pruebe mi paciencia, Conley. Esta vez le tenemos. Hay dos testigos que dicen que le vieron salir corriendo de la escena del crimen, con la camisa ensangrentada- veo que lo esta- y está el pequeño problema de marca de la suela de sus botas en el barro que le sitúan en el lugar donde cayó el oficial. Nuestro laboratorio ya ha confirmado que coincide y ahora tiene que analizar las muestras de tierra."

"¿No ve que me han golpeado? Me han incriminado. Le advertí hace dos días de que esto pasaría."

La súplica de un hombre desesperado cuando sabe que lo han descubierto. Excepto que su propia cabeza de turco tiene una coartada solida para la noche del crimen".

"Claro que la tiene. El se ha pasado días planeándolo. Me culpo a mi mismo por contarle que iba a venir el exorcista.

"Bueno, señorita Mack, tome nota. Ahora voy a acusar formalmente a su cliente por los crímenes de hoy, y no descarto añadir más cargos en el futuro."

El inspector procedió a rellenar los formularios y cuando el hubo acabado, magnánimamente le ofreció a su abogada pasar un tiempo con su cliente. El estaba seguro que con las pruebas que había reunido el había atrapado finalmente a Conley.

Kate Mack aceptó y una vez sola, le pidió a Jack que relatara los hechos. El empezó con su conversación el día anterior con Hibbit y las amenazas del coadjutor, hablaron de la bota desaparecida y añadieron el relevante hecho de que solo una bota estaba manchada. El entonces le contó lo del billete y el golpe que le dieron en la cabeza y lo que hizo después de recobrar el conocimiento.

"Esto pinta mal, Jack, tengo que decírtelo, pero no es imposible. Me voy a hacer un poco de trabajo policial por mi cuenta.

❧ 27 ❧

PICKERING Y EBBERSTON, NORTE DE YORKSHIRE

Kate le quitó a Jack la camisa, admirando sus fuertes pectorales, lo que obligaba a Jack a ponerse su chaqueta vaquera. El era guapo, pensó ella, y sentía un poco de celos de Heather. Entonces ella se reprendió a si misma recordándose su profesionalidad. Es puramente para su investigación, se dijo a si misma, ella sacó una foto retrato de su cliente antes de apresurarse a ir a el laboratorio de la policía con asuntos más serios en la cabeza.

Ella se encontró con el doctor de la policía, un viejo conocido ya que era amigo de su padre que saludo con un afectuoso saludo y una sonrisa.

"Buenos días, Bryan, es sobre los ataques en la gruta. Me gustaría que analizaras la sangre de esta camisa. Mi cliente, Jake Conley, mantiene que es suya. El inspector tiene que demostrar lo contrario; creo en la palabra de mi cliente. ¿Puedes hacerlo?

"Claro, eso esta hecho. Pero necesito una muestra de sangre de Conley para comparar los resultados."

"No debería de haber ningún problema con eso-oh, por cierto, hay otra cosa-"

"Contigo siempre hay otra cosa, Kate" dijo el doctor Blanch con una carcajada.

"Hay algo muy extraño sobre las botas con las que estas trabajando"

"Si, lo he notado"

"¿Estas pensando lo que yo estoy pensando?"

"Te refieres a una bota limpia y la otra sucia, supongo".

"Bueno, creo que es de vital importancia para mi cliente si puedo demostrar que despareció una de sus botas."

El doctor silbó entre sus dientes.

"Y tu piensas que alguien está tratando de inculparle. No excluyas la posibilidad de que el limpiara una de las botas, claro, si es un tipo astuto.

"Es verdad, pero te aseguro que mi cliente es un ciudadano modelo".

"¿No son todos tus clientes santos Kate?"

"¿Qué?"

"No te preocupes, me aseguraré de poner esta anomalía en el informe para que tengas esa baza"

"Gracias Bryan. Recuerdos a Agnes, ¿esta ella bien?

"Echando fuego por la boca estará como de costumbre"

Su trabajo en el laboratorio había concluido, Kate condujo hasta Ebberston para intentar resolver el misterio de la bota desaparecida. La señora Lucas le mostró la sala de estar de invitados. Kate dudó en el salón y miró intencionadamente a la fila de zapatos. "¿No debería de quitarme los zapatos señora Lucas?"

"Oh, si es verdad, querida, entra. Con mis clientes es diferente. Les insisto. Ya sabe, muchos van por ahí de parrada y traen las botas llenas de barro y polvo."

"Claro, por supuesto", dijo Kate con dulzura. Lo que me lleva la propósito de mi visita. "Ella le contó por encima el caso de la policía contra Jack y como todo dependía de la bota desaparecida.

"¿Qué pasó realmente con esa bota? No podido desaparecer durante un día, ¿no? ¿Esta usted ocultando algo, quizás protegiendo a alguien, señora Lucas? Sabe usted que Jack podría ir a prisión durante muchos años por algo que no ha hecho, ¿verdad?".

La abogado estudió la cara de la viuda, sobretodo los ojos y lo que vio confirmó su corazonada, la mujer estaba siendo evasiva.

"Oh, el señor Conley es un hombre encantador no me gustaría que le pasara eso"

"Entonces dígame lo que pasó realmente con la bota, señora Lucas."

"No tengo ni idea. De-desapareció y reapareció al día siguiente"

Sus ojos parecían sospechosos, y Kate no la creyó. Sin embargo, ella dijo, "Por supuesto, le creo señora Lucas, una mujer intachable como usted". Utilizó un tono amable, sin una gota de sarcasmo, sacó una sonrisa a la mujer. Kate le dio su tarjeta. "Si se acuerda de algo que podría ayudar a mi cliente, señora Lucas, por favor llámame, que casa tan bonita tiene aquí, por cierto. Será mejor que me vaya, tengo mucho que hacer."

Mientras ella caminaba por el jardín Kate se mordió los labios. No había acabado con esa vieja zorra, de ninguna manera. Le había mentido, la abogada no tenía ninguna duda. Sentada en su coche, ella cambió al plan B. Llamó a Heather y un rápida explicación de su plan convenció a la arqueóloga.

"¿Te ha quedado claro Heather? Usa la excusa de recoger las cosas de Jack, paga la factura, que yo te reembolsare por supuesto. Y recuerda, exagera.

Dos horas más tarde, la señora Lucas contestó al timbre de la puerta y se quedo observando a la hermosa cara de la arqueóloga.

"Buenos días señora, soy la novia de Jack Conley, he venido a recoger sus pertenencias y a pagar la factura".

"Oh, encantada de conocerte, querida. Desde luego, hacen una hermosa pareja".

Si la señora Lucas era una buena actriz, Heather aún era mejor. De alguna manera, ella llenó sus ojos de lagrimas."

"T-Todo esto", ella se tartamudeo y se sonó la nariz, dejando que una lagrima le cayera por la mejilla." Va a arruinar nuestros planes de boda", ella dijo las dos ultimas palabras llorando.

"Oh, querida, ven, siéntate aquí. Haré una taza de te. "Eso era lo que Heather estaba esperando, la oportunidad de una larga conversación. Cuando la casera volvió con el carrito cargado, Heather gimoteó en voz baja. "Vamos a casarnos en la catedral de Beverly el veinticinco de julio. Cae en jueves, siempre ha sido mu día de la suerte. Cuando tenia un examen que caía en jueves, siempre lo pasaba con muy buena nota. Pero ahora todo se ha estropeado." Ella se secó un ojo con un pañuelo. "Algo va muy mal, señora Lucas, ¡Jack es una persona encantadora! ¡El nunca haría esas cosas horribles de las que le han acusado!

Ella observó la reacción de la mujer. ¿Era de culpabilidad? Definitivamente era un expresión sospechosa, y ella no miraba a Heather a los ojos. Así que Heather continuó, echando el resto.

"¿Sabía que mi Jack es un héroe? Ella dio rienda suelta a su imaginación. "En York hace un par de meses, el se encontró con un atraco. Dos jóvenes se hicieron la bolsa de una turista china que contenía todo el dinero de sus vacaciones y su IPhone – solo eso ya valía cientos de libras. ¿Así que, que hizo Jack? Sin pensarlo si quiera, hizo una entrada de rugby y cogió al que tenía la bolsa. Por supuesto, el tuvo que luchar con los dos para asegurar la bolsa, y salió con un ojo morado y un labio partido de esa pelea, pero les hizo huir y le dio la bolsa a la muchacha. No esta mal para ser pacifista, ¿no lo piensa usted así?

"No se que es lo que le esta pasando a este mundo. Antes no era así cuando yo era una niña. Deben de ser todas esas drogas terribles, pero gracias a Dios hay gente como Jack para defender a los inocentes."

"Solo espero que se descubra la verdad y que nos podamos casar"- Aquí Heather deliberadamente se trago la palabra y empezó a llorar para tristeza de su anfitriona, quien estaba intentando consolarla, incluso cruzando la habitación para darle un fuerte abrazo. En realidad, la persona que necesitaba consuelo era la señora Lucas, quien se sentía muy disgustada consigo misma, y su honestidad reducida a la pieza mas pequeña de una caja de muñecas rusa.

Gracias a la convincente actuación de Heather, la viuda estaba flaqueando y se sentía avergonzada cuando ella despidió a su visitante, esta ultima cargada con una mochila con las cosas de Jack y una maleta con sus posesiones. Era entonces el momento ideal de que Kate se volviera a unir a la lucha. Ella había estado sentada esperando en su coche, aparcado un poco más abajo en la carretera.

Ella llamó al timbre y se dio cuenta de que la viuda había estado llorando, ya que tenía los ojos manchados de rímel.

"¿Pasa algo, señora Lucas?"

Si decir palabra, la mujer sacudió la cabeza y sujetó la puerta para que entrara Kate.

"¿Es por lo de la bota, ¿verdad? Soltó Kate de sopetón.

De nuevo, no obtuvo respuesta excepto un asentir de la cabeza.

"Por eso he vuelto. Note que había algún problema, y como abogada, no podía permitir que se metiera en un lio."

"¿Lio?"

"Por supuesto, señora Lucas. Tal y como están las cosas en este momento, será llamada a testificar ante el alto tribunal- y usted es una persona religiosa, lo se − tendrá que jurar sobre la santa biblia. Si continua con esa mentira, cometerá perjurio, ya sabe. Es un delito que conlleva pena de cárcel."

"¡Oh, Dios mío!" Se le llenaron los ojos de lagrimas y ella empezó a murmurar algo incoherente.

Venga. Siéntese y cuéntemelo todo. Podemos arreglar todo esto juntas. Siempre hay una solución".

La casera volvió a contar su historia empezando por la visita del coadjutor y subrayando sus buenas intenciones por lo que respectaba a la comunidad, pero desmarcándose del conocimiento o consentimiento de cualquier tipo de violencia que se hubiera empleado.

"Debe de contárselo al inspector Shaw, señora Lucas. No se preocupe, si confiesa no habrá ninguna consecuencia para usted."

"Pero y el señor Hibbit, voy a meterle en problemas ¿verdad?

"Eso espero, señora Lucas. El ha herido a cuatro personas y a intentado mandar a un buen hombre a prisión. No podemos dejar que se salga con la suya, ¿verdad?"

"No. ¿Puede llamar a la policía señorita?

"Por supuesto".

Kate había querido pasarle el teléfono a la casera, pero el incrédulo oficial de policía le dijo que esperara porque quería ver la situación por si mismo.

"Es mi labor asegúrame de que no se ha coaccionado a ese testigo."

"Por mi le aseguro que no"

"Estaremos allí en media hora, señorita Mack".

El inspector Shaw salió conduciendo de The Elms con la declaración de la mujer repitiéndose en su cabeza y transcribió cada palabra a su block de notas. A el le hervía la sangre después de leer el informe forense sobre la bota de Conley y la camisa ensangrentada y el conjunto de esas tres cosas parecía corroborar la declaración del sospechoso y apuntaba a su inocencia. También, ahora el tenía que conducir hasta la casa del coadjutor y entrevistar al hombre que había reemplazado a Conley como principal sospechoso. ¿Sería posible que su instinto se hubiera equivocado con Conley? El todavía creía que el había matado a su novia y le costaría mucho quitarse sus sospechas.

Lo siguiente en la agenda de Kate era una visita a el hospital para asegurar la puesta en libertad de Jake. Las tres victimas estaban sentadas en una cama, y fue reconfortante saber que ninguna de ellas había sufrido serias consecuencias por los tremendos golpes que habían recibido. Un doctor le dijo que era un procedimiento rutinario el mantenerlos en observación ya que los golpes en la cabeza suelen retrasar sus posibles consecuencias.

Ella visitó primero al exorcista, llena de curiosidad al no haberse encontrado con ninguno nunca. El viejo jesuita, de pelo blanco y con gafas, parecía complacido de tener compañía. El tomó su mano y le encomendó a que confiara en el señor porque el podía sentir la bondad en ella.

¿Y que me dice de este hombre, Padre? Ella le mostró una foto de Jack.

"¿Es su novio, señorita?" El sonriente sacerdote miró a Kate inquisitivamente.

"No, Padre, el es mi cliente. La policía dice que el hombre que le golpeó"

"No debería e haber pensado eso", dijo el clérigo. "No hay maldad en esa cara."

"Ya he reunido algunas pruebas, de hecho, no ha sido Jake".

"¿Jake Conley?"

"Si, ¿lo conoce?"

"No, pero el padre Anthony de York me ha hablado de el. El es la razón por la que estoy aquí. Tenía que expulsar a algunos demonios de la cueva. Ha sido una experiencia agotadora, créame. El viejo sacerdote hizo la señal de la cruz y se toco los labios con la misma mano. El se quedó pensando durante unos instantes.

"tu eres su abogado entonces. Ojalá hubiera visto quien me golpeó, pero con toda honestidad, podría haber sido cualquiera. Yo estaba saliendo de la cueva y la luz me cegaba. Me temo que no puedo ayudarla señorita."

Ella le dejó y le mostró la foto al policía, pero ninguno de los dos declaró haber visto a Jack en la cueva de Alfredo. Esta simple exclusión ayudaba a su caso, pero se culpaba a si misma por no haberle preguntado al inspector Shaw por la coartada del señor Hibbit. Era algo que ella necesitaba descubrir.

28

EBBERSTON, NORTE DE YORKSHIRE

Kate Mack herida por el pequeño desprecio que le hizo el inspector Shaw y al ser ella una mujer de carácter, decidió ignorar las advertencias y amenazas veladas para seguir su propia investigación. La interpretación que ella hacía de la actitud del inspector era que el se estaba escudando en las formalidades para retrasar su implicación en el caso. Con esas palabras, el oficioso detective la había tratado como a una estudiante.

"No estoy obligado a revelar información, señorita Mack. Hay muchos tipos de informes policiales que tengo el derecho de no revelar. Hay dos razones por las que estos informes no se hacen públicos. Una, divulgar la información que usted busca podría perjudicar a la investigación en curso. Segundo, podría poner en peligro la privacidad y seguridad del testigo, por no mencionar la suya propia." Y aquí el adoptó un tono despectivo. "Divulgaremos cierta información relacionada con el informe, a un reportero que este haciendo la historia. Sin embargo, usted es abogado... en cualquier caso. Emitiremos una copia completa. Que tenga unos buenos días, señorita Mack."

La falta de cooperación no le dejó alternativa, tendría que conducir hasta Ebberston y averiguarlo por si misma. Buscando solidaridad, ella llamó a Heather y le explicó su situación.

"Iré a echarte una mano en cuanto termine con el Profesor Whitehead".

"Ninguna excusa educada y contraargumento disuadiría a la arqueóloga. Reconociendo en Heather aun espíritu tan determinado como el suyo, Kate desistió y admitió que estaría encantada de que le ayudara. Lo más lógico era conducir hasta Driffield, recoger a Heather y hacer juntas el viaje hasta Ebberston. Ellas podrían trazar un plan en el coche. El Mazda MX-5 de color azul oscuro era el ojito derecho de Kate, sobretodo porque no había muchos por la zona. Era lo bastante sobrio para un abogado e ideal para una mujer trabajadora. En un día soleado como este, a ella le encantaba conducir con el techo descubierto, sintiendo las caricias del viento en su cara. Gracias a Dios que ella había optado por un corte de pelo extra corto hacía unos meses, que resaltaba sus delicados rasgos y sus grandes ojos grises.

Ella había tomado esa decisión antes de comprarse un descapotable. Ella sonrió al pensar del desastre de pelo que llevaría ahora si no se lo hubiera cortado. Ella pensó que sería mejor advertir a Heather para que se hiciera una coleta.

Heather se hundió sobre la piel de cuero con un suspiro de resignación al pensar en la que carrera que ella había elegido estudiar. ¿Podría ella permitirse alguna vez un coche deportivo? Ella sonrió con sus pensamientos y admitió con arrepentimiento que su pasión por la historia nunca cambiaría. Ahora que Heather había conocido a Jack quien tenía intereses similares a los suyos, ella había encontrado un nuevo amor. Que giro del destino les había unido para luego sepárales y colocarla a ella en el coche con su abogada.

"¿Por donde empezamos Kate?"

"Bueno, ¿Qué tenemos? Alguien esta intentando culpar a Jack, y esa persona también le golpeó y le encerró en una choza. O quizás esa persona tenga un cómplice. Creo que estamos buscando a varias personas. Nadie podía haber conseguido hacer esto sin ayuda."

"Jack me dijo que le había amenazado el coadjutor".

"Lo se. Sospecho que el esta detrás de todo este asunto". Kate miró su espejo retrovisor y pisó los frenos. "Malditas bandas de frenado, gruñó ella, "le quitan toda la gracia al conducir".

Heather miró a las bandas de frenado amarillas y negras y sonrió "a mi me gustan porque imparten disciplina a los cabezas locas con un volante entre sus manos."

Kate cogió la indirecta.

"Eso es justamente lo que dicen los que no conducen".

"Volviendo al tema en cuestión, ¿empezamos por el coadjutor?

Kate frunció el ceño, e irritada por una luz roja que indicaba que la carretera estaba en obras, paró a un lado, resopló de frustración y dijo, "prefiero conducir por carreteras secundarias, en las principales siempre hay atasco." Como si su misión fuera de importancia secundaria respecto al conducir, dijo ella con un aire de distracción," no, no creo. Eso le daría mas tiempo para ocultar las pruebas. No, creo que tenemos que averiguar quienes son sus cómplices. Podemos comenzar con esta pequeña conexión," Dijo ella con aire de misterio.

"¿Quieres decir la señora Lucas?"

"A menos que tengas una sugerencia mejor Heather".

Heather frunció el ceño concentrándose, tirada hacia atrás por la fuerza de la gravedad hacia su asiento cuando Kate pisó a fondo el acelerador al ponerse el semáforo en verde.

"¿Crees que la señora Lucas le habrá contado todo al inspector? "Se que le habrá ocultado cosas.

Obviamente el no está haciendo progresos con el caso, de lo contrario ya hubiera liberado a Jack, ¿no? Tendremos que meterle miedo para que diga la verdad. Esto es lo que vamos a hacer..."

Kate se dio cuenta que no tendría que ir tirando del brazo de la arqueóloga, quien podría resultar una aliada de incalculable valor. Ella le explicó cual era su plan cuando se estaban aproximando a la salida hacia Ebberston y antes de aparcar delante de "The Elms" ya había acabado.

La agradable bienvenida con la que la casera les obsequió no pudo esconder la ansiedad y astucia en sus ojos. Las dos investigadoras no tenían prisa porque ella se pusiera a la defensiva, así que se ciñeron al plan.

"¿Cómo esta usted, señora Lucas? Sonrió Kate con dulzura. "Estábamos por la zona y pensamos en pasarnos a ver si esta bien de animo,"

"¿Por qué no debería de estarlo, joven?"

"Con dos oficiales de policía y un sacerdote en el hospital, este es un asunto muy serio, y hay gente que tiene mucho que ganar si consigue entorpecer la investigación. Seré honesta con usted, señora Lucas, creo que usted podría estar en peligro, y nuestra preocupación es debido a su seguridad."

Heather le dirigió a la asustada mujer su mejor sonrisa.

"Oh, señora Lucas, no querríamos que le pasara nada. Mi novio esta aún encerrado", ella fingió una expresión de angustia. "Lo que quiere decir que los culpables andan sueltos por ahí y querrán salirse con la suya a toda costa. Queríamos asegurarnos de que nadie le hubiera amenazado; si es ese el caso, Kate puede ayudarle."

La furtiva mirada en los ojos de la casera, aunque muy breve, cuando Heather mencionó las amenazas tampoco escapó a ninguna de las dos mujeres.

Kate presionó tratando de aprovechar su ventaja.

"No se deje llevar por las apariencias querida señora, el hombre que la ha amenazado es peligroso y no se detendrá ante nada para mantenerla callada."

"N-No se de lo que estáis hablando"

"No se enfade, señora Lucas. Puede confiar en nosotras." Dijo Heather. "Queremos mantenerla a salvo. Díganos lo que no le contó al inspector, y Kate sabrá que es lo mejor para sus intereses que se puede hacer.

En la cara de mujer se podía ver su batalla interna contra la incertidumbre.

"Cuando el caso llegue a los tribunales, que es donde al final acabará", Kate usó su argumento mas convincente, "Contra mas haya colaborado usted, mas fácil será que quede libre de cargos.

"¡Oh Dios mío!" ¿En que se esta convirtiendo el mundo? Ebberston solía ser un lugar tan pacifico y todos somos amigos, ¡que estado de nervios!"

"¡Vale!, Obviamente no nos va a hacer ningún

caso", dijo Kate, "Así que le deseamos unos buenos días".

Esto dejó a Heather boquiabierta, tal y como pretendía Kate, la arqueóloga dudaba en consolar a la nerviosa mujer, cuyas excusas no convincentes ella ignoró. Esto le dio a Kate, quien había visto la carta de la parroquia debajo del teléfono en el recibidor, unos preciosos segundos para cogerla y metérsela en el bolso.

"Ha sido una completa perdida de tiempo", se quejó Heather.

"No tanto". Kate sacó rápidamente la carta del bolso con una sonrisa triunfante. "Esto es de un valor incalculable. Tendremos todos los nombres de la gente que tenga algo que ver con la parroquia."

Heather sopesó la importancia de lo que acababa de decir Kate. "¿Estas pensando que todo esto podría ser una conspiración, ¿verdad?

"Tiene que serla. Hibbit no puede estar actuando solo. Veamos que es lo que tiene que ofrecer la carta". Ella pasó las paginas antes de meter la mano en el bolso que tenía colgado al hombro y repitiendo el gesto de antes, sacó rápidamente un rotulador fluorescente y lo puso bajo de la nariz de la arqueóloga con una sonrisa de oreja a oreja. "¡El mejor amigo de un abogado!" Ahora no nos interesan las cacas de perro ni los pestillos de las ventanas ni siquiera una buena causa como la Ambulancia Aérea de Yorkshire. Hay mucha gente que esta haciendo un trabajo esplendido, pero debemos de quitar un par de manzanas de nuestra cesta"

Heather se rió y dijo. "Kate, nunca hubiera pensado que tuvieras unos dedos tan rápidos"

"Todo por una buena causa querida", ella subrayó nombres con frenética determinación. "En cualquier caso. Esta carta, por su contenido no da una idea del orgullo que el consejo de la parroquia tiene por su pueblo. Esta ahí, en todas y cada una de las líneas, y mientras ellos muestran un excelente espíritu de proteger los valores del pueblo y modo de vida, así como ayudar al necesitado, no hace falta mucha imaginación para comprender lo fácilmente pueden ser pervertidos por algún canalla para sus propios propósitos."

"¿Qué vas a hacer con todos esos nombres, Kate?"

"Vamos a estudiar manzanas, amiga mía. Contra antes empecemos, más pronto localizaremos a nuestro testigo falso."

"¿Y entonces que?

"Exprimimos la mama hasta que salga leche".

Heather suspiró y se mordió los labios. La displicencia de Kate le daba coraje, pero eso no le hacía pensar que sería una tarea fácil.

29

PICKERING, NORTE DE YORKSHIRE

Harto de la desdeñosa expresión del detective Shaw, Jack luchaba por controlarse.

Los interrogatorios diarios no podían caer más bajo en su opinión, y su ultima ofensiva sugerencia le hizo perder la compostura.

"No me importa lo que usted diga". Su voz no podía ser mas aguda. "No he matado a Liv- "El no había acabado la frase, cuando su cara de terror indujo a Shaw a seguir su mirada.

Los ojos del policía se abrieron como platos, sus cejas se arquearon, y se quedo boquiabierto. Jake había olido el mismo olor a tumba que ya había olido antes, cuando de pronto vio esa horrible cara esquelética con trozos de carne verde podrida y ojos rojos fijados en ellos desde el otro extremo de la habitación. En la mano huesuda de la criatura infernal brillaba un hacha de batalla.

Viendo la tensa cara blanca del detective, Jack no tenía ninguna duda de que el detective también compartía su visión. Shaw echó la silla hacia atrás y dio un salto para escapar de la pesadilla. El pie de Jack tropezó contra su propia silla y este tropezó, manteniendo apenas el equilibrio mientras aceleraba para seguir al policía, cuyos gritos delataban su pánico.

"¡Rápido todo el mundo! Disparadle con las pistolas de descarga, ¡cogedle!

Jake se giró al oír un gran golpe y el crujir de madera partiéndose. Asombrado, el vio la mesa donde estaban haciendo la entrevista partida en dos como una letra M cada lado de la mesa sujetando al otro.

¡Que golpe mas formidable debe de haber dado para crear tal devastación! Sin embargo, el quedó aliviado al no ver ni rastro del guerrero demoniaco.

No había tiempo para poder pensar en eso, ya que ahora cuatro policías portaban pistolas de descarga.

"El no, idiotas, el sajón; ¡coger al sajón!"

"¿Señor?"

El policía miró a su alrededor intrigado.

Shaw pasó deprisa por delante de ellos y miró la mesa rota y las sillas vueltas del revés. Aparte de la peste que había en la habitación, no había ni rastro del guerrero. Alarmado, el ya no tenía ningún deseo de estar en esa habitación después de lo que había visto.

"¡Usted, venga conmigo!" Jake le siguió obediente.

En la seguridad de la oficina, Shaw se dio la vuelta para ponerse de cara a Jake.

"Creo que me debe una explicación"

"¿Qué? ¿Piensa que he hecho un truco de magia o algo así?"

"No se como lo ha hecho Conley, pero ha sido impresionante"

"¿No comprende que yo no he hecho nada?" Esa criatura me sigue porque estuve en la cueva del rey Alfredo. El monstruo tiene un asunto pendiente; de lo contrario no tiene nada que ver conmigo. Lo que es seguro es que yo no le he convocado. Estoy tan asustado como usted, ¿no lo ve? Se lo he estado diciendo todo el tiempo. ¿Por qué no cree lo que ven sus ojos? Ya no se lo que tengo que hacer para que me crea".

"¿Me...esta diciendo que...esa cosa...es real?"

"No se que es lo que usted quiere decir por real", inspector. Estoy diciendo que existe- Y eso no se puede inventar. Llevo diciéndoselo desde el principio"

La cara del detective pasó de la incredulidad luego al horror y por último a una especie de comportamiento profesional.

"¿Ha visto la fuerza que ha usado para romper la

mesa? Era de madera solida. ¿verdad? ¿cree ahora que el monstruo mató a Livie? Oh, Dios mío, ¡Esta clarísimo!, ¡No hace falta ni pensarlo!" Jake se encogió de hombros.

"Desde ahora, todos los cargos contra usted quedan retirados, señor Conley. Parece que le debo una disculpa. Pero, "La voz del inspector tomó un tono mas confidencial y amistoso. "¿Dónde cree que... esta esa cosa...ahora? ¿y por que ha venido aquí?

"Yo diría que ha regresado a la cueva de Alfredo. Si yo fuera usted inspector, desde ahora mismo, cerraría el aérea al publico y no dejaría ni siquiera que la policía se acercara allí. Tengo una teoría sobre como poner fin a sus malignas actividades de una vez por todas."

"Oigámosla entonces. ¡Aún no se como voy a acusar a un fantasma de asesinato!"

"No puede"

Jake tomó el asiento que le ofreció el inspector y esbozó su detallado plan para librar a Ebberston del fantasma.

Cuando el había acabado, el detective le miró con lo que se podría llamar admiración- una nueva experiencia para Jake.

"¿Esta diciendo que no quiere hacerle daño, pero quiere que usted complete su plan y que ha aparecido por que estábamos hablando sobre la cueva?"

"Exacto"

"¿Y la gente de Ebberston que ha tratado de inculparle?"

"No quiero presionar especialmente para presentar cargos. Pero y sus oficiales, ¿están malheridos?

"Sobrevivirán, pero llegare la fondo de todo eso, no se preocupe. En este momento, mi mayor preocupación is como decirle a mi superintendente que he resuelto el caso del asesinato la señorita Greenwood pero que no puedo arrestar al culpable. No le va a gustar ni un pelo. Siento tener que seguir molestándole, pero necesitaré una declaración por escrito sobre lo que sucedió en la sala de interrogatorios para respaldar mi versión"

"Por supuesto, no hay problema", Jake veía al inspector bajo un prisma muy distinto.

En menos de una hora, con la tarea completada, el estaba hablando por el móvil con Heather.

Ella contestó inmediatamente. "Estoy con Kate. ¡Si, Kate, exacto tu abogada!

"¿Puedes decirle que han retirado todos los cargos? Si, lo se. Os lo explicaré más tarde. Estoy en un café al lado de la carretera, enfrente de la estación de policía."

"Después del tiempo justo de consumir una taza de te y un pastel cuando a través de la ventana, el vio como un deportivo azul paraba al lado de la carretera. El no había visto el coche de Kate antes, así que se sorprendió cuando la vio bajar del asiento del conductor. Heather salió del asiento del copiloto. Sentadas al otro lado de la mesa de Jack y te con pastel de queso, intercambiaron noticias con el feliz y relajado hombre.

"¿Qué quieres decir con qué no vas a presentar cargos y sin consultarme a mi tu abogada?" Echa un vistazo a esto. Alguien lo ha puesto debajo de mi limpiaparabrisas."

Kate cogió un trozo de papel de su bolso colgado del hombro y lo dejó encima de la mesa. En letras mayúsculas decía así: ULTIMA ADVERTENCIA. DEJA DE METER LAS NARICES EN LOS ASUNTOS DE EBBERSTON

¿Ya has olvidado a esos gamberros que te pegaron? Estamos cerca de algo. O ellos no habrían dejado algo así,

Jake miró fijamente a Kate. ¿Nosotras?"

"Si, Heather y yo estamos investigando, viendo que la policía no hacía progresos"

"Heather, ¿es eso inteligente?"

"Te golpearon y trataron de inculparte. Kate tiene razón. La arqueóloga giró la cabeza para sonreír a su nueva amiga"

"¿Os dais cuenta de que podríais poneros en peligro? Pero sin haber terminado de decir la frase, el sabía que ellas no lo iban a dejar estar. "Solo quiero llevar el tema hasta el final, y la única manera de hacerlo, es hacer lo que hubieran hecho los sajones en el siglo octavo- dejar que Alfredo descanse donde el quería ser enterrado."

"¿De verdad piensas que eso hará que el fantasma termine con sus violentas actividades?

"Os lo garantizo".

"Bueno, no se lo pronto que podrás ejecutar tu plan Jake", dijo Heather, "Hay tanto aún por descubrir de los restos del rey. Dudo que el profesor piense que tu plan sea algo urgente. Además, tendrá que conseguir permiso de la iglesia para enterrar al rey en el presbiterio de Santa María."

Jack se frotó las mejillas, se quedó observando a su novia, reflexionando. "Si el fantasma visitara a James, pronto cambiaria de idea. Tengo que comunicarme con el. Podría haber una manera." El se puso en pie sonriente. "Señoras os veré después- De esto me encargo yo." El dejó un billete en la mesa, ignoró sus protestas y preguntas, y caminó de regreso a la comisaria de policía.

Esta visita fue muy diferente a todas las anteriores. El inspector era ahora un oyente dispuesto y cooperativo. El se quedó observando la nota que había bajo el parabrisas que Jack se había quedado y se tocó la barbilla.

"Déjemelo a mi. Se lo que quiere decir y estoy completamente de acuerdo en que contra antes pongamos fin a los sucesos de la cueva de Alfredo, antes ciertas personas de Ebberston volverán a la normalidad. Le apoyo con esto. ¿Le apetece visitar Driffield?"

En la parte trasera del coche de policía, Jack

sonrió para sí mismo. Esta era la primera vez en esta situación que no tenía un nudo en el estomago. El pudo incluso relatar el hallazgo de la tumba al detective en una conversación relajada y describir al excéntrico arqueólogo quien la dirigió, el pensó que sería mejor advertir al policía sobre el profesor.

Había habido un progreso considerable de la excavación desde que Jack había abandonado el lugar en extrañas circunstancias con el mismo policía. El profesor Whitehead, llevando un traje típico de piel y su pajarita de costumbre, esta vez de color verde oscura con puntos blancos, le saludo como a un hijo que hacía tiempo no veía. Solo que estaba muy interesado en comprobar el progreso que habían hecho.

"Esto es esencialmente un yacimiento romano-celta, querido muchacho, y como puedes ver ya hemos desenterrado la forma hexagonal de la base. Estos templos británicos eran menos grandilocuentes que sus homólogos clásicos. Es su forma la que los delata. Uno de nuestras muchachas ha encontrado una exquisita estatuilla de Epona protectora de los caballos, ponis y monos; también era una diosa de la fertilidad, por cierto- la estudiante no, ija, ja! Aquí aun nos queda para mantenernos ocupados hasta el verano."

"El sarcófago de Alfredo debe de haber sido traído a este templo por aquellos que lo consideraron una iglesia cristiana.", reflexionó Jack en voz alta.

"O es más probable que el templo pagano haya sido consagrado, justo como una iglesia".

"Ya veo. Eso parece probable, profesor. ¿Por qué no habrá sobrevivido el edifico?"

"Esa sería una buena pregunta para los historiadores. Una pregunta aún mejor podría ser ¿Debido a que milagro la tumba de Alfredo permanece intacta? Me atrevería a decir que el edificio ha sido enteramente construido en piedra. ¿Podría ser que el sarcófago se haya enterrado deliberadamente para que no se estropee? Todo esto es pura especulación, por supuesto."

Seré sincero con usted, profesor, estamos aquí por la tumba de Alfredo..."

El continúo relatando todos los eventos concernientes a la cueva del rey Alfredo, su arresto, las varias desapariciones y el exorcismo.

"¡En el nombre de todos los santos!" ¿Me estas diciendo que has visto a un guerrero sajón- ¿a un fantasma? Farfulló el profesor. "Ahora escucha Jake. No creo en fantasmas- Y no espero que ningún hombre en su sano juicio lo haga tampoco."

"Por eso es por lo que estoy aquí profesor" El inspector Shaw asumió su más formidable expresión de policía. "Me ha llevado meses cambiar mi opinión sobre el asunto. Pero no he podido ignorar lo que han visto mis ojos. La cosa que vi parecía sacada de una película de miedo. Dudo que pueda dormir esta noche."

"Espere un momento inspector, ¿me están diciendo que los dos han visto a este fantasma? Hubiera esperado algo más cuerdo de alguien de su posición."

"Comprendo su reacción señor. Yo mismo hubiera reaccionado así ayer. Pero aparte de nuestra propia experiencia, también tenemos el testimonio de estos eh- seres por un sacerdote.

"¡Oh, Dios mío! ¿y dice que el fantasma es peligroso?"

"Mortal. Asesinó a mi novia, selo digo. Mi miedo es que no se vaya hasta que la tumba de Alfredo descanse en la iglesia de Santa María de Driffield, donde creo que el rey ordenó que llevaran sus restos mortales. Me temo que todo el que tenga algo que ver con esto podría correr un peligro mortal."

"Aun estamos estudiando los restos del rey y la tumba en la que lo enterraron. Eso llevará tiempo. Tendrás que hablar con el vicario de la iglesia de Santa María. Eso requerirá toda clase de permisos y debates."

"Creo que no hay tiempo que perder, profesor. Esperamos su cooperación en esto".

"Desde luego inspector. Me pondré inmediatamente en contacto con mis colegas en Bradford, aunque solo Dios sabe como voy a explicarles todo esto lío es por culpa de un fantasma."

"No hace falta, profesor. Será suficiente que les

diga vamos a ir hablar con ellos por un tema de vital importancia."

"Bueno, así mejor, la verdad. Les llamaré inmediatamente."

Después de la llamada, ellos se marcharon, pero no antes de que el profesor les dijera como llegar al laboratorio de la universidad de arqueología de Bradford. Ellos tendrían que seguir las señales del campus y tomar la calle de precioso nombre Tumbling Hill que da al alto edificio situado a la izquierda de la tienda de suvenires y del departamento arqueólogo forense.

Ellos aparcaron y entraron en el laboratorio CTEM.

"¿CTEM preguntó perplejo Shaw.

"Ciencia, Tecnología Ingeniera y Matemáticas, lo mejorcito del país", explicó Jack

"Un lugar impresionante, muy vanguardista y bien iluminado".

Un hombre vestido con una bata de laboratorio se apresuró hasta ellos. El estaba esperándoles desde que les llamó White head. Mientras Jack le dejó las formalidades al inspector, sus ojos repasaron la enorme habitación y reparó en el sarcófago encima de uno de los bancos de trabajo ocupados por individuos de bata blanca llevando todos ellos mascaras.

El siguió con lo que le estaba contando al detective", algunas técnicas de conservación como las que han usado en la espada, requieren de tiempo y unas condiciones atmosféricas optimas, pero por supuesto no había ninguna razón por la que debiera ser devuelta al sarcófago. Bien podría acabar en un museo."

No dejes al fantasma oír lo que estas diciendo, amigo mío.

Jake mantuvo sus pensamientos en privado y la expresión neutral, todo lo que implicara la liberación de la tumba a el le parecía bien. "

"Así que por lo que yo se, inspector, si aunamos nuestros esfuerzos, creo que podremos liberar el sarcófago a finales de este mes, con la condición de que algunos objetos permanezcan aquí en la laboratorio por razones de conservación.

Ellos abandonaron el laboratorio con un sentimiento de misión cumplida u decidieron que la próxima parada sería para entrevistarse con el vicario de la iglesia de Santa María en Driffield, Jake volvió a mirar a su reloj. "Me parece recordar por mi ultima visita que hay misa a las 4, así que podamos encontrarle después del servicio." Habiendo acordado esto ellos condujeron hasta Driffield, y Mark Shaw empezó una conversación sobre la vida después de la muerte. Como agnóstico que era, el había quedado gravemente perturbado por la aparición de un viejo guerrero. Jack escucho educadamente a el policía hablando sobre la muerte antes de interrumpirle.

"Si decimos firmémente convencidos de que no hay Dios, ni alma, ni justicia cósmica, entonces vale.

La idea de la vida después de la muerte parece imposible. Pero ¿y si admitimos que estábamos equivocados? Quiero decir mira nuestro fantasma. Bueno ¿y ahora que?? Jack par y reflexionó." ¿Podría decirnos algo sobre la vida después de la muerte? Personalmente, nunca he conocido a nadie que haya estado allí. Pero creer en la vida eterna no es cuestión de tener pruebas. Es una cuestión de fe- al menos mientras estemos aquí y ahora."

"Sabe", contestó el inspector, "lo que ha pasado hoy me cambiado de una manera que es difícil de explicar. Siento me vuelto menos cínico y más vulnerable. Solo espero que no me impida hacer mi trabajo con la mayor de mis habilidades".

"No se ofenda por decir esto inspector, pero, creo que usted será un mejor policía teniendo más amplios horizontes."

Quizás afortunadamente, dado el giro que estaba tomando la conversación y la cara de pocos amigos del comisario, ellos legaron a su destino y salieron del coche. El vicario estaba en la puerta de la iglesia hablando con tres mujeres de mediana edad. Ellos esperaron educadamente hasta que el grupo se hubo disuelto y entonces el inspector se presentó a si mismo. El vicario fue sorprendido por una visita de la policía de Pickering, pero cuando el detective le dio la explicación del motivo de su visita, el se tornó visiblemente interesado. Siendo un hombre inteligente, el vicario vio inmediatamente los beneficios potenciales de su iglesia si albergaba los restos del rey Alfredo. Al mismo tiempo, sentía ansiedad por la implicación de la burocracia de la iglesia y también la perspectiva de tener que lidiar con la prensa frenaron su entusiasmo. El estuvo de acuerdo en contactar con sus superiores y explicó que todas las decisiones finales serían tomadas al final por el arzobispo de York.

30

EBBERSTON Y PICKERING, NORTE
DE YORKSHIRE

Desconcertadas por el comportamiento de Jake en el café, las dos mujeres decidieron proceder con su investigación. Con esto en mente, Kate condujo hasta Ebberston y paró el coche para consultar sus notas y el sistema de navegación GPS de su móvil, en el que ella tecleó un código postal y condujo hasta la casa una tal señora Hodges, que era consejera. Ellas habían planeado cogerla con su marido, pero si intento resultó frustrado porque el todavía estaba en York.

Una mujer corpulenta de complexión rubicunda, la señora Hodges les permitió entrar en la casa con una tensión que hizo levantar sus sospechas desde el principio. Después de una breve explicación de la razón de su visita. Kate fue directamente al grano, a las acusaciones.

"Tenemos razones para creer que hay una conspiración entre los consejeros para engañar a la justicia. Mi cliente ha sido erróneamente arrestado y queremos llegar a la verdad, consejera. Si fuera usted, le lo pensaría muy bien antes de continuar con esta malentendida solidaridad. ¿Esta segura de que puede confiar en que el restos de consejeros hagan los mismo? Debo advertirle que ya están empezando a aparecer las primeras grietas en la barricada."

Con satisfacción, Kate vio que las palabras habían hecho mella en la formidable altivez de la mujer. Lo delataba el sospechoso movimiento de sus ojos y la progresiva rubicundez de sus mejillas.

"No tiene ninguna prueba de nada de lo que esta hablando. No tiene nada contra mi".

"Ahí es donde se equivoca, señora Hodges, y- "

Ella se paró en seco y se levantó de un salto del sillón al sonido de algo rompiéndose que provenía de la carretera. Se apresuró a mirar por la ventana y llegó justo a tiempo para ver una figura encapuchada blandiendo un bate de béisbol pegar otro golpe a el parabrisas de su coche.

"¡Eh!" Grito ella golpeando estérilmente la ventana Kate gruño en la cara de su anfitriona. "Haré que todo el peso de la ley recaiga sobre usted por sus crímenes"

"Atacar a oficiales de policía y un sacerdote es un asunto muy grave." Heather pensó que ella debía participar." Y ahora un ataque sin sentido a el coche de una abogada. De verdad pienso señora que es de su interés el cooperar con nosotras."

"Voy a pedirle solo una vez que se vaya inmediatamente de mi casa, de lo contrario llamaré a la policía para denunciarlas a las dos por intimidación.

"Si, ¿Verdad? Adelante, empeore la situación. Por supuesto. Nos vamos ahora mismo. Tengo que fotografiar el vandalismo que acabo de sufrir, casualmente, delante de su casa. En la carretera, Heather miró asombrada los daños.

"oh, Dios mío, Kate. Han hecho añicos tu parabrisas. ¿Y ahora que?"

"No te preocupes, mi parabrisas está asegurado, y la póliza provee un vehículo de sustitución de emergencia. Tengo el numero. Vendrán y nos traerán un vehículo de sustitución enseguida. Ya lo verás."

Ella hizo las llamadas necesarias, volvió andando a grandes zancadas por el sendero del jardín que llevaba a la entrada principal de la casa de la señora Hodges y llamó a la puerta golpeándola con el puño. Heather vio un acalorado intercambio, pero Kate triunfó y volvió llevando una escoba, un recogedor y una papelera.

"¡Oh, la bondad humana!" Casi se niega a prestarme esto. Quitaré los cristales de nuestros asientos y del salpicadero y del suelo."

"Ella se puso a la tarea con vigorosa determinación y Heather tuvo que insistir para ayudarla. Cuando hubieron acabado, tenían un cubo de basura lleno de trozos de cristal, y Heather tuvo que disuadir a Kate de esparcirlos por el limpio y cuidado jardín de la señora Hodges.

"No tiene sentido perder la moral, Kate. Tu foto será suficiente para persuadir al inspector Shaw de que debe empezar a hacer algo en este pueblo."

"Yo no confiaría mucho en su profesionalidad", dijo Kate con resentimiento, ya que ella no podía saber que el inspector era un hombre nuevo".

Ella rebuscó en su bolso y sacó un fino paquete de cigarros mini cheroots. Ella le ofreció uno a Heather, quien sacudió la cabeza y dijo, "no sabía que fumaras".

"No fumo, a menos que esté estresada" Ella encendió un mechero desechable e inhaló temblorosamente, farfulló y se limpió la esquina de un ojo.

"Veo que no eres una experta", dijo Heather. "Incluso yo, que no fumo, se que no hay que tragar el humo. Dame, déjame devolverle estas cosas a nuestra amiga de ahí".

Kate, curiosa, observó la conversación que mantenía Heather en la puerta principal de la casa. Cuando la arqueóloga volvió, ella no puedo resistirse a preguntarle.

"Le expliqué que han conseguido lo contrario de lo que ellos querían con su comportamiento. Y sabes, creo que casi la he convencido. Le he dado tu tarjeta y le he pedido que te llame si entra en razón."

"¡Bien hecho! ¿Estas segura de que no quieres

unirte a la policía? Podríamos hacerlo con su confesión".

En ese exacto momento, el móvil de Kate sonó con la suave melodía de una canción de cuna del grupo "The cure". No era una confesión, sin el que iba a repararle el limpiaparabrisas pidiendo la dirección. Pronto una furgoneta azul con las letras Parabrisas de coche apareció.

"Veo que ha limpiado este desastre, eso hace que nuestro trabajo sea más fácil", el conductor dijo alegremente. "Ahora tapemos el precioso pequeño motor de esta monada." Su ayudante, quien también llevaba un mono de trabajo azul con el logo de la empresa extendió la lona sobre el techo y el maletero. El hombre más joven quitó los limpiaparabrisas y el otro cogió una herramienta para quitar la goma de sujeción del anterior parabrisas. Heather estaba impresionada por la rapidez de la operación e incluso más por las especiales asas de succión que ellos usaron para colocar el nuevo parabrisas en su sitio. Toda la operación no duró más de diez minutos.

"¿Quién había dicho que cambiar el parabrisas no era fácil? Dijeron los amables mecánicos y le dieron a Kate una hoja de trabajo para que la firmara.

"Lista para partir, señorita". El le guiñó un ojo y asintió a Heather antes de meterse en su furgoneta para marcharse con un deliberado chirrido de ruedas.

"¡Como son algunos hombres!" gruñó Kate.

"Ha sido relativamente indoloro, y han sido eficientes" observó Heather.

"Marchémonos y veamos a nuestro no tan amistoso poli".

Ella se metió en el coche y mancho el parabrisas sin motivo alguno más que para probar los nuevos limpiaparabrisas.

"Vámonos" ella también derrapó.

"¡Como son algunas mujeres!" Dijo Heather.

Para cuando ellas habían llegado a la comisaria de policía de Pickering, el inspector Shaw y Jake habían regresado. Ellas encontraron al detective receptivo y atento.

"¿Pudo usted verlo señorita Mack?"

"Me temo que no, inspector. Solo pude echarle un vistazo. Quienquiera que fuera, era de piel blanca y joven, diría que llevaba puesta una capucha. Salió corriendo en cuanto le vi, pero aquí tiene una foto de los daños."

"Hmmm, ¿ya esta todo solucionado? El miró por la ventana al coche que había aparcado abajo, con la luz del sol reflejándose en el nuevo parabrisas.

"Si, pero me gustaría saber como es que ellos sabían que estaría aparcada cerca de la casa de la consejera Hodges."

"No lo sabían. Ese es el precio que tiene usted que pagar por tener un vehículo tan fuera de lo común. Buen coche, por cierto, señorita Mack."

"Gracias, supongo."

"Me encantada que me haya venido con esto. Es exactamente lo que necesitaba para volver a abrir una investigación en Ebberston. Tengo que atrapar a alguien allí. Ahora, solo unas pocas preguntas más..."

Kate salió de la comisaria de policía de mucho mejor humor, sorprendida por la transformación del detective. Ella se lo comentó a Heather que estaba con Jake.

"¡Quizás ha visto un fantasma!" Dijo Jack, y Heather y el se rieron por el chiste mientras Kate los miraba con frustración. ¿Hay algo que debería saber?"

Jack le contó los hechos del día anterior.

"Así que le has convencido de tu inocencia. ¡Maravilloso, pero aún así te mandare la factura!"

"A menos que como dama de honor quieras perdónanosla como regalo de bodas" se rió Heather.

"¡Para el carro! Se supone que es el hombre quien debe pedir a la mujer en matrimonio", protestó Jack, "pero, si. Me casaré contigo. Pero con una condición..." Heather le miró ansiosamente, "...solo cuando el rey Alfredo este en su lugar entre los invitados a la boda"

"¡Condición aceptada!"

"¡Felicidades entonces, vamos a beber algo! ¡Champagne por vosotros dos! Kate pasó el brazo por debajo del de Heather. "¡Tenemos que hablar muy seriamente sobre los vestidos para la boda jovencita!"

Jake gruñó y se preguntó como un futuro novelista podría mantener a una esposa.

LA SEÑORA HODGES CEDIÓ A LA PRESIÓN, PERO EN lugar de llamar al teléfono de Kate, ella llamó a la policía de Pickering y confesó su rol menor en el plan trazado por Hibbit, el coadjutor. Fue ella quien le dio la pista la detective de la señora Lucas, quien, cuando se tuvo que enfrentar al inspector y a una oficial de policía, después de poner en libertad a su amiga Maggie Hodges quien había cooperado con la policía también hizo lo mismo, La declaración de estos dos testigos fue suficiente para el inspector Mark Shaw para arrestar a el coadjutor y a cuatro jóvenes de Ebberston. Uno de los jóvenes resultó inocente de romper el parabrisas de la abogada, pero fue acusado de uno de los cargos más graves, de atacar a Jake, a los policías y a el sacerdote, los mismos cargos de los que fueron acusados sus tres cómplices. Así que al final teniéndolo todo en cuenta, Shaw pensó que el día le había cundido mucho. Todo lo que le faltaba por hacer era encontrar el coraje para cerrar el caso Greenwood, pero como se decía a si mismo, no había prisa, el esperaría a la decisión final del arzobispo de York.

. . .

La diócesis de York es una de las iglesias mas grandes de Inglaterra, extendiéndose entre los ríos Humber y Tees desde la costa este de Yorkshire hasta el pie de las montañas del parque nacional de Yorkshire Dale. Consta de 602 iglesias en 469 parroquias, así que, el arzobispo de York, aparte de sus compromisos en Londres, es un hombre muy ocupado. Para el un día cualquiera empieza temprano e incluye orar y hacer algo de ejercicio. Para cuando las oraciones matutinas en Bishothorpe Palace han comenzado, el ya está más que despejado. Es el tipo de clérigo que se ocupa personalmente de los problemas individuales y reserva el mismo tipo de tratamiento para las cartas que le llegan diariamente, a el no se le pasaría la petición proveniente del vicario Little Driffield, aunque no le hubiera intrigado en absoluto. El vicario de la iglesia de Santa María junto con un sacerdote jesuita, un vidente, un profesor de arqueología y un inspector de policía, estaban pidiendo audiencia sobre un asunto delicado."

Teniendo que reorganizar su apretada, el arzobispo accedió amablemente a celebrar la reunión. La presencia de un jesuita le causó al prelado una considerable perplejidad. Su mente, siempre curiosa intentaba discernir sobre que sería el asunto de la reunión pensando en la extraña composición de la delegación y, completamente perdido, el decidió encontrarse con el vicario de Santa María, antes de reunirse con los demás. De esta manera el esperaba que no le cogiera de improviso este "asunto delicado".

El vicario le expuso la situación hasta el punto de su entendimiento, pasando de puntillas por el asunto del fantasma. Viendo su inquietud, el arzobispo le dijo tratando de reconfortarle, "hijo mío, no temas; he autorizado un buen número de exorcismos en esta diócesis. La iglesia de Inglaterra imparte unos cursos dirigidos por sacerdotes y siquiatras- ellos enseñan a como diagnosticar los síntomas una actividad paranormal y a distinguir entre esta y un problema puramente sicológico. La mayor parte de la actividad paranormal puede ser explicada gracias a la ciencia o la siquiatría."

"Eminencia, por eso es que he traído al señor Conley, al Santo Padre y al detective inspector Shaw ya que todos son testigos del fenómeno."

"Entonces creo que es hora de que comience la reunión." El arzobispo le hizo un gesto a la secretaria quien se apresuró a acompañar a la pequeña delegación a la habitación.

Jake ensimismado más por las vestimentas eclesiásticas que por la benevolente presencia del arzobispo, se relajó y devolvió el saludo.

"Es un honor conocerle, arzobispo." El esperó que esa fuera la manera correcta de dirigirse a el.

Después de que hubieron acabado las presentaciones, el arzobispo le preguntó al santo padre sobre las presencias en la cueva de Alfredo y aludió a la posibilidad de problemas psicológicos por parte de personas bien intencionadas pero perdidas o trastornadas."

El sacerdote católico describió su presencia en la gruta y la respuesta de los espíritus malignos a el ritual que el había usado, el cual repitió ante los atónitos oyentes.

"Por lo que nos ha contado, padre, parece haber pocas dudas sobre que se esta enfrentando a entidades que no son de este mundo."

Con esta concesión por el arzobispo, Jake habló. "Si me permite, arzobispo, puedo describir mis encuentros con una de estas diabólicas entidades..." El pelado escuchó atentamente fascinado, y cuando Jack hubo acabado, miró a su alrededor observando las tensas caras que le examinaban mirando cual era su reacción.

"¿Han visto ustedes el guerrero sajón que tan gráficamente describe el señor Conley? El arqueólogo y el sacerdote negaron con las cabezas. El profesor Whitehead añadió, "¡gracias al cielo eminencia, no creo en esos trucos de magia!"

Al oír esto Mark Shaw habló por primera vez dirigiéndose al arqueólogo. "Le dije profesor que yo tampoco, hasta que lo vi con mis propios ojos. No se si es un fantasma o...o... algo peor. Lo que se es posee una fuerza infernal y es un peligro para cualquiera que tenga la desgracia de encontrarse con el. "Si alguna vez existió la expresión "con cara de angustia", el inspector Shaw la ejemplarizaba en ese momento.

El arzobispo le miró con compasión, "una experiencia aterradora, imagino, inspector".

"Una que no deseo repetir, se lo aseguro, arzobispo, de hecho, por eso he venido aquí a verle." El detective miró a Jake. "¿Señor Conley, podría explicarle su teoría a el arzobispo?"

Jake tragó saliva, sintiéndose fuera de lugar delante de tan eminente personaje, y el se cuestionó por primera vez si le estaban tomando el pelo, pero comenzó, "Es como sigue, empezó con una batalla en el año 705..."

Cuando el hubo acabado, tenía seca la garganta seca y se sintió menospreciado por la extravagancia de su propia teoría, la cual el ahora veía que estaba basada en su intuición.

Aliviado, el oyó al prelado decir. "creo que es una posibilidad muy plausible. La biblia nos enseña que las almas angustiadas frecuentan el lugar de sus tormentos después de la muerte, tomando forma de una presencia fantasmal. Ese es justamente el motivo de un exorcismo", entonces el miró fijamente al jesuita, "ponerle fin a su tormento y darle paz"

"Por supuesto", el católico agregó. "Pero en este caso, podría ser algo más que una presencia fantasmal, su eminencia. Me temo que nos enfrentamos a la entidad diabólica que mató a la señora Greenwood".

"Siendo así, por lo tanto, existe la posibilidad, señor Conley de que, aunque llevemos los restos del rey Alfredo a la iglesia de Santa María quizás no acaben las nefastas actividades de esta entidad".

"Tanto si lo hace, como si no, arzobispo, hay un motivo por el que el rey debería de ser enterrado allí, es donde el rey quería ser enterrado y es mejor que llevarle a un museo o un templo pagano". Jake se sacó el as de la manga. "Además, el flujo de visitantes a Driffield ayudaría a la iglesia. De todas formas, solo quiero decir que después de mi accidente de trafico me he convertido en un sinestesico y mi cerebro con lo cables cruzados", aquí el se rió, "me dice que la entidad se desvanecerá cuando el rey sea enterrado en el presbiterio".

El arzobispo considero todo cuidadosamente y le consultó al profesor Whitehead sobre cual sería el tiempo mínimo requerido para concluir las investigaciones de el sarcófago. El también le preguntó sobre el estado y la estética del ataúd de piedra. Por primera vez, Jack tenía esperanza.

"Me inclino", dijo el arzobispo después de oír al profesor, "a permitir que el sarcófago sea llevado al presbiterio y permanezca en el como una tumba en memoria del rey Alfredo. Esta operación, sin embargo, debe de ser concluida antes del adviento. Eso debería de darles el tiempo suficiente para terminar su investigación, ¿Verdad? También significa que podré asistir a la ceremonia de colocación de la tumba si eso le satisface, vicario."

"Será un honor tenerle en nuestra iglesia y parroquia, su eminencia".

"¡Dios mío, sí! Dijo el profesor quien esperaba pacientemente para responder. "Quiero darle las gracias por el esplendido desenlace de nuestra reunión. Gracias de todo corazón".

"En otro momento, hablaríamos mucho más en profundidad sobre su trabajo, profesor, pero si me disculpa, hoy tengo una agenda muy apretada.

Un día de finales de noviembre, Jack puso una copia del Daily Press en la manos de su novia. "Aquí están Heather, los frutos de los dos últimos meses de incesantes llamadas de teléfono." Ella leyó:

EXCLUSIVA MUNDIAL
DE SOSPECHOSO POR ASESINATO EN
YORKSHIRE A HEROE EN DRIFFIELD
TODA LA HISTORIA DE JAKE CONLEY EN
EXCLUSIVA MAÑANA EN LA EDICIÓN DE
TU DAILY PRESS

"SOLO ESPERO QUE TE PAGUEN BIEN POR TODAS ESAS horas de entrevistas, Jake Conley."

"No te preocupes Heather, digamos que la suma es un numero de seis cifras"

"¡Que!, más de 100.000?"

"Si, podemos empezar a buscar casa y dejar ese pequeño apartamento que me trae tan malos recuerdos. Podemos dar una señal fácilmente ahora. También voy a escribir una novela sobre el rey Alfredo y el Daily Press ha acordado darle cobertura cuando se publique. Incluso se habla de hacer una serie de diez capítulos. Y pensar que estaba preocupado por casarme y poder mantener a mi esposa."

"Eso es muy antiguo, Jack Conley, me puedo mantener a mi misma perfectamente, ¡muchas gracias!, aunque te conviertas en un best seller y la historia la lleven al cine y estemos nadando en dinero nunca renunciaría a eso."

Ellos fueron a la ceremonia de enterramiento y bendición de la tumba de Alfredo, que fue conducida por el arzobispo de York. Al día siguiente el Santo Padre echó un vistazo en la tumba de Alfredo y declaró que la gruta estaba libre de toda actividad paranormal. La ceremonia no estaba pensada para ser un acontecimiento a nivel local si no de nivel nacional con enviados especiales de todas las cadenas de televisión y diarios de la prensa escrita. Jack tenía que ser astuto, porque el estaba atado por contrato con el Daily News Press y no podía dar entrevistas a los otros periodistas de la competencia. Sin embargo, el le dijo a Heather que dejara caer que se iban a casar en la iglesia de Santa María de Little Driffield el día de navidad. Era una costumbre típica inglesa el casarse ese día, ella informó a los ávidos periodistas. Su novio miraba a el sarcófago y bendijo silenciosamente al rey Alfredo- quien le había dado suerte a su Jack trece siglos después de su muerte.

Solo una cosa le preocupaba a Jack. El no quería que apareciera en la boda, de inesperado invitado cierto fantasma con un hacha de batalla en la mano.

FIN

Querido lector,

Esperamos que hayas disfrutado leyendo *La Cueva Del Rey Alfredo*. Tómese un momento para dejar una reseña, incluso si es breve. Tu opinión es importante para nosotros.

Atentamente,

John Broughton y el equipo de Next Chapter

La Cueva Del Rey Alfredo
ISBN: 978-4-82411-913-1
Edición de Letra Grande

Publicado por
Next Chapter
1-60-20 Minami-Otsuka
170-0005 Toshima-Ku, Tokyo
+818035793528

2 diciembre 2021